Julia Arden

Mein Geheimnis bist du

Julia Arden

Mein Geheimnis bist du

Liebesroman

édition el!es

Internet: www.elles.de

E-Mail: info@elles.de

Umschlaggestaltung und Satz: graphik.text Antje Küchler

Coverphoto: © Drago – Fotolia.com

ISBN 978-3-932499-95-1

Impression CPI Bussière en avril 2023
Éditions Albin Michel
22, rue Huyghens, 75014 Paris
www.albin-michel.fr

ISBN : 978-2-226-48410-9
N° d'édition : 25470/01 – N° d'impression : 2070583
Dépôt légal : mai 2023
Imprimé en France

1.

Fassungslos hörte Andrea die Worte ihres Chefs, mit denen er die Absage endgültig machte. »Sehen Sie das nicht als Herabsetzung Ihrer Leistungen an, Frau Lange. Sie sind eine hervorragende Analytikerin. Als ich Sie vor zwei Jahren zur Abteilungsleiterin von *Mahnung und Bestand* machte, ahnte ich nicht, *wie* gut Sie sind. Ich beglückwünsche mich heute noch zu meiner Entscheidung.« Thomas Brennicke, Direktor der Holstenbeck Bank, beugte sich in seinem Stuhl vor, stützte die Arme auf den Schreibtisch, blickte seine Mitarbeiterin aufmunternd an.

»Aber?«, fragte Andrea und wusste eigentlich nicht, ob sie wirklich hören wollte, was zu Brennickes Entscheidung gegen sie geführt hatte.

Der hob bedauernd die Hände, ließ sich wieder in die Rückenlehne seines Sessels fallen. »Die Stelle als stellvertretende Geschäftsführerin ist eine Nummer zu groß für Sie. Noch. Ich habe keinen Zweifel, dass Sie in ein paar Jahren diesen Platz einnehmen können. Im Moment fehlt es Ihnen jedoch an Erfahrungen. Sie sind gerade erst dreißig. Gedulden Sie sich noch etwas.« Er lächelte. »Sie haben doch Zeit.«

Das sah Andrea ganz anders. Sie kämpfte mit ihrer Enttäuschung.

Es hatte doch so gut ausgesehen. Weller, Leiter der Kreditabteilung und Spitzenkandidat für den Posten, war schon sechzig. Mehrmals deutete er an, dass er die Jahre bis zur Rente in Ruhe abarbeiten wollte. Graf, Chefbuchhalter und Controller, zwar mit Ambitionen auf den Posten des Stellvertreters, aber mit der Ausstrahlung einer Schlaftablette, brachte nicht im Ansatz die Fähigkeit für Kundenakquise mit. Wenn überhaupt, dann wäre Täufler vom Investment ein Konkurrent gewesen. Er war ein As, was das Erkennen von Markttendenzen betraf. Aber ihm fehlte das Hochschulstudium. Deshalb war sich Andrea ihrer Sache ja so sicher gewesen.

Wer ist dieser unselige Mensch, der mir den Job wegnimmt?

Andrea presste die Lippen fest aufeinander, damit ihr die Frage nicht entschlüpfte. Nicht so. Nicht mit der Verbitterung einer Verliererin im Unterton.

Sie riss sich zusammen. »Darf ich fragen, an wen die Stelle vergeben wird?«, erkundigte sie sich so gefasst wie möglich.

»Natürlich. Die neue Kollegin kommt aus Hamburg«, gab Brennicke bereitwillig Auskunft. »Dort leitete sie bis vor Kurzem die Investmentabteilung der Sparbank. Mareike Holländer. Schon mal von ihr gehört?«

Der Name sagte Andrea absolut nichts. Sie schüttelte den Kopf. Und war nun noch enttäuschter. Eine Frau? Sie hatte fest damit gerechnet, dass, da sie die Stelle nicht bekam, ein Mann das Rennen machte. Immerhin hätte sie sich dann wenigstens als Diskriminierungsopfer betrachten können und sich nicht ganz so schlecht gefühlt. Nicht einmal das blieb ihr. Irgendeine Frau von extern machte ihr einfach einen Strich durch die Rechnung.

»Ihrem Ruf nach ist Frau Holländer eine hervorragende Strategin bei Verhandlungen«, unterbrach Brennicke Andreas Gedanken. »Ich habe sie erst einmal erlebt, kann von diesem einen Mal aber nur Gutes sagen. Frau Holländer fängt in zwei Wochen bei uns an. Lernen Sie von ihr. Das kann Ihrer Entwicklung nur nützlich sein.«

Lernen? Das wird ja immer schöner. Andrea verkniff sich eine bissige Bemerkung. Später allerdings, beim Mittag in der Kantine, machte sie ihrem Ärger Luft. Ihre Freundin Saskia bekam die geballte Ladung Frust ab.

»Ist das zu fassen? Von ihr lernen. Ihr am besten noch in den Arsch kriechen, oder was?«, entrüstete sich Andrea und vergaß dabei völlig, dass ihre Wortwahl der Position, um die sie sich da beworben hatte, wenig angemessen war.

Saskia verstand zwar Andreas Enttäuschung, doch nicht deren übertriebene Aufregung. »Hey, Silvester ist vorbei. Kein Grund, hochzugehen wie eine Rakete. Ich verstehe, dass Brennickes Entscheidung dir nicht gefällt, aber die Frau kann nichts dafür. Und falls du planst, einen Krieg mit ihr anzuzetteln – lass es. Damit schneidest du dir nur ins eigene Fleisch.«

»Ich kann sie nicht leiden«, erwiderte Andrea bissig.

»Du kennst sie doch gar nicht.«

»Hervorragende Strategin. Ha!«, fuhr Andrea unbeirrt fort. »Das heißt, sie ist eine zugeknöpfte, eingebildete Pute. Kalt wie ein Fisch.«

»Andrea! Reg dich ab!«

»Ich kann nicht!«

»Die ganze Aufregung bringt doch aber gar nichts.«

»Ich weiß.« Wütend spießte Andrea den letzten Kartoffelpuffer auf ihre Gabel. »Verdammt. Ich war mir so sicher, dass ich den Job bekomme. Ich dachte, es wäre nur noch eine Formalität.«

»Tja, falsch gedacht, Liebchen. Du wirst dich gedulden müssen.«

Für diese Bemerkung sandte Andrea einen giftigen Blick an ihre Freundin. Saskia nahm es gelassen. »Was willst du sonst tun?«, fragte sie pragmatisch. »Also, wenn du dich beruhigt hast, melde dich bei mir. Falls es länger dauert, sehen wir uns morgen wie gewohnt zum Mittag. Ich klingele durch. Muss jetzt los. Graf will die Zahlen vom Geschäftsjahresabschluss neu aufbereitet haben. Am liebsten gestern.« Saskia ließ ihre Freundin mit deren Ärger allein.

2.

Andrea drückte den Knopf für den fünften Stock. Die Fahrstuhltür schloss sich leise. Ein kaum merkbarer Ruck, und es ging aufwärts.

Andrea seufzte innerlich. Zwei Wochen hatte sie Zeit gehabt, ihre Enttäuschung zu überwinden. Sie versuchte es damit, sich immer wieder ins Gedächtnis zu rufen, dass sie es mit ihren dreißig Jahren schon recht weit gebracht hatte. Ihr unterstand immerhin der gesamte Bereich »Mahnung und Bestand«. Sie trug die Verantwortung für alle Geschäftsvorfälle betreffend Mahnung und Vollstreckung, Schuldner- und Sicherheitenwechsel. Darüber hinaus oblag ihr die Erstellung des laufenden Risikoreportings der Bestände. Neben einem fundierten Studium brauchte man einen geschulten Blick für Zahlen. Den hatte Andrea im Laufe der Zeit entwickelt und war, wie Brennicke ihr auch zugestand, eine hervorragende Analytikerin. Leider war das nicht genug, um weiterzukommen, wie sie hatte erfahren müssen.

Der Fahrstuhl hielt. Andrea stieg aus, ging die wenigen Schritte zu ihrem Büro und raffte ihre Unterlagen für die Besprechung zusammen. Ein schneller, prüfender Blick zur Uhr. Fünf Minuten vor neun. Zeit, um den Tatsachen ins Auge zu sehen.

Im Konferenzzimmer waren die Kollegen bereits versammelt. Andrea nickte Rainer Weller von der Kreditabteilung zu und setzte sich neben ihn.

»Ich bin gespannt auf das Wunderkind«, flüsterte Weller Andrea ins Ohr. Gemeint war natürlich Mareike Holländer. Andrea quittierte Wellers Bemerkung mit einem verkniffenen Lächeln. Woraufhin er meinte: »Tut mir leid für dich. Ich weiß, du hast mit der Stelle gerechnet.«

Andreas Lächeln entspannte sich. Sie bedachte Weller mit einem dankbaren Blick. Zu ihm hatte sie, trotz des Altersunterschiedes, oder gerade deswegen, ein ganz besonderes Verhältnis. Andrea betrachtete Weller als eine Art Lehrer. In ihrer Anfangszeit als Abteilungsleiterin geriet sie oft mit ihm aneinander. Jeder Vorgang, den sie mit Wellers Kreditabteilung abstimmen musste, zog sich unnötig in die Länge, wie sie fand. Grund: Wellers penetrante Korrektheit, seine akribische Befolgung der Vorschriften. Nie bekam man von ihm eine Unterschrift, bevor auch die letzte Zahl geprüft war. Also umging sie Weller und seine Prozeduren bei Gelegenheit, wenn sie es eilig hatte und der Vorgang Routine war. Hinterher erfand sie irgendeine Ausrede, um die Unterschrift nachzuholen. Das ging ein paarmal gut – und dann fiel Andrea auf die Nase. Ihre Ungeduld kostete der Bank einige zehntausend Euro. Weller nahm die Sache auf seine Kappe. Dann sagte er zu Andrea: »Wissen Sie, Frau Lange, ich war auch mal jung. Ich weiß, da kann einem alles nicht schnell genug gehen. Ich hoffe, Sie haben aus dieser Sache gelernt. Leichtsinn bleibt hundertmal ungestraft, aber einmal eben nicht. Dieses eine Mal reicht unter Umständen schon aus, sich das Genick zu brechen.«

Das blieb nicht Wellers einziger Rat. Und in der Mehrzahl waren sie hilfreich.

Andreas Gedanken wurden von Brennickes Erscheinen unterbrochen. Ihn begleitete eine hochgewachsene Frau in sandfarbenem Kostüm. Dunkles, schulterlanges Haar rahmte ein gleichmäßig geschnittenes Gesicht. Ihr »Guten Tag« offenbarte eine dunkle, angenehm klingende Stimme.

»Guten Morgen«, begrüßte auch Brennicke die Anwesenden. Er wies auf die Frau an seiner Seite. »Wie angekündigt, möchte ich die Gelegenheit nutzen, Sie alle mit Frau Holländer bekanntzumachen. Frau Holländer kommt von der Sparbank Hamburg, wo sie bis vor vier Wochen Leiterin der Investmentabteilung war. Der Vorstand ist froh, dass wir sie abwerben konnten.«

Brennicke führte Mareike Holländer zuerst zu Graf und Täufler, stellte die beiden vor. Dann leitete er die neue zweite

Chefin weiter zu Andrea und Rainer Weller.

Andrea fühlte Mareike Holländers festen Händedruck, den warmen Klang ihrer Stimme. Die Worte: »Frau Lange. Auf gute Zusammenarbeit« lösten in Andrea ein unerwartetes Kribbeln aus. Sie vergaß darüber, die Hand der Frau loszulassen. Zwei Sekunden später bemerkte Andrea ihren Fauxpas und zog abrupt ihre Hand weg. Die hochgezogene Augenbraue Mareike Holländers entging Andrea nicht.

Nachdem Thomas Brennicke Mareike Holländer der gesamten Runde vorgestellt hatte, forderte er seine Mitarbeiter mit einer Geste auf, Platz zu nehmen.

»Kommen wir nun zum Anlass unserer Besprechung. Die Hamburger Schössler Werft«, begann er ohne lange Umschweife. »Schössler baut vom Tanker über Passagierfähren bis zum Kreuzfahrtschiff Schiffe aller Größen. Und wir wissen, dass die Hausbank Schösslers, die Hamburger Investbank, durch Fehlinvestitionen bei Anlagengeschäften schwer angeschlagen ist. Das ist der ideale Zeitpunkt für ein Angebot an die Schössler Werft, die beunruhigt sein dürfte, ob die Investbank weiterhin ihren Finanzierungsleistungen nachkommen kann. Ich habe bei Schössler vorgefühlt. In meinem Gespräch mit dem Vorstand signalisierte man mir grundsätzliches Interesse an einem Angebot. Man ließ aber auch keinen Zweifel aufkommen, dass Schössler sich der Hamburger Investbank durch die jahrelange gute Zusammenarbeit verpflichtet fühlt. Es wird also nicht ganz leicht sein, diesen Kunden für uns zu gewinnen.«

»Haben wir die Zahlen der Vorjahre von der Werft, um eine Hausnummer auszumachen, über welchen Kreditrahmen wir sprechen?«, fragte Weller.

»Nein, so weit sind wir noch nicht«, bekannte Brennicke. »Die Sache ist, wie gesagt, etwas verzwickt. Schösslers Vorstand ist gespalten. Einige seiner Mitglieder wollen der Investbank unbedingt die Treue halten. Deshalb haben der Vorstand und ich uns wie folgt geeinigt: Unser Angebot wird sich vorerst nur auf ein Projekt beziehen. Allerdings auf ein nicht geringeres als den Bau einer luxuriösen Auto- und Passagierfähre. Gegenüber der Investbank wird der Schössler Vorstand so argumentieren, dass in der gegenwärtigen Situation ein Ausweichen auf ein anderes Geldinstitut angemessen erscheint, die generellen Geschäftsbeziehungen jedoch keinesfalls gefährdet sind. Auf die Art entsteht kein böses Blut, und sollte man am Ende bei der Investbank bleiben, kann die den Seitensprung der Werft nicht ankreiden.« Brennicke machte eine kurze Pause. »Natürlich setzen wir darauf, dass Schössler sich am Ende für uns entscheidet.«

Weller sah sofort den Haken an der Sache. »Man erwartet von uns, weil wir einen Fuß in die Tür bekommen wollen, eine billige Finanzierung, und wenn die Investbank sich von ihrer Krise erholt hat, geht man wieder dorthin zurück. Uns bleibt nur das Nullgeschäft.«

»Das Risiko besteht natürlich«, räumte Brennicke ein.

»Vielleicht ist das auch die volle Absicht vonseiten Schössler«, gab Andrea zu bedenken. Sie teilte Wellers Skepsis. »Wir sollten überprüfen, ob die Schössler Werft solche Art Verhandlungen in früheren Jahren schon mit anderen Geldinstituten geführt hat und wie sie ausgingen.«

»Gut. Das ist dann auch Ihre Aufgabe.« Brennicke nickte Andrea zu. Sein Blick wanderte weiter zu Mareike Holländer. »Frau Holländer, ich möchte, dass Sie dieses Projekt unter ihre Fittiche nehmen. Immerhin kommen Sie aus Hamburg und kennen den lokalen Finanzmarkt. Das dürfte von Vorteil in den Verhandlungen mit Schössler sein.« Er schaute in die Runde. »In dieser Sache stimmen sich bitte alle mit Frau Holländer ab.«

Mareike Holländer nickte gelassen.

Andrea beobachtete die Frau unauffällig. Die machte nicht den Eindruck, als würden die neue Umgebung oder die vielen neuen Gesichter sie einschüchtern. Im Gegenteil, sie nahm alles mit wachsamem Blick auf, schien es so weit wie möglich zu analysieren. Jetzt begegnete ihr Blick dem Andreas. Es war ein ruhiger Blick, keine Frage spiegelte sich darin, lediglich das Verständnis für Andreas Neugier. Andrea glaubte sogar, ein kurzes Lächeln über Mareike Holländers Gesicht huschen zu sehen. Ihr blieb aber keine Zeit, sich darüber klarzuwerden, ob sie einer Sinnestäuschung unterlag oder nicht, denn Brennickes Interesse konzentrierte sich jetzt auf Andreas Abteilung. Mit Fragen zu verschiedenen Risikokunden, Fristen und Bestandszahlen holte er sie in die Welt der Zahlen zurück, die sie für einen Moment vergessen hatte.

»Und? Wie ist sie?«

Andreas fragender Blick traf die Freundin. »Wer?«

»Na, die Neue.« Saskia holte zum Aufschlag aus, schlug zu. Der Federball sirrte über das Netz.

»Woher soll ich das wissen?«, rief Andrea im Sprint zum Ball, verpasste ihn allerdings. »Ich habe kaum mit ihr gesprochen. Aber sie macht einen arroganten Eindruck.« Mit dem Fuß kickte sie den Federball aus dem Feld.

Saskia zog einen neuen Ball aus der Hosentasche. »Ach ja? Woran machst du das fest, wenn du kaum mit ihr gesprochen hast?« Erneutes Ausholen und Aufschlag.

Andrea rollte die Augen – und verpasste den Ball erneut. Sie fluchte leise. »Arrogant ist vielleicht der falsche Ausdruck. Sagen wir unnahbar.« Andrea hob den Ball diesmal auf und reichte ihn Saskia unter dem Netz durch. »Noch mal dein Aufschlag.«

Saskia ging zur Linie. »Unnahbar? Wie . . .«

»Saskia!«, unterbrach Andrea sie. »Nerv mich nicht.«

Saskia drehte sich um. »Ich frag doch nur«, wehrte sie sich und warf den Federball in die Luft. Mit einem *Paff* flog er davon.

»Frag was anderes.« Andreas ganzer Frust lag in dem Schlag, der den ankommenden Federball traf.

»Aus!«, rief Saskia von der anderen Spielfeldhälfte her. »Mein Punkt.«

Weitere zwanzig Minuten, und Andrea hatte das Match verloren.

»Revanche«, forderte sie, obwohl sie sich bereits ziemlich ausgepowert fühlte. Aber sie wollte die Niederlage nicht einfach so hinnehmen. Schon wieder eine Niederlage? Nein!

Wie gewohnt tranken sie im Anschluss an das Spiel einen Kaffee.

»Was ist denn heute nur los mit dir?« Saskia schüttelte den Kopf. »Du hast gespielt wie eine Haudrauf-Maschine. Ohne Sinn und Verstand.«

Andrea, ein zweites Mal besiegt, verspürte keine Lust, das Spiel weiter zu kommentieren.

»Nun vergiss mal deine schlechte Laune und hör mir zu. Es gibt nämlich Neuigkeiten.« Saskia griff aufgeregt nach Andreas Hand. »Jetzt ist es beschlossene Sache. Jasmin und ich, wir werden uns selbständig machen. Wir eröffnen eine Autowerkstatt. Jasmin macht in zwei Wochen ihren Meister, und dann ... wollen wir es riskieren.«

Andrea war sprachlos. Natürlich wusste sie, dass Saskias Freundin Automechanikerin war, und auch, dass sie die Ausbildung zum Meister machte. Aber *damit* hatte sie nicht gerechnet.

»Weißt du, Jasmin hat die dummen Sprüche der Kerle satt. Jedesmal, wenn ein neuer Kollege kommt, geht das von vorn los«, erklärte Saskia. »Und die Kunden, na ja, da gibt es auch so einige Experten. Wenn Jasmin ihre eigene Werkstatt hat, ist sie die Chefin, und Sprücheklopfer bleiben draußen. Wenn es gut läuft, kann sie eine zweite Mechanikerin einstellen. Kunden, denen es nicht gefällt, dass die Werkstatt ein reiner Frauenladen ist, können ihre Wagen ja woanders hinbringen. Wir glauben aber, dass Kundenmangel nicht das Problem sein wird. Jasmin trifft da einen Nerv, besonders von Frauen. Mal ehrlich. Wie viele fühlen sich von Werkstätten über den Tisch gezogen, weil sie erfahren, dass man ihnen eine völlig überflüssige Reparatur aufgeschwatzt hat? Und Frauen trifft dieses Gefühl sicher weitaus häufiger als Männer.«

»Soll das heißen, du kündigst in der Bank?«, fragte Andrea enttäuscht. Die Aussicht, ihre Mittagspause bald allein verbringen zu müssen, trug nicht gerade zu ihrer Aufmunterung bei.

»Vorläufig noch nicht«, beruhigte Saskia sie. »Ich bin gleichberechtigte Teilhaberin und helfe Jasmin nach Feierabend mit der Buchhaltung. Aber wenn es gut läuft, und davon gehe ich aus, wird das ein Vollzeitjob.«

Andrea hatte eine Weile an der Neuigkeit zu kauen. Dann besann sie sich auf die praktische Seite. »Wie habt ihr euch das mit der Finanzierung gedacht?«

»Ein wenig haben wir zur Seite gelegt, damit kann Jasmin die Räumlichkeiten für die Werkstatt anzahlen. Für den Rest der Kaufsumme und die Einrichtung liegt der Kreditantrag bei Weller. Er will ihn selbst bearbeiten, damit kein Kollege in den Verdacht kommt, mir aus Sympathie gefällig sein zu wollen.«

»Hat Weller schon was dazu gesagt?«

»Nein.«

»Natürlich weißt du, dass ihr ein ganz schönes Risiko eingeht. Wenn die Sache schiefgeht . . .«, meldete Andrea Bedenken an.

». . . haben wir es wenigstens versucht und trauern nicht der verpassten Möglichkeit hinterher«, unterbrach Saskia die Freundin.

». . . bleibt ihr auf einem ziemlichen Schuldenberg sitzen«, beendete Andrea unbeirrt ihren Satz.

»Wir haben alles abgewogen, und unser Entschluss steht fest.«

Andrea bemerkte eine gewisse Enttäuschung bei Saskia, und ihr wurde klar, dass ihre Freundin eine andere Reaktion erwartet hatte. Eine, die Zuspruch und Freude für sie und Jasmin enthielt.

Doch Andrea konnte noch nie über ihren Schatten springen. Sie hatte Bedenken, und es war ihre Art, die auch anzumelden. Rein nüchtern betrachtet, war die Idee, die hinter dem Konzept stand, ja durchaus Erfolg versprechend. Andreas Zurückhaltung entsprang der Sorge um die Belastbarkeit der Beziehung ihrer Freundin. So eine Selbständigkeit würde den beiden Frauen einiges abfordern. Sie waren erst ein Jahr zusammen, und schon wollten sie sich dem aussetzen? Ganz abgesehen von den finanziellen Verwebungen.

Andrea konnte nicht anders. »Hast du dir überlegt, was passiert, wenn du und Jasmin . . . wenn es Probleme zwischen euch gibt? Ihr seid mit dieser Geschichte auf Gedeih und Verderb aneinander gefesselt.«

»Jasmin und ich sind alt genug, um Probleme lösen zu können.«

»Ja sicher, aber es gibt Probleme, für die sich keine richtige Lösung findet. Und die schleppt man dann mit sich herum.«

»Du sprichst von Beziehungsproblemen. Von einer möglichen Trennung?«

»Na ja«, druckste Andrea herum. Sie wollte es nicht so scharf formulieren. Aber man musste es doch in Betracht ziehen.

Saskia überraschte Andrea mit erstaunlichem Realitätssinn. »Alles, was die Werkstatt betrifft, unsere jeweiligen Anteile daran, wird vertraglich festgehalten. Ich bitte dich, Andrea, für wie naiv hältst du uns?«

Andrea musste zugeben: Sie hatte Saskia wohl unterschätzt.

»Na? Nun zufrieden?«, fragte Saskia.

»Beruhigt«, meinte Andrea. Und endlich brachte sie ein Lächeln zustande. »Wie ich sehe, habt ihr beide euch über alle Wenn und Aber schon den Kopf zerbrochen. Da kann ich mir das ja sparen.« Ihr Lächeln wurde gelöster. »Entschuldige, aber ich bin wohl berufsgeschädigt. Ich sehe in allem immer die Risiken.«

»Auch Freundinnen wie du sind zu was nütze.« Saskia grinste frech. »Wenn Jasmin und ich mal glauben sollten, alles läuft perfekt und dabei zu euphorisch werden, bist du da, uns auf den Boden der Tatsache zurückzuholen. Das verhindert die Bauchlandung.«

Sie lachten beide.

3.

Unentschlossen haderte Andrea mit sich. Sollte sie ihre Rechercheergebnisse Schössler betreffend per Mail an Mareike Holländer schicken? Die würde das sicher nicht merkwürdig finden. Mailen war eine gängige Methode des internen Informationsaustauschs. Gleichwohl, darüber war sich Andrea im Klaren, konnte sie die erste, direkte Begegnung mit Mareike Holländer nicht ewig vor sich her schieben. Und so war der Anlass, ihr diese Ergebnisse persönlich vorzutragen, ebenso gut wie jeder andere.

Andrea gab sich einen Ruck, griff zum Telefon und wählte die Nummer von Mareike Holländers Apparat. »Lange hier. Haben Sie ein paar Minuten? Es geht um die Schössler-Sache.«

»Ja, kommen Sie nur«, lautete die knappe Antwort.

Andrea legte auf, straffte sich und erhob sich energisch. Ein kurzer Weg zum Fahrstuhl, die Fahrt zwei Stockwerke nach oben, noch einmal wenige Meter, dann stand sie vor Mareikes Bürotür. Andrea klopfte, hörte ein gedämpftes »Ja« und trat ein.

Mareike Holländer sah Andrea entgegen, wies auf den Stuhl vor ihrem Schreibtisch. »Bitte.«

Der Aufforderung nachkommend, nahm Andrea Platz und begann ohne Umschweife mit ihrem Bericht. Dessen Quintessenz lautete, dass die Schössler Werft keine Verhandlungen mit anderen Bankhäusern führte oder in den letzten drei Jahren geführt hatte, und falls doch, so war dies nicht bekannt. Es gab, angesichts der Stabilität des Aktienkurses der Schössler Werft, auch kein erkennbares Risiko, welches einem Geschäft mit der Werft entgegen stünde.

Mareike Holländer hörte Andrea aufmerksam zu und unterbrach sie kein einziges Mal mit einer Zwischenfrage. Deshalb erwartete Andrea nun entsprechende Fragen, als sie mit ihrem Bericht fertig war. Sie sah Mareike Holländer abwartend an.

»Wie lange arbeiten Sie schon in dieser Bank?« Die neue Vizechefin saß zurückgelehnt und in entspannter Haltung in ihrem Sessel.

Andrea war etwas verwirrt. Was tat das zur Sache?

»Fünf Jahre, davon zwei als Abteilungsleiterin«, antwortete sie dennoch automatisch.

»Wie oft sind Ihnen in diesen letzten zwei Jahren Fehleinschätzungen unterlaufen?« Die dunkle Stimme ihres Gegenübers klang freundlich, aber neutral.

Die Frage sollte wohl dazu dienen, sich ein Bild von ihr zu machen, entschied Andrea und ließ sich nicht aus der Ruhe bringen. »Wo beginnt die Fehleinschätzung nach Ihrer Definition?«

»Sagen wir bei einem Verlust von zehn Prozent und größer als hunderttausend Euro.«

»Effektiver Verlust oder von der Erwartung abweichender Gewinnverlust?«, fragte Andrea sachlich.

»Sowohl als auch.«

»Drei-, viermal«, antwortete Andrea.

»Was haben Sie dabei empfunden?«

»Sie meinen, außer der Erleichterung, dass es nicht mein Geld war?«, versuchte Andrea zu scherzen und sich nicht anmerken zu lassen, wie ihre Verwirrung zunahm. Was sollte diese Fragerei?

Ein Lächeln huschte über Mareike Holländers Gesicht. »Ja.«

Andrea zuckte mit den Schultern. »Ehrlich gesagt, nicht viel. So ist das in dem Geschäft. Ich habe mich hingesetzt, ähnliche Entscheidungen überprüft und gegebenenfalls korrigiert.«

»Sie waren nicht unzufrieden oder haben an sich gezweifelt?«

Andrea schüttelte den Kopf. »Nein. Man kann eben nicht alles vorhersehen. Unser Geschäft ist und bleibt ein Risikogeschäft.« Das sollte die Dame aber wissen, wenn sie diesen Job machte.

»Das hört sich an, als ob Sie einen kühlen Kopf bewahren können«, lautete Mareike Holländers Schlussfolgerung.

»Ich denke schon.«

Da nichts weiter von Mareike Holländer kam, noch dazu das Telefon anfing zu klingeln und sie abnahm, betrachte Andrea das Gespräch als beendet und wollte aufstehen. Doch Mareike Holländer gab ihr mit einem Handzeichen zu verstehen, dass sie warten solle. Andrea ließ sich wieder in den Stuhl sinken, während Mareike Holländer hörte, was ihr Telefonpartner zu sagen hatte.

»Das ist nicht so einfach«, sagte Mareike schließlich ruhig. »Die Zahlen sehen nicht sehr rosig aus.« Wieder hörte sie der anderen Seite zu. »Ja, ich weiß, was ich versprochen habe. Wir müssen später weiter darüber sprechen. Im Moment passt es schlecht . . . Ja.« Sie legte auf.

»Entschuldigungen Sie die Unterbrechung«, wandte Mareike Holländer sich wieder an Andrea. »Ich habe noch eine Sache.«

Mareike Holländer zögerte oder war in Gedanken immer noch bei dem Gespräch von eben. Das konnte Andrea nicht einschätzen. Jedenfalls dauerte es ein paar Sekunden, bis Mareike sagte: »Ich möchte Sie gern zu einer kleinen Feier einladen. Meinen Einstand. Die anderen Kollegen haben schon zugesagt. Nur Ihrer konnte ich bisher nicht habhaft werden.«

Begeisterung fühlt sich anders an. Andrea verspürte die spontane Regung abzusagen, doch brauchte sie einen überzeugenden Grund dafür, und der fehlte ihr leider. Also fügte sie sich in das Unvermeidliche. Es gelang ihr sogar, eine Spur Freundlichkeit in ihre Stimme zu legen. »Ich komme natürlich gern.«

»Schön. Es wäre dann morgen. Ich habe mich entschlossen, die Feier nicht, wie wohl üblich, im Konferenzzimmer stattfinden zu lassen, sondern bei mir zu Hause.«

»Aha«, sagte Andrea, nicht eben begeistert. Eine zwanglose Zusammenkunft im Konferenzzimmer konnte man nach zwanzig Minuten unter einem Vorwand verlassen. Aber ein offizielles Abendessen? Das war etwas anderes.

»Ich weiß, das ist ungewöhnlich. Aber man hat mich auch nicht aus Hamburg abgeworben, weil ich gewöhnlich bin, nicht wahr?«

»Das nehme ich doch an«, rutschte es Andrea heraus.

Mareike Holländer lachte leise.

»Fasanstraße elf. Neunzehn Uhr«, teilte sie Andrea Ort und Zeit mit.

»Na dann.« Mareike stand auf. »Ich freue mich.« Damit reichte sie Andrea die Hand.

Andrea erhob sich automatisch, ergriff die ihr dargebotene Hand und murmelte ein »Ebenfalls«.

Wieder in ihrem Büro, ließ Andrea das Gespräch mit Mareike Holländer in ihrem Kopf noch einmal Revue passieren. Die hatte den Rapport zur Schössler Werft mit keinem Wort kommentiert. Nicht mal ein Danke hatte es gegeben. Stattdessen ein Verhör. Was war das denn für eine Art? Andrea schniefte beleidigt. Von Personalführung hatte die Frau wohl noch nichts gehört.

Aber eine Stimme hat sie, die geht einem durch und durch . . . und dieses leise, dunkle Lachen . . . Andrea bekam noch nachträglich eine Gänsehaut. STOPP!, ermahnte sie sich eindringlich. Bekräftigend schüttelte sie einmal kurz und schnell ihren Kopf. Unmutsfalten über die so unerlaubt abschweifenden Gedanken bildeten sich auf ihrer Stirn. *Was soll das werden, Andrea?*

Die Frau ist für derartige Gedanken gesperrt! Das kannst du dir von Anfang an tief in dein Gehirn einbrennen: Tabu! Mareike Holländer ist nicht nur deine Chefin. Sie ist auch der Knüppel zwischen deinen Beinen. Der Fels, der dir den Weg versperrt hat. An dieser Frau ist nichts, was dir gefällt. Du findest sie abscheulich!

Dass ihr Unterbewusstsein da anderer Meinung war, wurde Andrea spätestens am nächsten Morgen klar, als sie aus einem völlig verrückten Traum erwachte. Mareike Holländer lud sie zu einer Reise auf einem Kreuzfahrtschiff ein. Auf dem Schiff trafen sie alle Kollegen. Mareike küsste sie der Reihe nach. Als sie bei Andrea ankam, sagte sie mit einem leisen Lächeln: »Immer schön einen kühlen Kopf bewahren.«

Besonders irritierte Andrea, dass sie in den ersten Sekunden nach dem Aufwachen ernsthaft enttäuscht war, weil Mareike sie nicht geküsst hatte. Den ganzen Tag bemühte Andrea sich, diesen verrückten Traum aus ihrem Kopf zu verbannen. Aber es gelang ihr nicht, was sie zunehmend wütend über sich selbst machte. Sonst erinnerte sie sich doch auch nicht daran, was sie träumte. Und falls doch einmal, verschwammen die Erinnerungen, noch bevor es ihr gelang, sie richtig zu fassen. Warum konnte das mit diesem Traum nicht auch so sein?

»Fasanstraße elf«, gab Andrea dem Taxifahrer die Adresse. Er brachte sie innerhalb von zehn Minuten ans Ziel. Da Andrea mit einer längeren Fahrt gerechnet hatte, war sie nun zu früh dran. Wäre es nicht Januar, würde sie ein wenig durch die Straße bummeln. Aber der Abend war kalt, und es versprach kein Vergnügen zu werden, auf die Art die Zeit zu überbrücken, also klingelte Andrea an der Haustür von Nummer elf.

Es war nicht Mareike, die öffnete, sondern ein Mann in schwarzem Anzug. Zu jung, um ihr Mann zu sein, dachte Andrea. Ihr Sohn?

»Guten Abend«, sagte der Mann, nahm ihr die Jacke ab und hängte sie an der Garderobe auf. »Frau Holländer kommt sofort, bitte gehen Sie doch weiter ins Wohnzimmer.«

Andrea ging ein Licht auf: Mareike Holländer hatte einen Partyservice engagiert.

»Bin ich die Erste?«, fragte sie entsetzt.

»Einer muss ja den Anfang machen«, hörte Andrea plötzlich die ihr bekannte dunkle Stimme. Mareike Holländer kam auf sie zu, und Andrea fragte sich, wie die Frau es schaffte, so gut auszusehen. An der Kleidung konnte es nicht liegen, denn die war wie gewohnt sehr dezent. Als Andrea sich ihrer Betrachtung bewusst wurde, erschrak sie. Schon wieder gingen ihre Gedanken in diese unerwünschte Richtung. Sie wollte Mareike Holländer doch nicht *so* sehen. Die Reize dieser Frau spielten keine Rolle. Sollten sie jedenfalls nicht.

Andrea folgte Mareike ins Wohnzimmer, wo eine Dame vom

Partyservice den Aperitif reichte. »Das gibt mir die Gelegenheit, mich bei Ihnen zu entschuldigen, bevor der Trubel losgeht«, sagte Mareike zu Andreas Überraschung. Ihr fragender Gesichtsausdruck veranlasste Mareike dann auch dazu, zu erklären: »Ich hatte den Eindruck, dass ich mit meinen Fragen gestern . . . na ja . . . etwas zu neugierig war.«

»Ich weiß immer noch nicht, worauf Sie hinaus wollten«, gab Andrea zu.

»Ich glaube, ich weiß es auch nicht«, erwiderte Mareike und lächelte entschuldigend.

Andrea nahm Mareike die zur Schau gestellte Unsicherheit keine Sekunde ab. »Nach allem, was ich so von Ihnen gehört habe, gehören Sie ganz bestimmt nicht zu dem Schlag Frau, die nicht weiß, was sie will«, erwiderte sie direkt und fixierte Mareikes Blick. »Haben Sie ein Problem mit mir?« *Wenn du glaubst, ich lasse mich von deinem Lächeln einlullen, hast du dich gehörig getäuscht.*

»*Ich* mit Ihnen?« Dieses Mal überzeugte Mareikes Ton Andrea, dass deren Verwunderung echt war. »Ich dachte, dies sei umgekehrt der Fall. Brennicke sagte mir, Sie waren auf meinen Job scharf.«

Das wusste sie also.

»Ich hatte mich auf die Stelle beworben, ja«, räumte Andrea ein. »Und ich war gewiss nicht glücklich, als ich erfuhr, dass ich nicht gut genug für den Job sein sollte.« Andrea überlegte, ob dieses Gespräch auf eine Kampfansage hinauslief. Es fiel ihr immer noch schwer, Mareike Holländer einzuschätzen. War sie eine Frau, die ihre Position schon beim ersten Anzeichen von Konkurrenz mit allen Mitteln verteidigte? Wie sahen diese Mittel dann aus? Vielleicht war es besser, Vorsicht walten zu lassen. Deshalb lenkte Andrea ein: »Aber es ist ja nicht Ihre Schuld, dass es so kam. Andere haben entschieden.«

»Oh. Dann . . . haben Sie sich damit abgefunden?«

Andrea zögerte. Ach was, sagte sie sich dann. Ein offenes Wort konnte nicht schaden. »Ich könnte jetzt sagen, wohl oder übel. Aber ... das wäre gelogen. Die Enttäuschung hat sich mittlerweile zwar etwas gelegt, dennoch rumort es immer noch in mir.«

Mareikes Blick durchdrang Andrea förmlich. Andrea zwang sich, ihm nicht auszuweichen. Auch wenn sie irritiert war. War das Anerkennung, was da in Mareikes Augen leuchtete?

»Ehrlich gesagt, würde ich es bedauern, wenn ich es mir ausgerechnet mit Ihnen schon im Voraus verscherzt hätte«, sagte Mareike da.

Bevor Andrea hinterfragen konnte, warum es *ausgerechnet* in ihrem Fall so dramatisch wäre, kündigte das Klingeln an der Haustür den nächsten Gast an. Mit einem entschuldigenden Lächeln ließ Mareike Andrea allein.

Neugierig sah Andrea sich im Wohnzimmer um, schaute zu der hohen Decke mit eingearbeitetem Stuck. *Sehr guter Zustand, sicher restauriert*, stellte Andrea fest. Im Gegensatz zum Weiß der Zimmerdecke waren die Wände ockerfarben gehalten, was dem Zimmer eine angenehme Wärme verlieh. Zusammen mit den haselnussbraunen, rustikalen Möbeln fühlte man sich ein wenig in der Zeit zurück, was Andrea sehr gefiel. Sie hielt nichts von diesen modernen geometrischen Möbeln. Sie erinnerten einen nur noch mehr an die Hektik der heutigen Zeit. Wer brauchte das schon in seinen eigenen vier Wänden?

Mareike kehrte zurück. Hinter ihr betraten Brennicke und Graf das Wohnzimmer. Andrea begrüße die Kollegen. Ihre Gastgeberin wurde erneut von der Klingel zur Tür gerufen. Kurz darauf kam sie mit Weller und Täufler im Schlepptau zurück. Nun waren sie vollzählig.

Der Service reichte den Neuankömmlingen einen Aperitif. Man sprach über belanglose Dinge, bis Mareike ihre Gäste ins Esszimmer bat.

Die beiden Angestellten vom Partyservice servierten die Vorspeise, während Mareike Holländer in lockerem Ton das Menü des Abends bekanntgab. »Bereits vor sich sehen Sie gekochten, kalten Lachs angerichtet mit Dilldressing. Als Hauptspeise folgt ein Rehbraten, klassisch mit Kartoffeln. Den Abschluss bildet eine Rumschaumcreme mit Kirschsoße als Dessert. Wenn Sie den Koch loben wollen, tun Sie dies bitte an die Adresse unserer beiden Servicekräfte. Die werden es gern weiterleiten. Denn wie Sie wohl bereits bemerkt haben, habe ich die eigentliche Arbeit anderen überlassen.«

Damit war der Abend, den Andrea zwischen Brennicke und Weller sitzend verbrachte, offiziell eröffnet. Mareike hatte Andrea gegenüber Platz genommen, zwischen den anderen beiden Kollegen.

Schnell landete das Tischgespräch bei der Arbeit. Den Kunden, Zahlen und Prozenten. Andrea war es recht. Genau genommen empfand sie es als angenehm, dass in der Runde der männliche Anteil überwog. Wäre es anders, würde sie sich wahrscheinlich den ganzen Abend Episoden von kleinen süßen Rackern anhören müssen. Was die doch intelligent waren und außergewöhnlich talentiert. Und: Der Kleine hat dies gemacht und das gesagt. Die unvermeidliche Frage: Haben Sie Kinder? Der mitleidige Ausdruck in den Blicken, wenn die verneinende Antwort folgte. Das aufmunternde »Ach, das kann ja noch kommen«, als wäre man behindert, nur weil man keine Kinder hatte. Dann schon lieber Bilanzanalysen.

Andreas Blick glitt zu Mareike Holländer. Lebte sie allein? Es sah so aus. Gäbe es einen Lebenspartner an ihrer Seite, hätte sie ihn heute Abend ja wohl vorgestellt. Mareike Holländer durfte die vierzig schon erreicht, wenn nicht sogar überschritten haben. Da wird sie wohl auch schon eine Menge mitleidiger Blicke geerntet haben für die »Katastrophe«, dass sie unverheiratet war und keine Kinder hatte. Vielleicht war sie ja geschieden? Dann hatte sie Glück, denn geschieden ist natürlich was. Da konnte man wenigstens etwas vorweisen.

Über ihre Gedanken vergaß Andrea völlig, dass sie Mareike Holländer immer noch ansah. Als die jetzt plötzlich den Kopf drehte, kreuzten sich ihre Blicke. Andrea schaute direkt in Mareike Holländers aufmerksame Augen. Überrascht von der plötzlichen Begegnung und dem Lächeln, welches sich jetzt auf dem Gesicht Mareikes bildete, senkte Andrea verlegen die Lider. Auch wenn es nur Bruchteile einer Sekunde waren, der Blickkontakt hinterließ bei Andrea dasselbe kribbelnde Gefühl wie vor wenigen Tagen Mareikes »Auf gute Zusammenarbeit«. Woher kam das? Und warum lächelte Mareike Holländer sie an?

Nach dem Essen ging man wieder ins Wohnzimmer, wo Kaffee serviert wurde. Die Männer setzten ihre Unterhaltung unbeirrt fort. Andrea, nach einem langen Tag der Zahlendiskussion müde, stellte sich etwas abseits, schaute aus dem Balkonfenster.

»Wenn Sie einen Augenblick frische Luft schnappen wollen, hole ich Ihnen Ihre Jacke zum Überziehen«, sagte Mareike plötzlich neben ihr. Andrea zuckte zusammen. Sie hatte nicht bemerkt, wie Mareike näher gekommen war.

»Danke sehr«, erwiderte sie in ihrer Überraschung. Eine Minute später kam Mareike mit Andreas Jacke in der Hand zurück und öffnete die Balkontür für sie. Andrea trat hinaus. In der Dunkelheit konnte sie nur Schemen erkennen. Die Lichtkegel der Straßenlaternen gaben nicht viel preis. Mareike trat neben Andrea. Auch sie hatte eine Jacke über ihren Schultern liegen. So standen sie eine Weile nebeneinander.

»Schön ruhig ist es hier. Kaum Straßenlärm«, unterbrach Andrea schließlich das Schweigen zwischen ihnen. Sie fühlte sich merkwürdig befangen.

»Ja«, erwiderte Mareike nur. Nicht mehr.

Andrea suchte nach einem Gesprächsansatz, um die Stille zwischen ihnen zu brechen und ihre Befangenheit, welche sie sich nicht erklären konnte, zu verscheuchen.

»Ich bewundere übrigens Ihre Ehrlichkeit«, sagte Mareike nun, an ihr Gespräch vor dem Essen anknüpfend. »Es ist sicherlich nicht leicht zu schlucken, dass ich Ihnen die Stelle weggeschnappt habe. Aber ich hoffe, Sie kreiden es mir nicht zu sehr an, meine Chance wahrgenommen zu haben. Hätten Sie an meiner Stelle aus Rücksicht auf andere Bewerber abgesagt?«

»Nein.« Andrea war ehrlich genug, das zuzugeben.

»Natürlich kommt erschwerend hinzu, dass Sie bisher die am höchsten angesiedelte Frau in der Filiale waren. Nun stehe ich über Ihnen. Sie fühlen sich durch mich in die zweite Reihe zurückgedrängt.«

So weit war Andrea in ihren Überlegungen gar nicht gegangen. Dass Mareike Holländer die Dinge so interpretierte, sagte viel über sie aus. Besonders über ihren Ehrgeiz.

»Diesmal liegen Sie falsch.« Andrea wandte ihr Gesicht Mareike zu. »Es gibt Tausende Frauen, die im Bankgeschäft einen besser dotierten Job haben als ich. Dann müsste ich mich ja auch von denen zurückgedrängt fühlen.«

»Diese Tausende sind abstrakt, ich bin real, hier in Ihrer unmittelbaren Umgebung.« Mareike war von ihrer Meinung nicht abzubringen. »Ich bedaure, dass die Situation so schwierig ist. Ich arbeite lieber in einem Klima, welches durch Spannungen nicht unnötig belastet wird. Deshalb möchte ich Ihnen versichern, dass ich keinerlei Vorbehalte Ihnen gegenüber habe. Im Gegenteil, ich biete Ihnen meine Hilfe an, wann immer Sie sie brauchen. Es hängt ganz von Ihnen ab, was Sie mit diesem Angebot machen.«

Andrea bekam keine Gelegenheit zur Erwiderung. Von drinnen erklangen plötzlich aufgeregte Stimmen. Sie gingen nachsehen, was der Grund dafür war.

Das Bild, das sich ihnen im Wohnzimmer bot, ließ Andrea zusammenfahren. Rainer Weller lag zusammengekrümmt auf dem Boden. Seine Kollegen schauten im ersten Schock ratlos auf ihn. Weller rang nach Luft, hielt sich die linke Brustseite.

»Ich rufe den Notarzt.« Mareike war mit zwei Schritten beim Telefon.

Andrea lief eilig zu Weller. Schweiß stand auf seiner Stirn. Er litt erkennbar unter Atemnot. Jetzt kniete Brennicke nieder, löste Wellers Krawatte, öffnete die oberen zwei Knöpfe seines Hemdes. Er versuchte, Weller aufzurichten, Andrea half ihm dabei. Sie bugsierten Weller in einen der Sessel, redeten beruhigend auf ihn ein.

Es begann ein quälendes Warten auf den Notarztwagen.

Zehn Minuten später kündigte das Martinshorn sein Kommen an. Weller wurde ins Krankenhaus transportiert.

Was nun folgte, war ein für alle beklemmender Abschied. Brennicke übernahm es, bei Wellers Frau vorbeizufahren.

Der Partyservice stapelte Kiste für Kiste in den Lieferwagen. Gleich würde auch er den Schreckensort verlassen.

Andrea und Mareike standen als Letzte im Flur. Andrea zögerte. Sollte sie jetzt auch einfach gehen und Mareike in dieser Totenstille allein lassen?

»Wie geht es Ihnen?«, erkundigte Andrea sich unentschlossen.

»Ich weiß nicht«, lautete die unsichere Antwort.

»Sie sehen blass aus.«

Ein schwaches, unglückliches Lächeln huschte über Mareikes Gesicht.

»Ich ... kann noch etwas hierbleiben, wenn Sie jetzt nicht allein sein wollen«, bot Andrea an.

Mareikes Blick war nicht zu deuten. Überraschung, Freude, Zweifel – alles lag darin. Sie ging ins Wohnzimmer. Andrea folgte ihr. Mareike setzte sich aufs Sofa, Andrea nahm ihr gegenüber Platz, der haselnussbraune Holztisch zwischen ihnen.

Schweigen.

Irgendwann beendete Mareike die Stille. »Das war der schrecklichste Abend, den ich je erlebt habe. Es wird eine Weile dauern, bis ich mich wieder traue, Leute einzuladen.« Ein ironisches Zucken um ihre Mundwinkel zeigte sich. »Und noch länger, bis die Leute die Einladung annehmen.«

Andrea beugte sich vor. »Sie können ja nichts dafür, dass Weller seinen Herzanfall ausgerechnet hier bekommt.«

»Oh, Sie wissen doch, wie das ist. So was bleibt an einem haften.«

Mareike sagte das so fatalistisch, dass es schon wieder komisch wirkte. »Möchten Sie noch einen Kaffee?«, fragte sie in Erinnerung an ihre Gastgeberrolle.

»Nein danke«, lehnte Andrea ab.

»Sehen Sie!«

Die Situation war kein bisschen lustig, trotzdem musste Andrea über Mareikes Antwort lachen. »Ich will Ihnen keine Umstände machen. Nur deswegen. Ich bin mir sicher, dass mich Ihr Kaffee nicht umbringen würde.«

»Nein, nein. Sie haben recht. Kaffee ist zu gefährlich«, beharrte Mareike. »Nehmen wir lieber einen Whiskey. Der kommt aus der Flasche, ganz ohne mein Zutun. Abgesehen vom Eingießen natürlich.« Sie stand auf. Kurz darauf hielt Andrea ein Glas in der Hand, darin eine hellbraune Flüssigkeit. Mareike prostete Andrea zu. »Auf Andrea Lange, die Frau, die mich nicht mag und dennoch zu meiner seelischen Unterstützung geblieben ist.«

Andrea nippte an ihrem Glas. »Na ja, ich habe zwar keinen Grund, Sie besonders zu mögen, aber ... wie gesagt, Sie haben absolut recht, dass ich an Ihrer Stelle auch keine Rücksicht auf verletzte Gemüter von Konkurrenten genommen hätte.«

»Natürlich hatte ich recht. Aber ich will nicht damit prahlen. Im Moment bin ich Ihnen zu dankbar für Ihre Gesellschaft, als dass ich darauf rumreite und Sie vergraule.«

»Wieso *natürlich*?«, fragte Andrea. »Ist das nicht etwas ... überheblich?«

»Nicht in diesem Fall.« Mareike lächelte tiefgründig. »Lebenserfahrung«, fügte sie als Erklärung hinzu.

»Nun tun Sie mal nicht so, als würden Sie durch die paar Jahre, die Sie älter sind, einen Vorsprung haben, der von hier zum Nordpol reicht«, erwiderte Andrea energisch.

Mareike lachte ihr leises Lachen. »Oh, war das ein Kompliment?«

Andrea errötete. »Nein. Eine Feststellung. Wie alt sind Sie?«

Mareikes Augenbrauen zuckten für einen kurzen Moment nach oben. Amüsiert antwortete sie: »Aber Andrea. Das fragt man eine Frau nicht. Das wissen Sie doch.«

»Nun zieren Sie sich doch nicht so«, forderte Andrea. »Ist doch nur 'ne Zahl.«

Überraschenderweise gab Mareike nach. »Ich habe gerade genullt.«

»Vierzig?«

Mareike nickte. »Alleinstehend, keine Kinder, kein Haustier. Klassischer Karrieretyp«, ergänzte sie trocken. »Genau wie Sie, nehme ich an. Nur eine etwas ältere Ausgabe. Eigentlich sollten wir uns prima verstehen.«

Andrea schmunzelte. »Wenn wir nicht gerade dasselbe wollten.«

Wieder dieses leise Lachen von Mareike. »Ja.«

Andrea lächelte zurück. Und wieder begann es in ihrem Bauch unerwartet zu kribbeln. Was in ihrem Kopf die Alarmsirenen zum Heulen brachte.

Nicht schon wieder. Du willst doch wohl nicht dem mysteriösen Charme dieser Frau erliegen!

»Es scheint, Ihnen geht es wieder besser. Dann werde ich mir mal ein Taxi rufen«, beschloss Andrea ihren aus Fürsorge verlängerten Besuch zu beenden.

Mareike widersprach nicht. Bereits fünf Minuten später holte ein Taxi Andrea ab. Es war gerade in der Nähe gewesen. Andrea ließ sich in die Lederpolster der Rückbank des Mercedes fallen und schloss die Augen. Ihr Herz klopfte.

Reiß dich zusammen, Andrea! Gefühlsverwirrungen dieser Art sind das Letzte, was du gebrauchen kannst.

4.

Bei ihrer Ankunft im Büro am nächsten Morgen fand Andrea eine Nachricht von Mareike vor. Sie bat sie in ihr Büro.

»Weller hatte nur einen leichten Herzinfarkt. Trotzdem fällt er für die nächsten acht Wochen aus.« Die rätselhaft lächelnde Frau von gestern Abend kam Andrea jetzt, beim Anblick der Frau vor ihr – hoch aufgerichtet, konzentriert, ernst – wie eine Einbildung vor.

»Acht Wochen?«, echote Andrea. »Gerade jetzt. Wir hätten ihn so dringend für die Sache mit der Schössler Werft gebraucht.«

»Weller will, dass Sie ihn vertreten.«

Andrea griff nach dem nächsten Stuhl und setzte sich. »Ich?«

»Brennicke hat dem zugestimmt.«

»Aber ich . . .«

»Sie sind laut Weller am besten mit seiner Arbeitsweise vertraut«, führte Mareike unbeirrt fort.

»Ja, das kann schon sein«, räumte Andrea ein. »Aber wie soll ich das denn alles schaffen?«

»Tja, sieht so aus, als würden Sie in den nächsten acht Wochen eine Menge Überstunden machen müssen. Nicht zuletzt, weil Sie mich bei den Verhandlungen mit Schössler anstelle Wellers begleiten werden. Tut mir leid, aber ich kann Sie davon nicht befreien.« Mareike hob bedauernd die Hände. »Wenigstens ist es eine Gelegenheit, uns besser kennenzulernen.«

Andrea seufzte ergeben.

In der Mittagspause besuchte Andrea Rainer Weller im Krankenhaus.

»Du hast mich als deine Vertretung vorgeschlagen? Kannst du mich nicht mehr leiden? Ich werde umkommen vor Überstunden. Was habe ich dir getan?«, beschwerte sie sich augenzwinkernd. »Ah, jetzt weiß ich. Du willst, dass ich zusammenbreche. Dir ist so langweilig hier, dass du dir Gesellschaft verschaffen willst. Zu deiner Information: Das bringt nichts. Die trennen hier zwischen Männern und Frauen.«

Weller lachte verhalten. »Hör auf damit. Ich soll mich schonen. Lachanfälle sind schädlich für mich.«

»Wie geht es dir?«, fragte Andrea nun ernst.

Weller winkte ab. »Geht schon wieder.«

Das sah die Schwester, die Andrea ein paar Minuten später aus dem Zimmer warf, anders. »Haben Sie keine Computer in Ihrer Firma? Müssen Sie den Mann hier quälen? Schämen Sie sich.« Andrea erhielt keine Chance, ihr zu erklären, dass es Weller war, der ihr unbedingt noch erzählen wollte, was nicht in den Akten stand.

Zurück in der Filiale, beschloss Andrea, Mareike in ihrem Büro aufzusuchen. Sie konnten ja gleich mal die Details zum Schössler Projekt besprechen. Andrea stieg also nicht in der fünften Etage aus, sondern fuhr weiter zur siebten. Ab der sechsten wurde es eng im Fahrstuhl, weil die Blumenpfleger mit ihren Utensilien zustiegen. Beim Aussteigen gab es deshalb einen kleinen Stau. Andrea sah die Frau, die aus Mareikes Büro kam, zunächst nur über die Schulter eines der Serviceleute hinweg, halb verdeckt durch dessen Kopf.

Da hatte sie ja Glück, dachte Andrea noch. Dann war Mareike jetzt frei.

Im nächsten Moment blieb Andrea fast das Herz stehen. Dort kam niemand anderes als Renate Reinecke den Gang entlang. Was wollte *die* denn hier?

Andreas Bekanntschaft mit Renate lag knapp zwei Jahre zurück. In den seltenen Momenten, wo die Erinnerung daran zurückkam, spürte Andrea das unbehagliche Gefühl wieder, das einen beschlich, wenn man in Besitz genommen wurde. Die Affäre mit Renate war eines der weniger erfreulichen Kapitel in Andreas Vergangenheit. Aber wenigstens war es ein abgeschlossenes.

Renate ging an Andrea vorbei, ohne sie zu bemerken. *Weil sie in gewohnter Manier die Nase zu hoch trägt und ihr so alles unterhalb der Nasenspitze entgeht*, dachte Andrea ironisch, war gleichzeitig jedoch sehr froh darüber. Sie klopfte kurz an Mareikes Bürotür und trat ein.

Was sie zu sehen bekam, verschlug Andrea gründlich die

Sprache. Die Tatsache, dass Mareike sich gerade ihre Bluse zuknöpfte, ihre Frisur, wie die ganze Frau ziemlich außer Fasson war, ließ eingedenk dessen, wer da gerade aus Mareikes Büro gekommen war, nur einen Schluss zu.

Andrea blieb wie vom Blitz getroffen stehen. »Oh«, entfuhr es ihr. Sekundenbruchteile später wurde Andrea klar, dass sie besser sofort den Rückzug angetreten hätte. Immerhin bestand die Möglichkeit, dass Mareike sie in ihrem Zustand gar nicht bemerkt hatte, und – falls doch – die Botschaft, welche in einem solchen Rückzug lag, stillschweigend akzeptierte. Die Botschaft, dass sie beide nie, nie, niemals über diese fünf Sekunden in ihrem Leben sprachen.

Jetzt allerdings war es dafür zu spät. *Verdammt!*, fluchte Andrea innerlich. Die Situation war unwiderruflich verfahren und hochnotpeinlich.

Mareike fuhr sich verlegen durchs Haar. Ihr war klar, dass ihr Besuch und Andrea sich mehr oder weniger die Klinke in die Hand gegeben hatten. Die Situation war eindeutig, und Andrea zog die einzig mögliche Schlussfolgerung, das las Mareike in deren Gesicht.

»Tja, ähm ... das ist jetzt irgendwie ...« Zum ersten Mal, seit Andrea Mareike kannte, war die um Worte verlegen. Wer wollte es ihr verdenken.

»Ich komme gerade von Weller«, sagte Andrea in geschäftsmäßigem Ton und wies damit für sie beide den ihr einzig sinnvoll erscheinenden Ausweg aus der Situation. Bloß keine Erklärungen, die alles noch peinlicher machten. »Er hat mich zu Schössler gebrieft. Wir können also da weitermachen, wo er aufgehört hat. Ich bin eigentlich nur vorbeigekommen, um Sie auf den aktuellen Stand zu bringen.«

»Wie wäre es in einer halben Stunde?«, schlug Mareike betreten vor.

Andrea nickte, machte kehrt und zog hinter sich die Tür zu Mareikes Büro zu.

Dass die Frau Zeit brauchte, sich zu ordnen, verstand Andrea gut. Sie selbst war aber auch froh über die Gelegenheit, sich von dem Schock erholen zu können. Einer ganzen Schockwelle. Mareike Holländer war ... und ausgerechnet Renate war ihre Gelegenheitsgeliebte. Oder waren die beiden am Ende sogar ernsthaft miteinander liiert?

Wenigstens wusste Andrea jetzt, was sie in Mareikes Nähe so nervös gemacht hatte. Es war wohl so eine Art innerer Radar, der die versteckten Signale empfing. *Die du unbedingt ignorieren musst.*

Als Andrea eine halbe Stunde später in Mareikes Büro trat – diesmal wartete sie, bis sie nach ihrem Klopfen ein »Ja bitte« hörte –, war Mareike äußerlich wieder vollkommen hergestellt. Sie erhob sich aus ihrem Stuhl. Eine Verlegenheitsgeste. Aber auch ohne diese sah Andrea Mareike an, wie unbehaglich ihr zumute war.

Mareike räusperte sich. »Gibt es ...« Ihre Stimme versagte. Erneut ein Räuspern. »Gibt es eine Möglichkeit, dass ... das eben ... unter uns bleibt?«

»Es gibt in dieser Filiale sicher einige Klatschmäuler. Ich rechne mich nicht dazu. Sie können ganz beruhigt sein.«

Mareike sah Andrea durchdringend an. »Wären Sie es an meiner Stelle?«

Andrea wusste genau, was in Mareike vorging. Die befürchtete natürlich, Andrea würde die Geschichte brühwarm an Brennicke weitergeben, um ihre Konkurrentin anzuschwärzen. Mit ihrem Wissen besaß Andrea das perfekte Instrument, Mareikes Ansehen zu untergraben.

»Nicht wirklich«, gab Andrea zu.

Mareike ließ sich in ihren Sessel fallen. »Das hätte nicht passieren dürfen«, murmelte sie vor sich hin. »Das hätte einfach nicht passieren dürfen.«

Andrea verstand diesen frommen Wunsch. Mareike sprach ihr damit praktisch aus der Seele. Die Sache war ihr mindestens genauso unangenehm.

Andrea setzte sich Mareike gegenüber. »Es gibt eine Lösung.

Wir gehen zusammen in die nächste Kneipe, betrinken uns bis zum Koma und bekommen einen schönen Filmriss«, sagte sie lakonisch.

Mareike verzog keine Miene. Ihr war nicht zum Lachen.

»Wollen wir dann?«, fragte Andrea hilflos.

»Was?«

»Na, weitermachen. Mit Schössler.«

»Ja. ... ja, natürlich.« Mareike nickte abwesend. »Werden Sie es Brennicke sagen?«, fragte sie, statt – wie Andrea gehofft hatte – zur Tagesordnung überzugehen.

»Ich werde es *niemandem* sagen! Wieso sollte ich?«

Mareike blickte Andrea vielsagend an.

»Keine Angst«, beruhigte Andrea sie. »Mit solchen Mitteln kämpfe ich nicht.«

Mareikes Blick ruhte auf Andrea. »Sie sind eine seltsame Frau. Gestern Abend haben Sie als Einzige nach Wellers Herzanfall nicht die Flucht ergriffen. Dabei hätte ich es von Ihnen am ehesten erwartet. Und nun sagen Sie mir, Sie wollen nicht die Gelegenheit nutzen, mir, Ihrer erklärten Rivalin, das Wasser abzugraben. Ist das irgendeine Taktik, die ich noch nicht kenne?«

Andrea zuckte ratlos mit den Schultern. Was sollte sie darauf erwidern? Gestern Abend hatte sie Mareike Gesellschaft geleistet, weil die ihr irgendwie hilflos vorgekommen war. Sie hatte sich einfach in ihre Lage versetzt und sich entschieden zu bleiben. Was die Szene von eben anging, so war es nicht Andreas Stil, mit Dreck zu schmeißen, um sich einen Vorteil zu verschaffen.

Mareike schüttelte jetzt den Kopf. »Ich werde aus Ihnen nicht schlau. Sind Sie eine Heilige?«

»Ganz sicher nicht«, wehrte Andrea ab. »Nehmen Sie es doch einfach, wie es ist.«

»Tja. Was bleibt mir anderes.« Mareike sah nicht besonders glücklich dabei aus. »Also gut.« Sie räusperte sich. »Dann ... machen wir jetzt mal mit Schössler weiter.«

Das war Andrea sehr recht.

»Wir sollten uns Schösslers Bilanz vom Vorjahr besorgen. Es macht sonst keinen Sinn«, sagte Mareike. Ihre Stirn lag in Falten. Ein Zeichen, dass sie gedanklich immer noch bei *der Sache* war. »Wir müssen wissen, worüber wir eigentlich reden, um das Risiko einschätzen und dieses Lockangebot entsprechend gewichten zu können. Ich werde noch mal mit Brennicke darüber reden.«

»Ich sehe mir unterdessen Schösslers Kalkulationsunterlagen für das Kreuzfahrtschiff genau an. Ich würde gern einen Schiffsbauer als Gutachter für die technische Plausibilität hinzuziehen.«

Mareike nickte anerkennend. »Das ist eine gute Idee. Tun Sie das.« Sie drehte sich in ihrem Stuhl etwas zur Seite, zu ihrem PC-Schirm, tippte etwas auf der Tastatur, wartete, drehte sich dann zurück zu Andrea, blickte sie an. »Schaffen Sie es bis heute in einer Woche? Dann trage ich gleich einen Termin in meinem Kalender ein.« Offensichtlich wollte Mareike nicht riskieren, noch mal überrascht zu werden.

»Kommt drauf an, ob ich so schnell einen Schiffsbauer finde, der Zeit hat.«

»Ja, sicher. Dann geben Sie mir einfach Bescheid, wenn Sie meinen, dass Sie alles zusammen haben.«

»In Ordnung.«

Das Gespräch schien beendet. Andrea erhob sich und ging zur Tür.

»Ach Andrea, eines noch«, rief Mareike ihr nach. Andrea drehte sich um. Mareike setzte an, etwas zu sagen, brach ab, seufzte. »Danke«, sagte sie einfach.

Andrea verharrte einen Moment, ohne etwas zu erwidern. Dann nickte sie und verließ wortlos das Büro.

»Heißt das, *Du* entscheidest jetzt über unseren Kreditantrag?« Saskia löffelte ihren Joghurt. »Das ist ja toll.«

Andrea wusste zunächst nicht, was ihre Freundin meinte.

Dann fiel es ihr ein. Die Autowerkstatt! »Ja, sieht so aus«, meinte sie zerstreut. Sie legte ihr Besteck aufs Tablett. Der Kartoffelsalat schmeckte heute nicht besonders. Vielleicht lag es am Salat, vielleicht an dem merkwürdigen Gefühl in der Magengegend, von dem Andrea nicht wusste, woher es kam. Sicher eine stressbedingte Reaktion.

»Da kann ja nichts mehr schiefgehen«, frohlockte Saskia.

»Glaub bloß nicht, dass ich deinen Antrag weniger gründlich prüfe, nur weil du meine Freundin bist. »Ich mache keinen Unterschied zwischen dir oder irgendeinem anderen Antragsteller.«

Saskia setzte zu einer Erwiderung an, doch Andrea hob die Hand. »Schließlich muss ich vor Weller nachher meine Entscheidungen vertreten«, beendete sie.

»Weiß ich doch. Sollte nur ein Scherz sein.« Saskia schüttelte den Kopf. »Was ist los mit dir? Seit wann bist du so humorlos?«

»Bin ich das?«

»Ja.«

»Entschuldige. Liegt wohl daran, dass ich so viel um die Ohren habe. Jetzt noch Wellers Vertretung. Ich weiß nicht, wo mir der Kopf steht.«

»Probleme?«, forschte Saskia nach.

»So würde ich das nicht nennen.«

»Sondern?

»Ach, ich weiß auch nicht.« Andrea zuckte mit den Schultern. »Es fühlt sich irgendwie merkwürdig an. So, als ob etwas Unangenehmes im Zeitlupentempo auf mich zu kommt, und ich kann dem trotzdem nicht ausweichen.«

Saskia schaute ihre Freundin sorgenvoll an. »Weißt du was? Du solltest dir endlich wieder eine Freundin suchen, damit du mal an was anderes denkst als immer nur den Job. Dann legt sich dieses Gefühl auch. Du bist einfach fortwährend angespannt. Das ist nicht gesund.«

»Danke, Frau Doktor Freud«, sagte Andrea spitz. »Sonst noch was?«

»Wie wäre es mit der Neuen? Die ist doch nett«, fuhr Saskia unbeirrt fort. Ihr Gesicht nahm einen schelmischen Ausdruck an. »Oder gefällt sie dir nicht?«

Andrea verschlucke sich fast an ihrem Saft. »Du hast sie wohl nicht mehr alle!«

»Wieso? Die Frau ist unverheiratet. Keine Kinder. Nicht mal geschieden. So wie die aussieht, kann es nur einen Grund dafür geben.«

»Woher weißt *du* das alles?«, fragte Andrea perplex.

»Wir in den unteren Kreisen, die nicht ihr eigenes Büro haben, sind zur Kommunikation geradezu verdammt, weißt du.«

»Aha.« Firmentratsch also. »Und was kommuniziert man sonst noch über sie?«, wollte Andrea wissen.

Saskia schmunzelte. »Doch neugierig?«

»Du hast doch damit angefangen«, wehrte Andrea ab.

»Mareike Holländer war die Leiterin der Investmentabteilung der Sparbank in Hamburg.«

»Das ist mir bekannt.«

»Als sie in die Hamburger Filiale kam, stand die kurz vor der Schließung. Im Laufe von nur zehn Monaten hat Mareike Holländer ihre Abteilung völlig umgekrempelt. Mitarbeiter ab- und umgesetzt, zusätzlich zum Lohn ein Leistungssystem eingeführt. Ihre Neuerungen wurden schnell von anderen Abteilungen übernommen. Aber viel wichtiger: Die Holländer schaffte jede Menge neue Kundenkontakte. Es heißt, sie hat die Existenz der Filiale gerettet. Das ist eine Powerfrau.«

»Brennicke sagte, der Vorstand sei froh, sie bekommen zu haben«, erinnerte Andrea sich. »Wenn es stimmt, was du sagst, ist er selbst wohl nicht ganz so glücklich darüber.«

»Wahrscheinlich hatte er Glück, dass man sie ihm nicht *vor* die Nase gesetzt hat«, meinte Saskia. »Aber auch als seine Stellvertreterin ist sie ihm, karrieretechnisch gesehen, sicher unbequem. Wenn sie es darauf anlegt, kann sie ihn überflügeln. Und mal ehrlich, warum sollte sie nicht wollen?«

Andrea nickte langsam. Ja, warum sollte sie nicht? Und natürlich musste der Gedanke, Andrea würde mit dem, was sie gesehen hatte, zu Brennicke gehen und ihm davon erzählen, Mareike beunruhigen. Denn das gäbe Brennicke eine Trumpfkarte in die Hand. Mareike musste sich wirklich unwohl in ihrer Haut fühlen. Ausgerechnet ihrer Rivalin oblag es, diese Trumpfkarte zu behalten oder abzugeben.

5.

Ein Vergleich von Hamburg Invest mit unserem Institut allein spricht doch schon Bände.« Mareike betätigte den Blinker, lenkte den Wagen auf die Autobahnauffahrt Richtung Hamburg. »Nicht nur, dass unser Portfolio ungefähr das Zehnfache ausmacht, haben wir auch das weitaus bessere Knowhow. Ich habe mich mal schlau gemacht. Das Computersystem der Hamburg Invest ist auf dem Stand von vor sechs Jahren. Entweder fehlt also das Geld, dem abzuhelfen, oder – beinahe schlimmer – die IT-Abteilung in dem Laden ist unfähig. So oder so muss man sich fragen, wie es um die Datensicherheit bestellt ist. Dem Argument der »Nähe vor Ort« einiger Vorständler Schösslers ist einfach zu begegnen. Wir planen sowieso, eine Filiale in Hamburg zu eröffnen.«

»Ach ja? Das wusste ich gar nicht«, erwiderte Andrea überrascht.

Sie waren auf dem Weg zur Schössler Werft. Im Gepäck ein Angebot.

Mareike warf Andrea einen schnellen Blick von der Seite zu. »Es ist auch noch nicht spruchreif. Hängt ganz von den Umständen ab, wenn Sie verstehen.«

O ja, Andrea verstand. Sie war ja nicht blöd. »Es gibt keine derartigen Pläne.«

Mareike schmunzelte. »Noch nicht. Aber wenn wir Schössler

an Land ziehen, kann sich das schnell ändern. Schließlich gibt es in Hamburg noch jede Menge andere potentielle Kunden. Ein kleines Büro tut es am Anfang ja auch.«

»Sie wollen wirklich ... das ist ziemlich gewagt.«

»Wer nicht wagt, der nicht gewinnt.«

Mareike Holländer verstand es, Dinge überzeugend an den Mann beziehungsweise an den Vorstand zu bringen.

Während Andrea die in den letzten beiden Wochen aufbereiteten Daten passend zu Mareikes Präsentation am Computer aufrief und diese per Projektor auf der Leinwand erschienen, war es still im Raum. Abgesehen von Mareikes Stimme, die klar und überzeugend darlegte, welche enormen Vorteile das präsentierte Angebot der Schössler Werft bot. Vorteile, die dem Unternehmen kaum eine andere Bank einräumen würde und welche bei einer dauerhaften Zusammenarbeit der Werft Kosten in fünf, vielleicht sogar sechsstelliger Höhe sparen könnten. Andrea spürte förmlich, wie es in den Köpfen der Zuhörer zu arbeiten begann. Unweigerlich zollte sie Mareike Holländer Respekt. Die folgte einem einfachen Gesetz: Geld sucht mehr Geld. Sonst säße man ja wohl auch nicht hier. Es kam am Ende der Präsentation zwar zu keiner offiziellen Entscheidung des Vorstandes, aber die Zurückhaltung wich deutlich eingedenk der verheißenden Zahlen, welche zusätzliche Gewinne in Aussicht stellten.

Die Verabschiedung fiel entsprechend freundlich aus, und Andrea kam der Verdacht, dass Brennicke sich in den Gesprächen, die er mit Schössler geführt hatte, zu sehr beeindrucken ließ. Offenbar wollte man nur überzeugt werden. Man wartete regelrecht auf eine Frau wie Mareike Holländer.

Nach der Präsentation machten sie sich ohne längere Pause auf die Rückfahrt.

»Wir waren gut«, triumphierte Mareike. Sie steuerte den Wagen durch den ihr gut vertrauten Hamburger Stadtverkehr.

»*Sie* waren gut«, berichtigte Andrea anerkennend. »Ich hatte nur die Rolle einer besseren Assistentin.«

»Nach außen ja. Aber in Wahrheit haben Sie den Löwenanteil in dieser Sache geleistet. Und zwar in den letzten beiden Wochen. Wie viele Überstunden haben Sie gemacht? Dreißig, vierzig?«

»Irgendwo dazwischen«, bestätigte Andrea erstaunt.

»Dachten Sie, ich wüsste das nicht?«

»Na ja, ich . . .«, druckste Andrea herum.

»Also ja.«

»Ja«, gab Andrea zu.

»Sie halten nicht viel von mir.«

»Nein! Ich meine, doch!«

»Schon gut. Wie sollten Sie auch.«

»Wir kennen uns doch kaum. Da ist es schwer . . .«

Ein plötzliches Rucken des Wagens unterbrach das Gespräch. Der Motor starb ab. Alle Versuche Mareikes, den Wagen, während er noch rollte, erneut zu starten, schlugen fehl. Geistesgegenwärtig schaltete sie die Warnblinkanlage an und lenkte hinüber auf den schmalen Seitenstreifen der Stadtautobahn. Hier rollte der Wagen langsam aus. Erneut versuchte Mareike zu starten, ohne Erfolg.

Andrea schaute Mareike an. »Sie haben doch ausreichend getankt?«, witzelte sie.

Mareike blickte vielsagend zurück. »Natürlich«, sagte sie nachdrücklich.

Glücklicherweise dauerte es nicht lange, bis das Pannenhilfeauto des ADAC kam. Der Mechaniker brauchte zehn Minuten, dann stellte er die Diagnose. »Ich kann den Fehler nicht beheben. Ist vermutlich was mit der Einspritzanlage. Ich werde Sie zur nächsten Werkstatt schleppen.«

Die Werkstatt bestätigte die Fehleranalyse des ADAC-Helfers: Defekt an der Einspritzanlage. »Ich kann das Ersatzteil heute noch bestellen, es kommt dann morgen früh, acht Uhr, hier an. Bis zehn haben Sie Ihren Wagen wieder«, bot der Mechaniker Mareike an. »Ist das in Ordnung?«

»Wenn Sie das schaffen, empfehle ich Sie weiter. Leider

kommen wir so heute trotzdem nicht mehr nach Hause.«

Der Mann zuckte bedauernd mit den Schultern.

Mareike wandte sich an Andrea. »Ich werde mir ein Hotelzimmer suchen. Sie können ja die Bahn zurück nehmen.«

»Allerdings wird diese seit Wochen bestreikt«, erinnerte Andrea. »Ist jeden Tag in den Nachrichten. Jetzt versperren die stehenden Güterzüge sogar den noch fahrenden Zügen den Weg. Soll das absolute Chaos sein. Keine gute Zeit für eine Fahrt mit der Bahn. Also, wenn Sie nichts dagegen haben, suchen wir gemeinsam ein Hotel.«

»Wie Sie wollen. Am besten eines hier in der Nähe. Ich frage mal die Dame vom Kundenservice.« Mareike ging zum Tresen, unterhielt sich kurz mit der Frau dahinter. Die gelben Seiten wurden hervorgeholt. Man suchte gemeinsam, wurde fündig. Mareike nahm ihr Handy, telefonierte kurz. Als sie wieder zu Andrea zurückkam, lächelte sie. »Ich habe zwei Zimmer reserviert. Jetzt gehen wir erst mal einen Kaffee trinken nach all der Aufregung.«

»Gute Idee. Gern in einer Pizzeria, dann kann ich parallel eine Kleinigkeit essen. Ich bin ziemlich hungrig.«

»O ja«, stimmte Mareike zu. »Mein Magen fühlt sich auch vernachlässigt, glaube ich.«

Mittels Taxi machten sie sich zu einem leicht verspäteten Mittag auf. Anschließend fuhren sie ins Hotel, nahmen die Anmeldung vor und stellten fest, dass sie plötzlich mehrere Stunden Freizeit hatten.

»Ich weiß gar nicht mehr, was man damit anfängt«, scherzte Andrea, während sie zu den Zimmern gingen. Mareike Holländer ging auf ihren Ton ein. »Ich habe gehört, es gäbe da verschiedene Möglichkeiten: Shopping, Kino, Sport.«

»Oh, ach ja, jetzt erinnere ich mich.«

»Und? Worauf haben Sie Lust?«

Fragte Mareike das ernsthaft? Andrea zögerte.

»Nur nicht so schüchtern. Raus damit«, forderte Mareike sie auf.

Andrea wusste später nicht zu sagen, warum sie nicht einfach das Kino gewählt hatte, sondern dieser Frau, die sie kaum kannte und mit der sie nichts verband, gestand: »Also, wenn ich ehrlich bin, wollte ich schon immer mal in ein Spielkasino.«

Mareike Holländer blinzelte kurz, eindeutig irritiert. »Andrea! Sie erschüttern mich.« Ihre Stimme hatte einen deutlich neckenden Unterton.

Andrea fühlte, wie sie rot wurde. *Ich bin auch erschüttert. Weil ich das wirklich gesagt habe.* Es stimmte zwar. Sie wollte schon immer mal in ein Kasino. Aber wenn, dann doch mit einer Freundin, wie zum Beispiel Saskia. Jemandem, mit dem man schon allen möglichen Unsinn erlebt hatte und mit dem man sündige Träume über Geld teilen konnte.

»Wegen der Atmosphäre«, erklärte Andrea verlegen. »Nur wegen der Atmosphäre.«

Mareikes Blick ruhte spöttisch auf ihr. »Aber ja, sicher.« Sie grinste. »Andrea, Andrea. Das hätte ich nicht von Ihnen erwartet.«

Die wäre am liebsten vor Scham im Boden versunken. Als Mareike jetzt sagte: »Also gut, machen wir uns schick und stürzen uns in einen sündhaft teuren Abend«, traute Andrea ihren Ohren kaum.

Mareike lachte. »Das wird ein Spaß.«

Andrea dagegen bereute ihr spontanes Geständnis. »Vielleicht sollten wir doch lieber ins Kino gehen«, trat sie vorsichtig den Rückzug von ihrer Idee an. »Wie sieht das denn aus, wenn es herauskommt? Wir beide im Kasino. Wir sind Bankangestellte. Und nicht in einer Spielbank, wohlgemerkt. Man erwartet Seriosität von uns.«

»Wie soll das denn herauskommen?«, fragte Mareike fröhlich. »Es bleibt unser Geheimnis.«

»Ich weiß nicht, ob ich noch mehr Geheimnisse mit Ihnen verkrafte«, rutschte es Andrea da heraus.

Mareikes Lachen erstarb. Sie blieb stehen. Notgedrungen tat Andrea es ihr gleich. Mareikes Blick durchbohrte sie. »Warum sagen Sie das?«

Andrea errötete. »Ich ... ich weiß nicht. Es gibt keinen Grund.«

»Es geht Ihnen nicht aus dem Kopf, habe ich recht?«

»Was? Äh nein«, stotterte Andrea. »Ich meine, ja«, korrigierte sie eilig. Was auch verkehrt klang. Hilflos zuckte Andrea mit den Schultern. »Na ja. Sie müssen zugeben, dass es nicht eben alltäglich war.«

»Sie wären nicht schockiert, wäre es ein Mann gewesen, der mein Büro verlassen hat. Dann würden wir beide über die Sache schmunzeln und sagen: Na ja, dumm gelaufen, aber Hauptsache, es hat Spaß gemacht. Ist es nicht so?«

Andrea senkte verlegen den Blick. Mareike legte ihre Hand unter Andreas Kinn, hob es an und zwang sie damit, sie anzusehen. »Sie sind befangen mir gegenüber. Das merke ich doch.«

Andrea musste zugeben, dass Mareike recht hatte. Sie war befangen. Aber aus einem anderen Grund, als Mareike vermutete. Ihre Unsicherheit rührte nicht daher, dass ihr das erste Mal im Leben eine lesbische Frau begegnete, sondern weil die lesbische Frau, die ihr begegnet war, sich ihrer Meinung nach nicht an Renate Reinecke verschwenden sollte. Dass dieser Gedanke sich ihr immer wieder aufzwang, war absurd. Und er verunsicherte Andrea. Was ging es sie an, was Mareike Holländer privat trieb?

Mareike zog ihre Hand weg. »Es ist doch immer dasselbe.« Sie ließ Andrea einfach stehen. Andrea blickte ihr nach, wie sie den Gang entlang zu ihrem Zimmer ging und darin verschwand. Den Rest des Tages blieb Mareike unsichtbar.

Andrea saß beim Frühstück. Ein Teller wurde ihr gegenüber auf den Tisch gestellt. Mareike setzte sich schweigend. Merkwürdigerweise fühlte Andrea sich bei ihrem Anblick wie nach einem intimen Streit. Was ja Nonsens war. Andrea wagte ein verzagtes Lächeln. »Nehmen Sie mich trotzdem mit nach Hause, oder muss ich nun doch den Zug nehmen?«

»Wenn Sie sich trauen, sich neben mich ins Auto zu setzen«, lautete Mareikes Antwort. Sie klang müde.

»Ich denke, doch.«

Mareike erwiderte nichts, was Andrea veranlasste, sich noch einmal für ihre unbedachte Bemerkung vom gestrigen Tag zu entschuldigen. »Ich wollte Sie nicht . . . ich weiß wirklich nicht, warum ich das gesagt habe.«

Mareike sah von ihrem Frühstück auf. »Schon gut. Bemühen Sie sich nicht. Ich bin solche Reaktionen gewohnt. Ich bin mit Vorurteilen praktisch aufgewachsen.«

Das Frühstück nahm schweigend seinen Fortgang. Andrea traute sich nicht mehr, etwas zu sagen, aus Angst, Mareike würde sie erneut missverstehen. Später wartete Andrea in der Halle auf Mareike. Während Mareike die Formalitäten an der Rezeption erledigte, überlegte Andrea, wie sie das Missverständnis zwischen ihnen vielleicht doch noch ausräumen konnte. Aber es wollte ihr einfach nicht einfallen, wie sich das bewerkstelligen ließ.

Mareike war an der Rezeption fertig, kam auf Andrea zu und ging an ihr vorbei zur Ausgangstür. Andrea folgte ihr seufzend.

Sie nahmen ein Taxi zur Werkstatt. Mareikes Wagen stand bereits fertig auf dem Hof.

Die Rückfahrt begann, wie das Frühstück endete – schweigend. Das hielt Andrea ganze fünfzig Kilometer lang aus.

»Ehrlich«, platzte es dann aus ihr heraus. »Es ist mir völlig egal, mit wem Sie wo was machen. Es geht mich doch gar nichts an. Ich weiß auch nicht, warum mir die Bemerkung gestern rausgerutscht ist.«

Da Mareike sich nicht dazu äußerte, sah Andrea sich gezwungen, weiterzusprechen. »Na schön. Ich gebe zu, ich hätte nicht erwartet, dass Sie . . . lesbisch sind. Andererseits, was spielt das schon für eine Rolle?«

»Ich weiß nicht. Sagen Sie es mir.« Mareike blickte Andrea von der Seite her an. »Sie sind diejenige, die mich ständig so merkwürdig betrachtet. Oder glauben Sie, ich habe Ihre verstohlenen Blicke nicht bemerkt?«

Hat sie das?, fragte Andrea sich entsetzt. Hatte sie Mareike heimlich beobachtet? Das war Andrea nicht bewusst gewesen.

»Ich sage Ihnen, was ich glaube«, fuhr Mareike gelassen fort. »Sie machen sich plötzlich Gedanken um das Thema *Frauenliebe*, besonders darum, wie es sich wohl anfühlt, eine Frau zu küssen, zu liebkosen. Sie haben alle möglichen Phantasien. Sie sind schlicht und ergreifend neugierig, und Sie würden es zu gern einmal ausprobieren. Sie haben nur keine Ahnung, wie Sie es anstellen sollen.«

Das war definitiv falsch geglaubt. Andrea wusste sehr wohl, wie samtig sich die Lippen einer Frau anfühlten und wie weich ein Frauenkörper. Was Andrea allerdings bis eben nicht klar war: Sie würde gern wissen, wie Mareikes Lippen wohl schmeckten. Deshalb wagte sie nicht, Mareike anzusehen, und erwidern konnte sie vor Schreck schon gar nichts. Was war das für ein verrückter Wunsch?

Mareike nickte, fühlte sich bestätigt. »Ich wusste es.«

Schweigen legte sich wieder zwischen ihnen.

Irgendwann fuhr Mareike auf einen Rastplatz. Andrea nahm an, dass sie sich etwas die Beine vertreten oder vielleicht zur Toilette wollte. Nur, weshalb stieg Mareike nicht aus? Jetzt drehte Mareike sich in ihrem Sitz zu Andrea, schaute sie an. »Das ist Ihre Gelegenheit«, sagte sie.

Andrea verstand nicht. Was meinte Mareike? Und plötzlich begriff sie. Mareike bot ihr an, sie zu küssen.

Andrea blieb vor Schreck die Luft weg. Sie saß völlig gelähmt auf dem Beifahrersitz.

»Keine Angst, ich beiße nicht«, sprach Mareike ihr Mut zu, begleitet von einem spöttischen Lächeln. »Na ja, manchmal schon, aber jetzt werde ich es nicht tun.«

Andrea bewegte sich keinen Zentimeter. Weder vor noch zurück.

»Also gut.« Mareike lächelte. »Dann helfe ich Ihnen ein wenig.«

Andrea fühlte, wie sich Mareikes Hand in ihren Nacken schob. Mit vorsichtigem Druck zog Mareike Andrea zu sich. Mareikes Lippen berührten sanft Andreas Wange, entfernten sich wieder. Schon glaubte Andrea, dass es das nun gewesen sei, und fühlte Erleichterung in sich aufsteigen, weil Mareike sie ja wohl nur aufgezogen hatte. Da ließ eine erneute Berührung Andrea erschauern. Vorsichtig berührten Mareikes Lippen Andreas Mund, zogen sich kurz darauf zurück, sodass Andrea gerade noch den Hauch einer Berührung ahnte. Bevor die Berührung sich restlos auflöste, verstärkte Mareike den Druck ihrer Lippen wieder. Wärme durchflutete Andrea.

War es ihre eigene Wärme? Mareikes? Andrea wusste es nicht zu sagen. Im Moment war das eins. Mareike fuhr mit der Zungenspitze über Andreas Lippen. Das löste eine Kettenreaktion in Andrea aus. Hitze in ihrem Bauch, ein leises Stöhnen, zitternde Hände, die sich Halt suchend in Mareikes Rücken verkrallten. Ihr Mund öffnete sich unter Mareikes zart streichelnden Lippen zu einem langen, intensiven Kuss. Mareikes Finger strichen Andreas Hals entlang. Ein Schauer lief über Andreas Rücken, ihr Brustkorb hob sich. Plötzlich spürte sie Mareikes Hand unter ihrer Bluse. Andrea kam zu sich. »Das ... das ist genug«, keuchte sie.

Eigentlich war es das nicht, aber bei der Berührung schoss Andrea der Gedanke an Renate durch den Kopf, und eine solche Affäre wollte sie mit Mareike nicht wiederholen. Auf gar keinen Fall. Es war schon schlimm genug, dass es *so* weit gekommen war.

Mareike hielt inne und zog sich zurück, jedoch nicht ohne Andrea spöttisch anzusehen. »Nun schauen Sie auch etwas mitgenommen aus. Ich schätze, da habe ich eine Erinnerung ähnlich der Ihren.«

»Ganz und gar nicht.« Andrea ordnete sich hastig. »Ich war an Ihrem desolaten Zustand nicht aktiv beteiligt.«

»Vielleicht ein anderes Mal«, erwiderte Mareike salopp und startete den Motor.

»Ein anderes Mal?«, fragte Andrea verwirrt.

Mareike sah sie vielsagend an. »Das war ja wohl eben kein *Nein, danke.*«

Das konnte Andrea nach dem, was gerade passiert war, schlecht abstreiten. Aber Mareike glaubte doch wohl nicht ernsthaft, sie würde ihr so etwas noch mal erlauben?

»Für Sie mögen solche Situationen ja keine Ausnahme und reizvoll sein. Ich für meinen Teil halte nichts von Abenteuern.«

»Generell oder weil ich eine Frau bin?«

Andreas warf einen fast strafenden Blick auf Mareike. »Generell!« Was denn sonst?

Mareike kommentierte es nicht weiter. Sie interessierte sich nur noch für den Straßenverkehr. Andrea hingegen beobachtete ausgiebig die Landschaft. Welche zwar nicht so überaus spannend war, aber dafür weit ungefährlicher als ein Gespräch mit Mareike.

6.

Du hast sie geküsst?« Saskia war ganz außer sich vor Sensationslust.

»Pssst. Nicht so laut!«, zischte Andrea. Schnell vergewisserte sie sich, dass niemand der an den angrenzenden Tischen sitzenden Kollegen auf sie aufmerksam geworden war. Was für eine bescheuerte Idee, Saskia davon zu erzählen. Erst recht hier in der Kantine. »*Sie* hat *mich* geküsst«, korrigierte Andrea mit unterdrückter Stimme so energisch wie möglich. »Genauer gesagt, hat sie mich überrumpelt. Das war so was von fies.«

»Aber du hast sie doch zurückgeküsst, oder?« Saskia sah ihre Freundin eindringlich an.

»Na ja, irgendwie . . . schon«, konnte Andrea nicht umhin zuzugeben.

»Du stehst auf sie.« Saskia zwinkerte Andrea zu.

»Nein!«

»Aber ja! Sonst hättest du ihr doch einfach eine geknallt.«

»Ich war zu überrascht. Da hat . . .«

». . . dein Verstand ausgesetzt?« Saskia grinste.

». . . meine Abwehr versagt.«

Saskias Grinsen wurde breiter. »Ja, sicher.«

»Ja! Und wehe, du erzählst irgendjemandem was davon. Dann ist unsere Freundschaft Geschichte.«

»Wofür hältst du mich?«, fragte Saskia beleidigt.

»Für meine manchmal etwas redselige Freundin.«

Zurück im Büro, ließ Andrea sich in ihren Sessel fallen und starrte den Stapel Unterlagen auf ihrem Schreibtisch an, als sei der an ihrem inneren Chaos schuld. Auch wenn Andrea es nicht gern zugab, Saskia hatte mit ihrer Frage den Nagel auf den Kopf getroffen. Warum hatte sie Mareike gewähren lassen? Sie hätte ihr einfach eine scheuern sollen. Ein fatales Versäumnis. Kein Wunder, dass Mareike wieder Oberwasser gewonnen hatte.

Wenn es nicht schon zwei Wochen her wäre, dass Andrea Mareike in der für sie sehr peinlichen Situation angetroffen hatte, würde Andrea denken, Mareike hätte diese Geschichte auf dem Rastplatz absichtlich inszeniert. Um die ungleiche Partie auszugleichen und sich Andreas Verschwiegenheit zu sichern. Nach dem Motto: Du ein Trumpf, ich ein Trumpf.

Aber so war es wohl doch nur eine Provokation gewesen.

Die ihre Wirkung nicht verfehlt hatte. Andrea wurde immer noch ganz heiß, wenn sie daran dachte, wie sie sich in Mareikes Armen gefühlt hatte. Wahrscheinlich konnte sie Mareike niemals wieder in die Augen sehen, ohne zu erröten.

Das Klopfen an der Tür ließ Andrea aufschrecken. Ausgerechnet Mareike betrat den Raum.

»Hallo«, grüßte sie.

Andrea konzentrierte ihren Blick auf den PC-Schirm, tat, als wäre sie beschäftigt. »Hallo.«

Mareike kam näher. Vor Andreas Schreibtisch blieb sie stehen und hob die Akte in ihrer Hand hoch. Andrea streckte die Hand aus, wartete, dass Mareike die Papiere hinüber reichte. Doch die ließ die Hand sinken, verzog den Mund und biss sich auf die Unterlippe. »Ich ... also ... ich glaube, ich muss mich bei Ihnen entschuldigen. Das war nicht ganz fair, was ich da gemacht habe.«

Andreas eben noch abweisender, distanzierter Blick zeigte plötzlich Verblüffung. Mareike entschuldigte sich? Diese Frau war wirklich eine Quelle ständiger Überraschungen.

»Das stimmt«, erwiderte Andrea knapp, bemüht, unwillig zu klingen. Allerdings war sie durch Mareikes Entschuldigung bereits deutlich milder gestimmt.

Mareike legte den Kopf leicht schief. »Noch sauer?«

Andrea sandte Mareike einen letzten strafenden Blick zu. Dann deutete sie ein Lächeln an und schüttelte den Kopf. »Ach was. Schwamm drüber.«

Mareike atmete auf. »Danke.« Sie legte jetzt die Akte auf Andreas Schreibtisch. »Ich habe hier einen Kreditantrag. Haben Sie jemanden, der die Sache vielleicht schnell bearbeiten kann?«

»Eigentlich gilt bei der Bearbeitung der Anträge die Last-in-last-out-Regel.« Andrea griff nach der Mappe und schlug sie auf.

»Ich weiß. Vielleicht können Sie eine Ausnahme machen. Der Kundin würde mit einer raschen Bearbeitung sehr geholfen sein. Es ist auch eigentlich keine große Sache. Sie können es ganz unkompliziert machen.«

Andrea überflog die Stammdaten, stolperte sofort über den Namen, den sie dort las. Er veranlasste sie zu einem forschenden Blick in Richtung Mareike.

»Stimmt was nicht?«, fragte die.

Andrea schüttelte mit dem Kopf. »Nein, alles in Ordnung.«

Was sollte schon nicht stimmen, wenn Mareike ihr einen Vorgang auf den Tisch legte, bei dem vierzigtausend Euro für die Erweiterung eines Fitnesscenters vorgeschossen werden sollten. War doch nichts dabei, dass es sich um den Laden von

Renate Reinecke handelte, der Frau, mit der Mareike Holländer ... was auch immer hatte.

Andrea senkte den Kopf, damit Mareike nicht sehen konnte, wie sie die Stirn runzelte. Natürlich ahnte Mareike nicht, dass Andrea die Frau kannte, welche vor zwei Wochen für die peinlichste Situation in ihr beider Leben gesorgt hatte. Und natürlich drängte sich Andrea eine bestimmte Schlussfolgerung geradezu auf.

»Also gut. Ich mache ein paar Überstunden und prüfe den Antrag selbst. Dann geht es schnell. Was halten Sie davon?«, fragte Andrea freundlich.

Mareike lächelte. »So sehr müssen Sie es nun auch nicht übertreiben. Leiten Sie es ruhig weiter an einen der Mitarbeiter in Wellers Abteilung. Sie brauchen es dann nur unterschreiben.«

Will sie mich wirklich entlasten, oder befürchtet sie, zu Recht, bei mir die kritischsten Augen? Andrea entschloss sich für die Überstunden, nickte aber und ließ Mareike damit in dem Glauben, sie würde es weiterleiten.

Mareike lächelte, wandte sich in Richtung Tür. »Ach, was ich noch sagen wollte ...« Sie blieb stehen, drehte sich um, ein freches Blitzen in den Augen, »... Sie küssen wirklich gut.«

Schon schaute Andrea wieder auf Mareikes Rücken. Mit halb offenem Mund, zu perplex für eine Erwiderung.

Feierabend, beschloss Andrea. Heute gewann sie keinen Blumentopf mehr, so abgespannt, wie sie sich fühlte. Notdürftig räumte Andrea den Schreibtisch auf, nahm ihre Tasche und ging zum Fahrstuhl.

Auf dem Parkplatz vor dem Gebäude standen nur noch wenige Autos. Andrea stieg in ihren Wagen, drehte den Zündschlüssel. Das erwartete Geräusch des anspringenden Motors blieb aus. Andrea probierte es erneut. Mit demselben Ergebnis. »Komm schon«, brummte sie. Aber auch zwei weitere Versuche blieben erfolglos. »Mist.«

Ein Klopfen an der Autoscheibe unterbrach Andreas Bemühungen. Sie sah in Mareikes fragendes Gesicht. »Probleme?«, klang deren Stimme gedämpft durch die Scheibe.

Andrea schüttelte den Kopf. »Nein, nein.«

»Sieht aber so aus.« Ein Grinsen stahl sich in Mareikes Gesicht. »Haben Sie getankt?«

Andrea verkniff sich eine Erwiderung. Sie erkannte die Retourkutsche, und es war offensichtlich, dass Mareike sie genoss. Die Zähne zusammenbeißend schluckte Andrea ihren Ärger hinunter, denn sie gönnte Mareike nicht, dass deren Genugtuung sich noch steigerte.

Mareike machte Andrea ein Zeichen, dass sie die Scheibe runterfahren sollte. Andrea tat es.

»Ich kann Sie mitnehmen«, bot Mareike an.

»Danke, nicht nötig.«

»Ach, nun zieren Sie sich nicht. Es ist nur ein kleiner Umweg für mich.«

Andrea zögerte.

»Na los.« Mareike zog frierend ihren Mantel enger um sich zusammen. »Um diese Uhrzeit finden sie keine Werkstatt mehr, die Ihren Wagen abholt.«

Andrea seufzte. Das stimmte wohl.

Mareike trat ungeduldig von einem Fuß auf den anderen. »Ich gehe jetzt zu meinem Wagen. Überlegen Sie nicht zu lange.«

Andrea verfolgte Mareike mit den Augen, immer noch unschlüssig. »Ach, warum nicht«, murmelte sie dann, griff nach ihrer Tasche, schloss das Auto ab. Sie kam gleichzeitig mit Mareike an deren Wagen an.

Mareike lächelte. »Doch noch geschafft?« Sie öffnete die Türverriegelung. »Bitte einzusteigen.«

Andrea tat es und schnallte sich an. Mareike startete den Wagen, fuhr los. Der Berufsverkehr war lange vorbei, Mareike lenkte sie zügig und sicher durch die Straßen. »Anstrengenden Tag gehabt?«, erkundigte sie sich.

»Kann man wohl sagen. Warum musste Weller bloß umfallen?«

»Wenn ich Ihnen was abnehmen kann, irgendwelche zeitraubenden Auswärtstermine, sagen Sie mir Bescheid.«

»Das würden Sie tun?«

»Natürlich.«

»Also ... danke. Wer weiß, vielleicht komme ich darauf zurück.«

Eine rote Ampel ließ Mareike den Wagen anhalten. »Sie haben doch auch noch nichts gegessen«, meinte sie. »Wollen wir?«

Andrea folgte Mareikes Kopfbewegung und erspähte die Imbissbude, die Mareike meinte. »Warum nicht.«

Mareike setzte den Blinker, bog links ab, parkte seitwärts am Straßenrand. Sie stiegen aus. Ein paar einzelne Schneeflocken fielen vom bedeckten Himmel des Januarabends und wurden unsichtbar, sobald sie auf die Straße auftrafen. Andrea fühlte schmelzende Tupfer im Gesicht. Ruhe erfasste sie. Endlich fiel die Anspannung des Tages von ihr ab.

»Was möchten Sie?«, fragte Mareike.

Andrea las die Angebotstafel. »Currywurst«, entschied sie.

»Einmal Currywurst, einmal Frikadelle«, bestellte Mareike bei der Frau hinter der Theke. »Und zwei Tee.«

Gerade als sie die Bestellung in Empfang nahm, klingelte Mareikes Handy. Mit einem entschuldigenden Blick setzte sie die Pappteller auf den Bistrotisch vor Andrea ab und nahm den Anruf entgegen. Andrea holte den Tee.

»Jetzt?«, fragte Mareike entgeistert in ihrem Rücken.

Andrea nahm die zwei Becher, welche die Imbissverkäuferin vor ihr auf den Tresen stellte, vorsichtig am oberen Rand. Der Dampf des heißen Getränks wärmte wohltuend ihre Hand. Andrea ging zurück zu Mareike, die, das Handy am Ohr, offenbar einer wortreichen Erklärung folgte.

»Nein«, sagte sie dann zögernd. »Ich ...«, ein Seitenblick zu Andrea, »... bin noch im Büro ... hm ... ja, ich versuche es, okay?« Sie klappte das Handy zu, nickte Andrea aufmunternd zu. »Na dann, guten Appetit.«

»Gleichfalls.« Andrea biss von ihrem Brötchen ab, spießte das erste Stück Wurst auf. »Ich will Sie von nichts abhalten«, sagte sie kauend. »Es gibt genug Taxis in dieser Stadt. Ich komme schon irgendwie nach Hause.«

»Ich mag bisher nicht den besten Eindruck auf Sie gemacht haben. Aber es gehört nicht zu meinen Gewohnheiten, jemanden mitten in der Pampa stehenzulassen«, erwiderte Mareike.

Andrea wies über die Straße. »Da drüben ist ein U-Bahnhof. Das kann man jetzt nicht wirklich Pampa nennen.«

»Wenn Sie mich loswerden wollen, gehen Sie nur in den Untergrund.« Mareike zwinkerte Andrea zu. »Ansonsten gilt mein Angebot. Ich bringe Sie.«

»Ich habe mich noch gar nicht bedankt«, sagte Andrea pflichtbewusst.

»Wie schmeckt Ihre Currywurst?«, überging Mareike Andreas Worte.

»Ausgezeichnet. Mal kosten?« Andrea schob ihren Pappteller etwas zu Mareike. Die pickte sich ein Stück heraus. »Hm, wirklich lecker«, meinte sie, zustimmend nickend.

»Und die Frikadelle?«, wollte Andrea wissen.

Mareike schnitt ein Stück ihrer Frikadelle ab, bestückte ihre Gabel damit und hielt sie Andrea hin.

Andrea beugte sich vor, nahm den Bissen, kaute. »Auch nicht schlecht.« Sie trank einen Schluck Tee. »Was macht eigentlich Ihre stürmische Freundin? Wartet sie nicht auf Sie, während wir hier munter plauschen?«, fragte sie wie nebenbei. Dabei interessierte die Antwort sie brennend. Wie standen Mareike und Renate zueinander? War das was Ernstes?

»Warten? Nein.« Mareike schüttelte den Kopf. »Renate ist mehr der Typ, der *er*wartet.«

Andrea senkte den Blick. »Kennen Sie sich schon lange?«

»Wie man's nimmt. Eine Chat-Bekanntschaft. Jedenfalls solange ich in Hamburg wohnte. Natürlich trafen wir uns, als ich dann vor vier Wochen nach Berlin kam.«

»Sie lassen wohl nie was anbrennen?«, rutschte es Andrea

heraus. Sofort biss sie sich auf die Lippen. *Was reitet dich denn jetzt schon wieder, Andrea?* Das war eindeutig eine Provokation.

Andrea blickte angestrengt auf ihren Pappteller hinab, wo von der Currywurst mittlerweile nur noch Soße übrig war. Sie tunkte ihr Brötchen hinein.

»Ja. Schämen Sie sich nur«, sagte Mareike strafend.

»Tut mir leid. Das wollte ich nicht sagen.«

Mareike winkte lässig ab. »Schon gut. Aber wo wir nun mal dabei sind: Was sagt denn Ihr Freund dazu, dass Sie fremde Frauen auf Rastplätzen küssen?«, fragte sie spöttisch. Ein breites Grinsen überzog ihr Gesicht. »Und das nicht gerade passiv.«

»Tja, Pech für Sie«, spottete Andrea zurück. »Kein Freund, keine wirksame Stichelei.« Andrea klärte Mareike nicht darüber auf, dass die Frage ganz falsch gestellt war. Wozu? Das würde nur unnötige Fragen bei Mareike aufwerfen. Zum Beispiel warum sie Mareike nicht aufgeklärt hatte, bevor es zu dem Kuss zwischen ihnen gekommen war.

»Kein Freund? Oh.« Mareike hob die Augenbrauen. »Was für eine Verschwendung.« Sie zwinkerte Andrea zu.

»Soll ich Sie morgen früh abholen?«, fragte Mareike, als sie vor Andreas Wohnblock zum Halten kamen.

»Nein, danke. Das ist wirklich nicht nötig«, lehnte Andrea ab. »Ich rufe gleich um sieben die Werkstatt an, in der eine Freundin von mir arbeitet. Sie kann sicher, bevor sie meinen Wagen abschleppt, bei mir vorbeikommen und mich mitnehmen.«

»Dann bis morgen im Büro.«

Andrea nickte. »Danke noch mal fürs Mitnehmen.« Sie stieg aus. Mareike fuhr davon.

Andrea sah dem Wagen nach, schüttelte in Gedanken den Kopf. Diese Frau hatte tausend Facetten. Mal kühl und diszipliniert, dann wieder spontan und emotional. Alles vermischt mit trocken-spöttischem Humor.

Eigentlich ganz nett. Ziemlich nett sogar. Aber auch undurchschaubar. Sei vorsichtig, Andrea!

Andrea setzte Mareike am Ende der Besprechung, in der sie den Vertragsentwurf für das Geschäft mit der Schössler Werft durchgingen, davon in Kenntnis, dass sie den Kreditantrag von Frau Reinecke ablehnen müsse.

»Wie begründen Sie die Ablehnung?«, fragte Mareike kühl.

»Frau Reinecke betreibt ein Fitnesscenter und will dieses erweitern. Sie hat aber den Kredit von der VBG Bank, welche bei der Einrichtung des Studios Pate stand, noch nicht getilgt. Das ist kein Hindernis, um einen weiteren Kredit aufzunehmen, aber warum bei uns? Ich habe mich bei der VBG erkundigt. Frau Reinecke hat enorme Probleme bei der Tilgung ihres Kredits. Sie hängt weit hinterher. Weil ihre Umsatzzahlen zu gering sind. Sie sollte dann aber auf gar keinen Fall erweitern. Wir werden Frau Reinecke dafür jedenfalls kein Geld geben.«

Mareike winkte ab. »Wir wissen doch beide, dass es viele Gründe dafür geben kann, warum ein Kredit nicht nach Plan getilgt wird. Notwendige Investitionen zum Beispiel. In jeder Branche gibt es Neuheiten, welche man, will man am Ball bleiben, anschaffen muss. Da kommt es leicht zu unerwarteten Ausgaben, und dementsprechend kommt man mit der Rückzahlung in Verzug. Die Umsatzzahlen werden raufgehen, wenn das Studio sich vergrößert. Es ist einfach zu klein und deshalb unattraktiv für viele Kunden.«

»Sie wussten davon?« Andrea hatte es trotz klarer Zahlen nicht wahrhaben wollen. Doch nun gab Mareike praktisch selbst zu, dass hier etwas faul war. Oder zumindest stark danach roch. »Warum haben Sie es nicht erwähnt?«

»Ich wusste es nicht«, behauptete Mareike. »Aber ist es nicht so in vier von fünf Fällen?«

»Ist Renate Reinecke zufällig *Ihre* Renate?« Andrea wollte nicht länger um den heißen Brei herum reden.

Mareike nickte. »Ja«, bestätigte sie.

»Und ich soll Ihnen glauben, dass Sie nicht wissen, wie es um die Finanzen Ihrer Freundin steht?«

»Wir trennen Privates und Geschäftliches.«

»Und warum sitzen wir dann hier und reden über sie?«

Mareike legte ihre Stirn in Falten. »Ich war in einer Zwangslage und habe versprechen müssen, ihr einen Gefallen zu tun.«

»Einen Gefallen? Ihr einen Kredit von vierzigtausend Euro zu verschaffen, nennen Sie einen Gefallen?«

»Woher sollte ich denn ahnen, dass Renate *so* einen Gefallen verlangen würde?«

»Das muss ja 'ne mächtige Zwangslage gewesen sein«, konnte Andrea sich nicht verkneifen zu spötteln.

Mareike seufzte. »Es ging um den Geburtstag meiner Mutter. Aber das zu erklären, würde wirklich zu lange dauern.«

Andrea horchte auf. Mareike und Renate und der Geburtstag der Mutter? Es schien doch was Ernsteres zu sein. Wenigstens für Mareike. Renate war eigentlich nicht der Muttigeburtstagtyp. Nutzte sie Mareikes Gefühle aus, und Mareike merkte es nicht? Immerhin, auch einer Frau wie Mareike konnte mal durch Gefühle der Blick für die Realität verstellt sein.

Andrea schaute Mareike nachsichtig an. »Also gut. Ich kann ja noch einmal bei der VBG nachfragen«, lenkte sie ein. Um Mareikes willen, nicht Renates wegen. »Wenn Frau Reinecke wirklich so immense unerwartete Ausgaben hatte, dann wird man das dort ja wissen.«

Eine erneute Nachfrage bei der VBG brachte aber nur hervor, dass Renates Fitnessbetrieb einfach nicht die erwarteten schwarzen Zahlen schrieb. Er dümpelte an der Nulllinie herum, einen Monat etwas plus, den anderen etwas minus. Größere Neuanschaffungen gab es keine in den ersten zwei Jahren. Das war also nicht der Grund für die Probleme. Andrea vermutete, Renate wollte mit dem neuen Kredit ihre Schulden bei der VBG Bank ablösen, mit deren Rückzahlung sie weit im Rückstand war. Wenn Andrea den Unterton der Dame von der VBG richtig deutete, machte man Renate seitens VBG ordentlich Druck. Sicher versprach Renate sich Abhilfe dadurch, dass sie den Kredit in das Geldinstitut verlagerte, in dem ihre Geliebte arbeitete. Hatte Mareike Holländer ihr am Ende sogar Abhilfe versprochen? Andrea haderte mit sich. Die zu erwartende Auseinandersetzung mit Mareike behagte ihr nicht. Zudem würde sie für ordentlich Spannung zwischen ihnen sorgen. Aber was blieb ihr übrig? Es gab niemanden, der ihr die Sache abnehmen konnte. Und die Umstände mussten nun mal geklärt werden.

Andrea passte Mareike am nächsten Tag in der Kantine ab. »Haben Sie ein paar Minuten? Es geht noch mal um den Antrag von Frau Reinecke. Gehen wir in mein Büro?«

Mareike nickte. Sie fuhren in den fünften Stock. In ihrem Büro setzte Andrea sich umständlich zurecht. Mareike sah sie abwartend an.

»Also, ich weiß, die Sache liegt Ihnen am Herzen«, tastete Andrea sich mit vorsichtigen Worten vor. »Doch auch bei Frau Reinecke müssen wir auf die Fakten sehen. Wie bei allen anderen.«

»Und was sagen die Fakten?«, fragte Mareike. »Ihrer Meinung nach?«, setzte sie hinzu.

»Egal, wie ich es auch drehe und wende, ein weiterer Kredit macht in Frau Reineckes Situation keinen Sinn. Das Studio läuft viel zu schlecht. Woran es liegt, weiß ich nicht. In jedem Fall ist eine Erweiterung utopisch, völlig unangebracht. Noch schlimmer. Wenn nicht ein Wunder passiert, wird das Studio im Laufe der Zeit von den immer wieder mal zu hohen Kosten einfach langsam aufgefressen werden.«

»Das ist Ihre Analyse?«

»Ja.« Andrea hob bedauernd die Hände. »Leider.«

»Ganz objektiv?«

»Wie sonst?«

Mareike fixierte Andrea. »Es gibt da nicht vielleicht einen anderen Grund, warum Sie sich sperren?«

»Welcher sollte das sein?«

»Sie wollen Renate nicht zufällig eins auswischen?«, fragte Mareike wie aus dem Nichts. »Vielleicht sind Sie auch ein wenig eifersüchtig?«

»Bitte?«, erwiderte Andrea verdutzt.

»Ich erwähnte Renate gegenüber zufällig Ihren Namen. Sie kann sich gut an Sie erinnern.«

Andrea biss sich auf die Lippen. Damit hatte sie nun wirklich nicht gerechnet. Wenn Renate erzählt hatte, dass sie beide mal liiert waren, wenn auch nur kurz, dann hatte Mareike natürlich ebenso viel Grund, an ihrer, Andreas, Objektivität zu zweifeln wie umgekehrt. Wie sollte sie Mareike klarmachen, dass Renate ihr egal war, sie, Mareike, dagegen nicht.

Andreas Gedanken kamen ins Stocken. *Wie jetzt? Was meinst du mit: Mareike nicht.*

Aber ihr blieb jetzt keine Zeit, weiter darüber nachzusinnen. Mareike wartete auf eine Antwort. Andrea suchte nach einer Erwiderung, die dazu geeignet war, Mareike ihren Verdacht zu nehmen und sie zur Vernunft zu bringen.

»Ich will niemandem eins auswischen. Und eifersüchtig bin ich gleich gar nicht. Ich hatte Renate vergessen, bis ich sie aus Ihrem Büro rauskommen sah.« Klang das überzeugend? »Ich lasse mich nicht von irgendwelchen Gefühlen leiten«, betonte Andrea. »Und Sie sollten das auch nicht tun!«

»Keine Angst, ich weiß, was ich tue.«

»Das scheint mir nicht so.«

Mareikes Augen funkelten unerwartet spöttisch. »Na, das sagt die Richtige.«

Was meinte Mareike damit nun wieder? Dann wusste sie plötzlich, um was es ging. Eingedenk aller Umstände, musste Mareike erkannt haben, wie überflüssig ihr Kuss im Auto gewesen war, da Andrea reichlich Erfahrung besaß, was das Küssen von Frauen anbelangte. Mareike fragte sich natürlich, warum Andrea es so weit hatte kommen lassen. Warum diese ganze Szene? Das zeugte nicht gerade von Übersicht oder planmäßigem Handeln. Eher von völliger Verwirrung.

»Es geht im Moment nicht um mich«, überging Andrea die Bemerkung.

»Nein, es geht um den Kreditantrag von Frau Reinecke.«

»Richtig. Aber wenn Renate überhaupt einen Antrag stellen

sollte, dann den auf Umschuldung. Allerdings, wie Sie wohl wissen, lautet eine Philosophie unseres Hauses: keine Umschuldungen. Zu arbeitsintensiv bei zu hohem Risiko.«

»Dann machen wir eben eine Ausnahme, verdammt«, knurrte Mareike.

»Keine Ausnahmen. Auch eine Regel. Sorry.«

Jetzt wurde es Mareike zu viel. »Schluss jetzt«, brach sie die Diskussion ab. »Wenn *Sie* den Antrag ablehnen, werde *ich* ihn eben befürworten. Und unterschreiben.«

»Aus rein professionellen Gründen, wie ich annehme«, erwiderte Andrea bissig.

Mareike ignorierte die Spitze. »Bringen Sie mir die Unterlagen später in mein Büro.«

»Wie Sie meinen. Es ist Ihr Waterloo.«

Andrea blieb sitzen, während Mareike verärgert das Büro verließ. Verständnislos schaute Andrea ihr nach. War Mareike denn nicht klar, dass sie sich mit so einer Aktion zu Fall bringen konnte? Sie, Andrea, brauchte nur zu warten, bis Mareike den Antrag unterschrieben hatte, und könnte dann mit der Akte zu Brennicke gehen. Fünf Minuten später wäre Mareike Holländer in dieser Bank Geschichte.

Freu dich doch, Andrea. Du kannst deine ungeliebte Konkurrentin abschießen.

Andrea seufzte. Ja, das konnte sie. Aber wollte sie es auch?

»Was stehst du hier rum wie ein Trauerkloß?« Saskia hakte sich bei Andrea ein und zog sie mit sich.

Saskia und Jasmin hatten ein paar Freundinnen zu sich eingeladen, um Jasmins bestandene Meisterprüfung zu feiern. Und die Pläne für die Zukunft natürlich. Die beiden waren super gutgelaunt und steckten die anderen an. Bis auf Andrea. Die war mies drauf.

»Was ist denn los mit dir?«, forschte Saskia nach dem Grund der Trauermiene ihrer Freundin. Sie tauschte die leere Bierflasche, an die Andrea sich klammerte, gegen eine neue aus. »Bist ja die reinste Spaßbremse.«

Andrea lächelte ihre Freundin verkrampft an.

»Kannst mal wieder nicht von der Arbeit abschalten?«, fragte Saskia seufzend.

Andrea machte eine unbestimmte Handbewegung. In gewisser Weise lag Saskia richtig. Es waren Gedanken an Mareike, die Andrea fortwährend im Kopf rumschwirrten. Verwirrende Gedanken.

»Was ist denn an all den Zahlen so spannend, dass sie dich sogar jetzt nicht in Ruhe lassen?« Saskia fehlte sichtlich jedes Verständnis für Andreas Problem, welches in ihren Augen natürlich keines war.

Andrea riss sich zusammen. »Wann geht es denn los mit der Werkstatt?«, lenkte sie von sich ab.

Das war das richtige Thema für Saskia. »Jasmin hat morgen einen Termin mit dem Verwalter einer stillgelegten Tankstelle.«

»Seid ihr verrückt?«, fragte Andrea entsetzt. »Der Boden ist wahrscheinlich durch ausgetretene Öle und Benzin vollkommen vergiftet. Die Entseuchung kostet euch Zehntausende.«

»Danach haben wir natürlich gefragt. Für wie naiv hältst du uns?«

»Willst du, dass ich mir den Kaufvertrag mal ansehe, bevor ihr ihn unterschreibt?«, bot Andrea an.

»Du vergisst, dass ich mich auch ganz gut mit solchen Sachen auskenne. Aber sollte was unklar sein, frage ich dich. Danke.«

»Ich wünsche Euch wirklich alles Gute. Und einen Kunden habt ihr schon. Ich werde mein Auto nur zu euch bringen.«

»Na, das erwarte ich aber auch. Nur, so weit ist es noch nicht. Es warten erst mal jede Menge Renovierungsarbeiten auf uns.«

Andrea hob bedauernd die Hände. »Ruf mich an, wenn es was zu Malern gibt. Ansonsten kann ich euch leider nicht helfen. Wie du weißt, bin ich handwerklich nicht besonders begabt.«

»Ja, ja. Damit redest du dich schon immer heraus.« Saskia legte ihre Hand auf Andreas Arm. »Entschuldige mich, ich muss mich um den Nachschub für die anderen kümmern.« Sie verschwand.

Andrea gesellte sich zu einer kleinen Gruppe, aus deren Runde sie ein, zwei Gesichter kannte. An dem Gespräch über Horoskope und Wahrsagungen nahm sie aber nur als Zuhörer teil. Sie hatte zu Horoskopen keine Meinung, außer vielleicht die, dass man prima ohne sie leben konnte. Plötzlich fragte Andrea sich, ob heute Abend wohl auch jemand mit einem Herzinfarkt zusammenbrechen würde. Als ihr klar wurde, dass sie damit, wenn auch indirekt, schon wieder an Mareike dachte, seufzte sie innerlich.

Es war aber auch zu vertrackt. Andrea wurde zunehmend bewusst, dass Mareikes unprofessionelles Verhalten ein ernsthaftes Problem darstellte. Auch für sie, Andrea. Machte Mareike nämlich ihre Ankündigung wahr und unterschrieb Renates Kreditantrag, müsste Andrea von Rechts wegen Brennicke unterrichten, dass hier eine Fehlentscheidung vorlag. Es widerstrebte ihr aber – warum, darüber wollte sie jetzt nicht auch noch nachdenken –, diesen Schritt zu tun. Sie konnte also nur hoffen, dass Mareikes Vernunft zurückkehrte. Denn sonst machte sie sich zu Mareikes Komplizin. Wider Willen, aber danach fragte nach Andreas Erfahrung niemand, sollte die Sache schiefgehen.

»Na? Schon wieder oder immer noch in Gedanken?«, fragte Saskia in Andreas Ohr. Andrea schrak zusammen.

»Immer noch«, gestand sie.

»Ha, so sehr bist nicht einmal du von deinem Job besessen, dass er dich ununterbrochen beschäftigt«, erkannte Saskia messerscharf. »Da steckt eine Frau dahinter. Erzähl!«, forderte sie.

Genau das konnte Andrea nicht. Das mit dem Kuss war eine Sache. Da konnte sie Saskia zum Schweigen vergattern, indem sie drohte, ihr die Freundschaft zu kündigen. Das machte Sinn. Die Sache mit dem Kreditantrag lag anders. Andrea sah es deutlich vor sich: Saskia in ihrem Frauenarbeitspool, wo, wie Andrea aus Saskias Erzählungen in der Mittagspause nur zu gut wusste, keine Neuigkeit lange geheim blieb. Die Versuchung, da mit etwas wirklich Sensationellem über die neue Superfrau der Firma aufzuwarten, war sehr groß. Zu groß, entschied Andrea.

»Du liegst falsch«, behauptete sie deshalb, vergaß dabei aber, dass Saskia sie zu gut kannte.

»Liege ich nicht. Und da du in letzter Zeit kaum aus dem Büro wegkommst, bin ich mir auch ziemlich sicher, um wen es sich handelt.«

»Ich habe sehr viel zu tun. Jetzt, wo ich auch noch Weller vertrete.«

»Und bist du da nicht oft mit *ihr* zusammen?«

»Wem, ihr?«, stellte Andrea sich dumm.

Saskias stummer *Für-wie-blöd-hältst-du-mich?*-Blick zwang Andrea zur Aufgabe. »Ja, schon gut«, gab sie zu. »Aber das sind nur Besprechungen und solcher Kram.«

»Aber da kann man doch auch ab und zu mal ein privates Wort einflechten. Warum versuchst du es nicht, wenn sie dir gefällt?«

»Kannst du dich noch an Renate erinnern?«, fragte Andrea.

Saskia geriet völlig aus dem Konzept. »Was?«

»Du weißt schon, die mit dem durchtrainierten Body.«

»Ach die. Was ist mit der?« Saskias Augen weiteten sich vor Schreck. »O je. Die hast du doch wohl nicht wiedergetroffen? Und noch mal mit ihr . . .? Andrea, bitte nicht die noch mal!«

»Quatsch.«

Saskia atmete erleichtert auf. »Gott sei Dank. Die war nämlich wirklich eine meiner schwersten Prüfungen. Ich meine, sieh mich an. Ich bin nicht fett. Na gut, Konfektionsgröße vierzig, aber hey. Ich treibe Sport, esse höchstens einmal im Jahr bei McDonalds, kenne Obst und Gemüse nicht nur aus Büchern. Da sagt mir die Tussi, mein Geist und mein Körper seien verweichlicht. Die war doch selbst völlig verweichlicht. Im Gehirn! Nur Matsch! Wie hast du die ausgehalten?«

Andrea grinste. »Mit viel Muskelkater.«

Saskia grinste zurück. »Was ist jetzt mit der?«, wollte sie dann wissen.

»Mareike und Renate . . . kennen sich. Ziemlich gut sogar.«

»Du meinst . . . so richtig . . . *richtig* gut?« Saskia schüttelte den Kopf. »Ihr Karrierefrauen seid irgendwo alle ein bisschen verrückt. Wie könnt ihr nur auf so was abfahren?«

»Ach komm. Als wenn du von Anfang an richtig gelegen hättest. Du weißt doch, man zieht viele Nieten, bevor man den Hauptgewinn findet. Falls man ihn findet.«

»Die Holländer und Renate.« Saskia verdaute die Neuigkeit nur langsam. »Woher weißt du überhaupt davon?«

Diesen Teil der Geschichte behielt Andrea lieber für sich. »Zufall«, sagte sie nur.

»Und warum macht dir das so zu schaffen? Ich meine, nun weißt du doch, wo Mareike steht. Und Renate, die ist doch keine Konkurrenz für dich.«

»Ach, ich weiß nicht. Ich meine, die Frau ist meine Chefin. Das ist schon mal nicht gut. Selbst wenn sie das nicht wäre, arbeiten wir zusammen. Du weißt doch, so was soll man trennen. Das gäbe nur Probleme, Getuschel hinter vorgehaltener Hand, Gerüchte. Aber das brauche ich *dir* ja wohl nicht sagen.«

»Und deshalb lässt du es?«

»Ja, ich lasse es.«

»Ich nehme zurück, was ich eben gesagt habe. Du bist nicht verrückt. Du bist blöd.« Saskia schüttelte erneut den Kopf. »Schön blöd.«

7.

Renate Reinecke tilgte mit den vierzigtausend Euro ihren Kredit bei der VBG Bank. Die Erweiterung des Fitness-Studios, wenn man denn davon sprechen wollte, beschränkte sich auf die Nutzbarmachung eines zusätzlichen Raums, der vorher eine Abstellkammer war. Formal zählte der Vorgang damit nicht als Umschuldung, sondern wirklich als Kredit. Ein raffinierter Schachzug Mareikes. Trotzdem war es ein Witz. Mareike wusste es, Andrea wusste es. Es schien ihrer beider Spezialität, Kenntnis über heikle Dinge zu teilen, aber nicht darüber zu sprechen.

Vier Wochen war ihr Streit mit Mareike her. Vier Wochen, in denen sie einander höflich, indes zurückhaltend begegneten. Hauptsächlich auf Andreas Betreiben hin. Sie nahm Mareikes Hilfe nicht an, ihr den ein oder anderen Termin abzunehmen, auch wenn Mareike es noch mehrmals anbot. Andrea vermutete, Mareike wollte damit die Wogen zwischen ihnen glätten, die Distanz zwischen ihnen überbrücken. Aber Andrea zog es vor, diese Distanz zu halten. Auch auf die Gefahr hin, dass Mareike das für kindisches Eingeschnapptsein oder Sturheit hielt.

Das Telefon klingelte, Brennicke rief Andrea zu sich. In seinem Büro wartete auch Mareike. Brennicke lächelte Andrea freundlich zu, bedeutete ihr, Platz zu nehmen. Sie folgte der Aufforderung, nickte zur Begrüßung auch in Mareike Richtung, wartete, was kommen würde.

»Ich weiß, wir haben Ihnen in den letzten Wochen viel zugemutet, Frau Lange«, begann Brennicke. »Für Ihre Leistung gebührt Ihnen volle Anerkennung. Sie haben sich hervorragend bewährt. Nicht zuletzt dank Frau Holländers lobender Worte über Sie bin ich überzeugt, dass Sie eine vielversprechende Zukunft vor sich haben.«

Wer hätte das gedacht. Mareike äußerte sich lobend über sie?

Na ja, sie tat es wohl kaum aus Überzeugung oder gar Sympathie, vielmehr aus dem Gefühl der Verpflichtung heraus. Vielleicht sah Mareike es als eine Art Eine-Hand-wäscht-die-andere-Geschäft. Hoffentlich erwartete sie dafür keine Dankbarkeit.

»Frau Holländer und ich hätten Sie gern in einer weiteren Sache dabei«, eröffnete Brennicke Andrea. »Diesmal ist die Aufgabe allerdings umfangreicher als im Schössler Projekt. Genau deswegen wollen wir Herrn Weller, den wir in zwei Wochen zurückerwarten, nicht gleich damit belasten.«

Wenn man doch die gleiche Rücksicht auch mir zukommen lassen würde, dachte Andrea. Seit sechs Wochen kam sie aus ihrem Büro kaum einen Tag vor achtzehn Uhr raus. Und das auch nur, wenn sie einen Teil der Arbeit mit nach Hause nahm. Sie liebte ihren Job zwar, aber etwas Freizeit stand ihr doch wohl auch zu, oder?

»Worum handelt es sich denn?«, fragte Andrea pflichtschuldig.

»Das wird Frau Holländer Ihnen erzählen. Ich wollte Ihnen vor allem sagen, wie sehr ich Ihren Einsatz in den vergangenen Wochen schätze. Machen Sie weiter so.« Brennicke nickte wohlwollend.

Andrea bedankte sich, und Mareikes »Gehen wir in mein Büro?« dirigierte sie in selbiges.

»Kaffee?«, fragte Mareike. Obwohl Andrea keine übermäßige Kaffeetrinkern war, nahm sie eine Tasse. Sie setzten sich an den kleinen Tisch am Fenster, wo Mareike offenkundig schon Unterlagen zurechtgelegt hatte. »Sagt Ihnen der Name Grimm etwas?«, begann sie das Gespräch.

Andrea wühlte angestrengt in den grauen Zellen ihres Gehirns. »Grimm«, murmelte sie dabei vor sich hin. Dann, endlich, eine Assoziation. »Grimm! Ist der Konzern nicht so ein neuer Stern am Himmel der Finanzbranche? Ich erinnere mich, was darüber gelesen zu haben.«

»Sehr gut.« Mareike reichte Andrea einen Prospekt. »Man sagt, und die Zahlen bestätigen das, Grimms Firma habe im letzten Jahr ein Wachstum von dreißig Prozent verzeichnet. Der Mann ist seit einigen Wochen Großaktionär unserer Bank. Im Vorstand sind Gedanken über eine Fusion laut geworden. Grimm signalisiert Interesse an diesem Gedanken.« Mareike schob Andrea einen Ordner zu. »Das sind die Informationen, die uns vorliegen. Konzernprofil, Geschäftsentwicklung nach Segmenten, Geschäftsbericht des Vorjahres sowie der letzte Quartalsbericht mit Konjunkturausblick, Umsatz- und Ergebnisprognose. Die Zahlen sehen sehr gut aus.«

»Sie sagen das, als gäbe es Anlass, an den Zahlen zu zweifeln.« Andrea war nicht entgangen, dass Mareikes Stirn sich in Falten gelegt hatte.

»Nicht im Geringsten. Aber Sie wissen ja: Momentan sind wir alle sehr sensibel. Die Rezession auf dem amerikanischen Finanzmarkt steckt uns in den Knochen. Der ein oder andere Finanzanbieter stapelt über sein Engagement auf dem Hypothekenmarkt in Übersee lieber tief. Da sollte man zweimal hinsehen, bevor man eine Fusion eingeht. Wir wollen nicht hinterher gute Miene zum bösen Spiel machen müssen. Der Vorstand zählt auf uns.«

»Also reden wir nun von der üblichen Routineüberprüfung oder doch von etwas mehr?«, fragte Andrea irritiert.

»Was Sie für richtig halten.«

»Im Falle von *etwas mehr*, also wenn wir von der üblichen Vorgehensweise abweichen, wäre die Hilfe einer Detektei notwendig. Ich wüsste nicht, wie wir anders an den Teil der Informationen kommen sollten, der außerhalb von *Routine* liegt.«

»Die Nachforschungen müssen absolut diskret erfolgen. Das müssen Sie sich garantieren lassen«, verlangte Mareike. »Wir wollen niemanden verstimmen.«

»Natürlich nicht. Ist das alles?« Andrea nahm die Unterlagen an sich, wollte aufstehen.

»Fast«, hielt Mareike sie zurück. »Da ist noch etwas.« Mareike zögerte kurz, sagte dann aber mit fester Stimme: »Ich weiß nicht, ob Sie mir das glauben, aber ... ich bedaure unsere Differenzen. Trotz aller Konfrontationen, ich habe nichts gegen Sie. Im Gegenteil. Sie sind ehrlich und verlässlich. Sie haben sich mir gegenüber mehr als fair verhalten. Das ist nicht selbstverständlich. Andere an Ihrer Stelle . . .«

Andrea wartete. *Was will sie mir sagen?*

»Ich würde gern das Kriegsbeil zwischen uns begraben und Frieden mit Ihnen schließen.«

Verdutzt schwieg Andrea. Was sollte das jetzt werden? Was stellte Mareike sich vor?

»Ist der Gedanke für Sie so schlimm?«

»Schlimm ist das falsche Wort. Ich kann mir nur nicht vorstellen, dass wir beide plötzlich eine harmonische Zweckgemeinschaft bilden.«

»Ja.« Mareike nickte. »Aber wie kommt das nur«, fragte sie auf einmal mit unerwarteter Impulsivität. »Normalerweise bin ich nicht so . . . zickig.«

Nun war Andrea erst recht verwirrt. Wie bezeichnete Mareike sich? In Andreas Augen war sie alles andere als das. Sie war souverän und, na ja, wohl auch impulsiv. Aber zickig?

Mareike seufzte jetzt. »Liegt wohl an der Anspannung in mir. Ich habe mir vorgenommen, mich in diesem neuen Job schnell zu profilieren, aber ich habe meine Probleme.«

»Probleme?«, fragte Andrea verständnislos. Ihr war nichts zu Ohren gekommen darüber, dass Mareike Holländer nicht die an sie gestellten Erwartungen erfüllte. Aber was wusste sie schon, was in der Geschäftsleitung vorging. Nur so viel, wie man ihr mitteilte.

»Tja, da staunen Sie, was?«

»In der Tat.«

»Meinem Wechsel hierher lag der Glaube zugrunde, dass man neben meiner Leistung auch meiner Meinung Gewicht beimisst«, eröffnete Mareike Andrea jetzt. »Letzteres habe ich nämlich in meiner alten Bank vermisst. Wie sich jetzt abzeichnet, bin ich vom Regen in die Traufe gekommen. Die Stelle der stellvertretenden Filialleiterin war nur ein Köder.«

»Vielleicht erwarten Sie zu viel für den Anfang?«, meinte Andrea vorsichtig. »Man will sich erst einen Eindruck von Ihnen machen.« Was, wenn Andrea an die Geschichte mit Renates Kredit dachte, durchaus angebracht war. Doch das zu sagen, verkniff sie sich.

»So, meinen Sie?«, fragte Mareike skeptisch.

»Würden Sie im umgekehrten Fall auf den bloßen Ruf eines Neuankömmlings bauen oder sich selbst eine Meinung bilden? Und so was dauert eben seine Zeit.«

»Hm, klingt einleuchtend«, brummte Mareike. »Warum bin ich nicht selbst darauf gekommen?«

Tja, warum? Keine Ahnung. »Manchmal sieht man eben den Wald vor lauter Bäumen nicht«, war die einzige Erklärung, die Andrea anzubieten hatte.

Das Telefon klingelte. Mareike ging zum Schreibtisch und nahm ab.

»Herr Grimm?« Sie warf Andrea einen Blick zu, der ihre Überraschung ausdrückte. »Ja, ich freue mich auch.« Sie hörte eine Weile zu. »Vielen Dank für das Angebot. Ich nehme es gern an. ... Ja, warten Sie, ich sehe nach.« Sie schaute in ihren Kalender. »Morgen Abend passt ausgezeichnet. ... Vielen Dank für die Einladung.« Das Gespräch war offensichtlich beendet. Mareike legte langsam auf.

»Das war Bernhard Grimm. Brennicke hat ihn an mich verwiesen. Grimm bietet uns an, den Konzern kennenzulernen. Ich esse morgen Abend mit ihm und bespreche die Details.«

»Ein nettes und zuvorkommendes Angebot«, kommentierte Andrea mit leichter Skepsis in der Stimme.

»Sie sagen es.« Mareike lehnte sich an ihren Schreibtisch. »Und wissen Sie, was mich an netten, zuvorkommenden Angeboten stört?«

»Sie haben meistens einen Haken.«

»Genau. Also, Frage: Was ist falsch an diesem Angebot?«

Da brauchte Andrea nicht lange zu überlegen. »Bei einer Führung bekommt man nur das zu sehen, was man sehen soll. Den aufgeräumten Keller, nachdem die Leichen versteckt wurden.«

»Richtig.«

»Kann aber auch sein, dass wir zu misstrauisch sind«, gab Andrea zu bedenken.

Mareike kaute nachdenklich auf ihrer Unterlippe. »Sie meinen, ein Mann wie Grimm hat solch ein Versteckspiel nicht nötig? Er kann es sich leisten, mit offenen Karten zu spielen?« Sie machte eine Pause. Ihrem nachdenklichen Gesicht zufolge suchte sie eine Antwort auf ihre eigene Frage. »Also was?«, fragte sie schließlich. »Geht unsere Skepsis, die Angewohnheit, in jeder Suppe ein Haar zu suchen, zu weit?«

»Na ja, ich kann nur von mir sprechen«, meinte Andrea. »Aber ich habe diese Angewohnheit, weil ich auch oft ein solches Haar finde.«

Mareike grinste mit einem Mal. »Dass es das noch mal geben würde«, sagte sie theatralisch.

»Was?«, fragte Andrea verdattert.

»Dass wir beide uns einig sind.«

Andrea suchte die Anzeigen der Wirtschaftsdetekteien der Region durch, führte diverse Gespräche und blieb schließlich bei einer hängen, deren Chef, Kai Ambach, einen kompetenten, seriösen Eindruck erweckte. Vor allem aber, weil er auf die Frage nach Computerwissen antwortete: »Wir haben einen studierten Informatiker in unseren Reihen.« Ambach hatte auch sofort Zeit für Andrea. Perfekt.

Eine halbe Stunde darauf stand Andrea in einem großen, hellen Büro. Ambach und sein IT-Experte, Tim Harnisch, erwarteten sie bereits. Kaffee wurde gebracht, man setzte sich. Andrea erklärte ihr Anliegen, Ambach machte sich Notizen.

»Verstehen Sie?«, fragte Andrea und wiederholte zur Sicherheit noch einmal. »Jeder Verbindungsaufbau, der zwischen dem Grimm-Konzern, vorrangig der Zentrale, und irgendeinem amerikanischen Empfänger zustande gekommen ist, interessiert uns. Telefonate, Mails, Überweisungen. Alles. Das Filtern und

Auswerten der Informationen ist dann meine Aufgabe.«

»Schon klar«, meinte Tim Harnisch. »Die Aufgabe ist umfangreich, aber eigentlich nicht besonders kompliziert. Wir müssen nur wissen, über welche Server der Datenverkehr des Konzerns läuft und brauchen eine Liste der IP-Adressen sämtlicher kommunikationsfähiger Geräte.«

»Die Server machen mir keine Sorgen«, überlegte Ambach laut. »Das Problem sind die IP-Adressen. Aber wir werden einen Weg finden«, versicherte er.

Andrea vertraute ihm da voll und ganz. Schließlich war es sein Job, solche Probleme zu lösen. »Eines noch«, fiel ihr ein. »Von diesen Nachforschungen sollen so wenig Personen wie möglich wissen. Wenn Sie mich also in der Firma anrufen, melden Sie sich bitte nur per Namen. Für den Fall, dass ich nicht im Büro bin und Sie an der Rezeption landen, hinterlassen Sie einfach eine Nachricht, ich rufe dann zurück.«

Ambach nickte. Solche Anweisungen waren ihm nicht neu.

Das Gespräch mit Ambach dauerte weniger lang, als Andrea erwartet hatte. Es war gerade mal sechzehn Uhr. Andrea beschloss, nicht zurück ins Büro zu fahren, sondern heute mal pünktlich Feierabend zu machen. Auf dem Weg nach Hause machte sie einen Abstecher in den Supermarkt und kaufte neue Vorräte.

Die Nachbarin fing Andrea, welche Tüten schleppend die Treppe hinauf keuchte, an der Wohnungstür ab. »Da ist was für Sie abgegeben worden.« Die Frau ging kurz in ihre Wohnung und kam mit einem nicht eben kleinen Blumenstrauß in der Hand zurück. »Haben Sie Geburtstag?«, fragte sie neugierig.

»Nein«, antwortete Andrea und nahm verdattert die Blumen entgegen. »Danke, Frau Simon.«

Andrea legte den Strauß im Flur ab und schleppte die Einkaufstüten in die Küche.

Wer schickt mir Blumen? Das muss ein Irrtum sein.

Ihre Neugier besiegte den hausfraulichen Verstand, der sagte, dass Tiefgefrorenes sofort in die Truhe musste. Andrea ging zurück in den Flur, nahm den Strauß und trug auch ihn in die Küche. Unter der durchsichtigen Folie erspähte sie eine Karte, griff danach, las – und traute ihren Augen nicht. Andrea las noch mal. Es war kein Irrtum. Es sei denn, ihre Augen spielten ihr zweimal denselben Streich.

»Jede ernst gemeinte Entschuldigung bedarf einer Unterstreichung. M. H.«, stand auf der Karte. Andrea war platt. Bis eben sah sie Mareikes Friedensangebot als eine Art »Vernunftehe« an. Kein Gedanke daran, dass die vielen Misstöne zwischen ihnen beiden Mareike ernsthaft Unbehagen bereiteten. Nun war Andrea verunsichert. Hatte sie es hier mit einer Geste des Anstands zu tun? Die Worte auf der Karte waren dafür zu . . . gewählt. Also doch eine Bitte um . . . ja, um was eigentlich? An dieser Stelle kam Andrea nicht weiter.

Und wie sollte sie jetzt darauf reagieren?

Gar nicht. Morgen gehst du zu Mareike und bedankst dich für die nette Geste. Nichts anderes waren diese Blumen.

Andrea suchte eine Vase und versorgte die duftende Pracht mit Wasser. Dann wandte sie sich endlich wieder ihren Einkaufstüten zu und verbot sich alle weiteren Gedanken an eine bestimmte Person.

Im Anschluss ans Auspacken und Wegräumen sortierte Andrea ihre Post der letzten Tage. Reklame in den Müll, Rechnungen auf den Schreibtisch. Dann schaltete sie den Computer an. Per Homebanking sorgte sie dafür, dass alle offenen Forderungen aus der Welt kamen. Anschließend ein Knopfdruck auf die Fernbedienung des Fernsehers, um zu hören, was es in den Nachrichten gab.

Das Telefon klingelte. *Sie* war es. »Haben Sie die Blumen bekommen?«

Andrea war baff, dass Mareike nun auch noch anrief. »Ja.« Verlegenheit machte sich in Andrea breit. »Danke. Das war aber nicht nötig.«

Mareike lachte ihr leises, dunkles Lachen. Andrea hatte es schon lange nicht mehr gehört. Es ging ihr sofort unter die Haut.

»Ich bin gerade im Büro fertig und frage mich, ob Sie wohl Lust hätten, mit mir zu Abend zu essen«, hörte Andrea Mareike jetzt sagen. »Falls Sie nicht anderweitig eingebunden sind.«

Andrea war völlig durcheinander. Erst Mareikes Entschuldigung, dann die Blumen und nun … eine Einladung. Was bedeutete das alles?

Nein, sagte sie sich dann. Die Frage musste lauten: Bedeutete das was? Und die Antwort war: Nein! Mareike hatte nicht plötzlich Lust auf ihre Gesellschaft. Es gab eine simple Erklärung für die Einladung. Andrea tippte auf das Naheliegendste: »Was gibt es denn zu besprechen?«, fragte sie.

Schweigen am anderen Ende. »Ähm, nichts.« Mareike schien nun ihrerseits verlegen. »Jedenfalls nichts, was so wichtig wäre, dass es nicht bis morgen warten kann.«

Mareikes Stimme ließ Andrea erkennen, dass ihre Frage Mareike erst in dieser Sekunde bewusst gemacht hat, dass die Einladung nicht zu der Distanz zwischen ihnen passte. Andrea bekam plötzlich ein schlechtes Gewissen. War ihre anhaltende reservierte Haltung gegenüber Mareike nicht doch etwas übertrieben? Mareikes Frage nach einem gemeinsamen Abendessen wirkte spontan. Sie war, ebenso wie die Blumen, einfach eine nette Geste.

Langsam machst du dich mit deiner Reserviertheit lächerlich, Andrea. Du solltest Mareikes Angebot annehmen und das Kriegsbeil begraben.

Andrea atmete tief durch. Was ließ sie zögern? Jede Sekunde, die sich das Schweigen in die Länge zog, machte die Situation peinlicher.

»Nun, dann will ich nicht länger stören«, klang da Mareikes Stimme in Andreas Ohr. Und sie klang ungewohnt wacklig. »Einen schönen Abend noch.« Es knackte in der Leitung. Mareike hatte aufgelegt.

Andrea legte langsam das Telefon zurück auf die Ladestation.

Und? Bist du jetzt zufrieden?, fragte eine aufrührerische Stimme in ihr. *Wenn du vorhattest, sie endgültig zu vergraulen, dürfte dir das geglückt sein.*

Dann ist ja gut!, blaffte Andrea der Stimme trotzig entgegen.

Klar. Denn so brauchst du dich nicht mit deinen Gefühlen für sie auseinandersetzen.

Gefühle? Was für Gefühle?

Oh Andrea. Wem willst du was vormachen?

8.

Mareike bat Andrea zu einer kurzen Besprechung in ihr Büro. Sie ließ mit keiner Geste erkennen, dass Andreas Reaktion auf ihre Einladung sie gekränkt hatte. Dennoch glaubte Andrea, dass Mareike es war. Wenn nicht gekränkt, dann doch zumindest verschnupft.

Andrea überlegte, ob sie Mareike erklären sollte, dass ihre Zurückhaltung dem Versuch geschuldet war, sich in einer Situation zurechtzufinden, mit der sie völlig unerwartet konfrontiert worden war. Was schickte Mareike auch Blumen. Unter anderem deshalb missglückte dieser Versuch kläglich. Würde Mareike das verstehen? Bestimmt. Aber sie würde auch fragen, was Andrea an dem Versuch beunruhigte, das Arbeitsklima zwischen ihnen zu verbessern. Andrea befürchtete, dass sie diese Frage nicht beantworten würde können, ohne ins Stottern zu kommen. Sie würde sich verhaspeln und hoffnungslos in Widersprüche verwickeln. Am Ende bekam Mareike nur einen Lachanfall, weil sie, Andrea, nicht mit einer einfachen Einladung umgehen konnte. Zumindest würde es eine spöttische Bemerkung geben, und die wollte Andrea sich ersparen. Also sagte sie nichts.

»Mit Schössler kommen wir nächste Woche zum Abschluss«, sagte Mareike in Andreas Gedanken hinein. »Da fahre ich allein hin. Sie müssen nicht mitkommen. Mir wäre es lieber, wenn Sie sich auf die Recherche in Bezug auf Grimm konzentrieren.«

»Ich bin dran«, erwiderte Andrea. »Allerdings wird es eine Weile dauern. Ich überprüfe vor allem Kontakte in die USA.«

»Gut. Nur versteifen Sie sich nicht darauf. Checken Sie umfassend.«

»Vielleicht können Sie heute beim Abendessen mit Grimm mal abklopfen, was er offiziell zu seinem Engagement auf dem amerikanischen Hypothekenmarkt sagt.«

»Sicher . . . Dann haben wir wenigstens was zu besprechen.«

Andrea schaute Mareike betreten an. *Sie ist gekränkt.*

»Ich weiß ja, dass ich keinen Stein bei Ihnen im Brett habe«, meinte Mareike. »Dass es allerdings so schwer sein würde, das Eis zwischen uns zu brechen . . .« Sie machte eine Pause, zuckte mit den Schultern. »Na ja, Sie sind eben etwas verklemmt.«

»Wie bitte?« Andreas Augen weiteten sich ungläubig.

»Sie sind verklemmt«, wiederholte Mareike.

»Ich bin doch nicht verklemmt«, widersprach Andrea empört.

»Dann müssen Sie mich mehr hassen, als ich dachte.«

»Hassen?« Andrea schüttelte den Kopf. »Nein. Wieso sollte ich?«

»Dann sind Sie verklemmt.«

»Ich bin *nicht* verklemmt!«

»Gut. Sagen Sie mir einen vernünftigen Grund, warum Sie der Gedanke, mit mir Essen zu gehen, verschreckt. Wozu brauchen Sie einen Vorwand?«

»Sie sagen es ja selbst. Wir beide funktionieren nicht besonders gut zusammen. Was würde denn passieren? Glauben Sie ernsthaft, es würde ein entspannter Abend werden? Wir bekämen uns doch nur wieder in die Haare.«

»Nun, das muss ja nicht zwangsläufig so sein.«

»Nein, wenn es was Geschäftliches ist, gelingt es uns meist, zivilisiert miteinander umzugehen.«

»Verstehe.« Mareikes Blick ruhte nachdenklich auf Andrea. »Es ist gut, dass wir das angesprochen haben. Ich wusste nicht, dass Ihnen die Gespräche mit mir *so* unangenehm sind.«

»Das sind sie ja gar nicht. Sie sind nur oft sehr ... emotional. Sie provozieren gern. Es ist anstrengend, immer dagegenzuhalten. Und es ist mir oft nicht möglich zu erkennen, welchen Zweck sie mit Ihren Fragen verfolgen. Sie ... verunsichern mich. Aber verklemmt bin ich nicht.«

Mareike schmunzelte. »Gut, gut. Sie haben mich überzeugt. Und ich verspreche mich zu bessern und Sie weniger ...«, erneutes Schmunzeln, »... emotional zu belasten.«

Mareike hielt ihr Versprechen. Zwei Wochen schon lag das Gespräch in ihrem Büro zurück, und Andrea konnte nicht ein Beispiel benennen, wo Mareike sie mit ihrer schnippisch provokativen Art in Verlegenheit gebracht hatte. Ein wenig vermisste Andrea das Auf und Ab der Gefühle, die das in ihr verursacht hatte. Andrea war die »neue« Mareike auch ein wenig unheimlich. Sie war schon fast *zu* zahm. Andrea konnte sich nicht verkneifen, Mareike hin und wieder, wenn diese es nicht bemerkte, kritisch zu beobachten. Wenn sich ihre Blicke zufällig kreuzten und Mareike ihr mit einem Lächeln oder einem Augenzwinkern begegnete, senkte Andrea dann verlegen den Kopf.

»Na, müde?«, fragte Mareike.

Nach einem langen Tag, an dem freundliche, zuvorkommende Menschen Andrea und Mareike durch Grimms Zentrale geführt hatten, ihnen Einsicht in die aktuellsten Teilbilanzen gewährten und Fragen zu aktuellen Projekten beantworteten, also nach einem Tag randvoll gestopft mit Zahlen und Statistiken, verließen sie jetzt das Gebäude, jede Menge Papier im Gepäck.

»Ein wenig«, gab Andrea zu. Ein schiefes Lächeln folgte. »Für eine Party reicht es jedenfalls nicht mehr.«

»Für einen Kaffee vielleicht?«

»Ja, warum nicht.«

»Hier um die Ecke gibt es ein Restaurant.«

Noch war nicht viel Betrieb in dem stillen, gemütlich wirkenden Lokal. Sie setzten sich an einen der kleinen Tische. Andrea streckte stöhnend die Beine aus. »Meine Füße fühlen sich an wie Betonklötzer, und in meinem Kopf schwirrt alles durcheinander.«

Mareike stützte ihre Arme auf den Tisch, rieb sich die Schläfen. »Ich weiß, was Sie meinen.«

Die Kellnerin kam, und sie bestellten Kaffee.

Mareikes Handy klingelte. »Holländer«, meldete sie sich, hörte eine Weile zu. »Ich weiß nicht, ob ich dir da weiterhelfen kann«, meinte sie schließlich. Während Mareike weiter zuhörte, legte sich ihre Stirn mehr und mehr in Falten. »Ich schuldete dir *einen* Gefallen. Nebenbei gesagt, dachte ich, als wir die Abmachung eingingen, nicht an *so* etwas.« Sie hörte wieder zu. Dann ein knappes: »Wenn du meinst.« Damit beendete Mareike das Gespräch.

»Das war Renate«, sagte sie leise.

»Wie es sich anhörte, mit einem Problem«, meinte Andrea.

Ein langer Blick von Mareike traf sie. »Das wissen Sie doch besser als ich. Immerhin haben Sie ihr eine Mahnung ins Haus geschickt. Nach nur einer Woche Fristüberschreitung.«

Es war Andrea nicht möglich, Mareikes Stimmung auszuloten. Die klang eigentlich wie die Ruhe selbst, aber eingedenk der Vehemenz, mit der sie sich für Renates Kredit eingesetzt hatte, durfte diese nur aufgesetzt sein. Andrea seufzte. Eine erneute Auseinandersetzung mit Mareike schien unvermeidlich.

Ade Harmonie. Leb wohl, Entspannung. Hallo, ihr lieben guten alten Zeiten.

»Ich habe Renates Angelegenheit in die erfahrenen Hände von Frau Schramm gelegt. Sie ist unsere Spezialistin für säumige Zahler«, sagte Andrea sachlich. »Besonders in Wiederholungsfällen.«

»Aber es ist Renates erste Rate. Und der Termin ist nur um eine Woche überschritten.« Mareike war immer noch ganz ruhig.

Die Kellnerin brachte den Kaffee. Andrea wartete, bis sie ging, und nahm innerlich schon mal eine Abwehrhaltung ein.

»Es ist die Aufgabe meiner Abteilung, die Außenstände einzutreiben. Und wir wissen doch beide, dass in diesem Fall sofortiges Reagieren der beste Rat ist.«

Mareike schaute Andrea eindringlich an. »Was hat Renate Ihnen eigentlich getan, dass sie so schlecht auf sie zu sprechen sind?«

»Sie hat mir nichts getan. Wir waren eine Zeit zusammen, es hat nicht geklappt, unsere Wege trennten sich. Ich bin nicht schlecht auf sie zu sprechen. Ich mache lediglich meinen Job. Den Sie mir mit Ihrer Entscheidung, Renate den Kredit zu gewähren, nicht erleichtert haben, ehrlich gesagt.«

Trotz des in Andreas Worten enthaltenen Vorwurfs lächelte Mareike.

»Ich kann jedenfalls für Renate keine Sonderregelung machen«, fuhr Andrea fort. »Ich nehme an, das wollten Sie als Nächstes vorschlagen.«

Mit Mareikes anhaltender Gelassenheit würde es nun sicher gleich vorbei sein.

»Ja, das dachte ich mir schon«, war jedoch alles, was Mareike erwiderte. Sie trank genüsslich einen Schluck Kaffee.

»Und sollten Sie mit dem Gedanken spielen, etwas in diese Richtung anzuordnen, müsste ich diesmal Brennicke informieren«, fügte Andrea fest entschlossen hinzu. Mareike sollte wissen, dass hier die Grenze war.

»Ja, das müssten Sie wohl«, lautete Mareikes ganzer Kommentar dazu.

Andrea kam nicht mehr mit. Erst setzte Mareike alles daran, Renate zu helfen, und nun nahm sie einfach hin, dass hier Schluss war? Plötzlich akzeptierte sie, dass sich der Bogen nicht weiter spannen ließ, und gab, vernünftigerweise, auf?

»Damit hätten wir dann wohl alles geklärt«, meinte Mareike jetzt.

»Nein!«, rief Andrea irritiert. »Was ist los? Ich dachte, Sie gehen an die Decke.«

Ein Lächeln umspielte Mareikes Mund. »Ich weiß, dass Sie

das dachten. Aber es ist eine kompliziertere Geschichte. Kurz gesagt: Ich schuldete Renate einen Gefallen. Sie hat das reichlich ausgenutzt. Jetzt schulde ich ihr nichts mehr.«

Andrea fragte sich, ob sie wirklich so falsch gelegen haben konnte. Sie hielt Mareike bisher nicht für zynisch oder gar gefühlskalt. Nun offenbarte die, dass ihre Verbindung zu Renate ein reines Geben-und-Nehmen-Geschäft war. Und schien das offenbar normal zu finden. Oder hatte sie da was in den falschen Hals bekommen? Mareike sprach ja auch von einer komplizierten Geschichte.

Restlos verwirrt gab Andrea auf. Diese Sache würde sich ihr nicht erschließen. *Mareike* würde sich ihr nicht erschließen.

»Sie sagen ja gar nichts mehr.«

»Ich . . .« Andrea suchte nach Worten. »Ich glaube, ich kann Ihnen nicht folgen. Das Ganze . . .« Sie brach ab.

»Ja?«

»Ach nichts.« Andrea griff nach ihrer Kaffeetasse.

»Ich war Ihnen sympathischer, als Sie dachten, ich sei blind vor Liebe für Renate«, erriet Mareike Andreas Gedanken. »Nun stellt sich die Sache für Sie dar wie eine Bezahlung für Sex. Glauben Sie, ich kann Sie je davon überzeugen, dass nicht nur Schlechtes in mir steckt?«

Andrea hob zu einem Einwand an. Doch Mareike schnitt ihr das Wort ab. »Nein, bitte. Lassen Sie mich ausreden«, verlangte sie, beugte sich in ihrem Stuhl ein wenig vor, verlieh ihren Worten so mehr Nachdruck. »Ich kann Sie ja nicht zwingen, mir etwas mehr wohlgesonnen zu sein. Aber ehrlich, ich bin es auch leid, dass Sie mich als Schuldige für alles Übel dieser Welt betrachten. Ihre ewigen strengen, prüfenden Blicke. Andrea! Ich habe den Eindruck, Sie sind eine Frau, in deren Ansehen man nur fallen kann. Wie auf einer morschen Leiter, bei der Stück für Stück die Stufen durchbrechen. Mein Auftauchen hier. Klack. Erste kaputte Stufe. Der Zwischenfall mit Renate in meinem Büro. Klack. Zweite Stufe. Sie zu küssen. Krach, Stufe drei. Renates Kreditsache. Wusch. Vierte Stufe. Ich nehme mal an, ich bin schon ziemlich weit unten auf der Leiter, und Sie geben mir nie eine Chance, einen Fehler gutzumachen, um mir etwas Klebeband zu verdienen und vielleicht eine Stufe zu reparieren.« Mareike schüttelte resigniert den Kopf. »Na ja, wenigstens haben Sie mir die Blumen nicht zurückgeschickt. Es besteht vielleicht noch Hoffnung.«

Andrea schwieg völlig verdutzt. So sah Mareike sie? Als nachtragende, verbissene Richterin? Na prima.

»Nur eines verstehe ich nicht.« Mareike lehnte sich in ihrem Stuhl zurück und betrachtete Andrea eindringlich. »Sie sagen, es sei nicht Ihre Art, unfair zu spielen, deshalb nutzten Sie die Szene mit Renate nicht gegen mich aus. Aber was ist mit der Kreditsache? Das war eine wirklich gute Gelegenheit. Sie hätten nur Ihre Pflicht getan, wenn Sie damit zu Brennicke gegangen wären. Wenn Sie mich nicht leiden können, warum pissen Sie mir nicht ans Bein? «

Da siehst du, wohin das führt, dachte Andrea. *Wer falsche Signale sendet, darf sich über solche Missverständnisse nicht wundern.* Aber besser Mareike dachte, sie könne sie nicht leiden, als . . .

»Und mir selbst gleich mit?«, konterte Andrea zu ihrer eigenen Überraschung geistesgegenwärtig. »Ich glaube, es kommt nicht gut bei Brennicke an, wenn ich einen Kleinkrieg mit Ihnen anfange. Ich will mir meine Chancen erhalten, nicht sie zunichtemachen.«

Mareike neigte den Kopf, erwiderte nichts weiter. Wenig später nahmen sie gemeinsam ein Taxi zurück zum Parkplatz der Bank, wo ihre Wagen standen.

»Dann bis morgen«, sagte Mareike, als sie dort ausstiegen.

»Ja, bis morgen.« Andrea ging zu ihrem Wagen.

»Andrea«, rief Mareike da hinter ihr.

Sie blieb stehen und drehte sich um.

»Nehmen Sie mein Angebot an«, bat Mareike. »Gehen Sie mit mir essen.«

Andrea lächelte unglücklich. »Tut mir leid. Ich muss noch verdauen, was Sie mir gerade während einer Tasse Kaffee sagten. Ich fürchte, für ein ganzes Essen bin ich noch nicht bereit.«

Mareike presste die Lippen zusammen, nickte dann. Plötzlich hob sie die Hand, legte den Zeigefinger auf die Lippen und bedeutete Andrea, nichts zu sagen. Mareike lauschte.

»Was war das?«, fragte sie. »Haben Sie es auch gehört?«

Andrea schüttelte den Kopf, lauschte nun aber ebenfalls.

»Was?«, fragte sie nach einigen Sekunden bewegungslosen Verharrens.

»Klack«, sagte Mareike trocken. »Ich glaube, da ist irgendwo die Stufe einer Leiter gebrochen.«

Andrea drehte sich schweigend um und ging zum Wagen.

»Sturkopf«, rief Mareike ihr nach.

9.

Andrea stützte den Kopf in die Hände und schaute auf das Papierchaos vor sich. Bei Grimm gab es keine Leichen im Keller, konstatierte sie zum wiederholten Mal. Oder er hatte sie wirklich tief vergraben.

Dass sich die Tür öffnete, merkte Andrea nicht. Erst als Mareike vor ihr stand und sich räusperte, registrierte Andrea sie und blickte erschrocken auf.

»Noch bei der Arbeit?« Mareike schaute erst auf Andrea, dann auf das Chaos vor ihr. »Überflüssige Frage«, stellte sie fest, kam um den Schreibtisch herum, schaute über Andreas Schulter hinweg auf die Papiere. Jetzt griff sie nach einer der Seiten. »IP-Verbindungsprotokolle?«

»Ja. Aber alle Kontakte lassen sich uns bekannten Kunden von Grimm zuordnen. Auch die wenigen amerikanischen. Durchweg Transaktionen, über die man uns informiert hat.«

»Na wunderbar, also können wir für die Fusion grünes Licht geben«, folgerte Mareike.

»Tja, sieht so aus.«

»Sehr schön.« Mareike nickte zufrieden. »Dann mache ich einen Termin mit der Rechtsabteilung wegen des Vertragsentwurfs. Immerhin sind seit unserem Besuch bei Grimm drei Wochen vergangen. Grimm drängelt schon ein wenig. Und Brennicke auch.« Mareike legte den Ausdruck mit den Protokollen wieder zurück auf Andreas Schreibtisch. Immer noch stand sie hinter Andrea. »Sie sollten einen Tag freinehmen«, sagte sie. »Sie müssen auch mal entspannen.«

»Wenn ich einen Tag freinehme, habe ich hinterher umso mehr zu tun. Der Gedanke daran würde jede Entspannung zunichtemachen.«

»Ja, das Dilemma ist mir nicht ganz unbekannt.«

Andrea schloss die Augen, atmete tief durch. Erschöpft legte sie ihren Kopf in den Nacken und stöhnte matt: »Wenn das so weitergeht, reicht Entspannung nicht mehr aus. Dann brauche ich irgendwann eine Wiederbelebung.«

»Nicht erschrecken«, sagte Mareike in ihrem Rücken.

Andrea wunderte sich noch, was sie wohl meinte, da fühlte sie, wie Mareikes Hände ihren Kopf vorsichtig nach vorn drückten, sich in ihren Nacken schoben und ihn zu massieren begannen.

Die plötzliche Berührung verursachte ein Kribbeln auf Andreas Haut. Nicht nur im Nacken, wo Mareike sie berührte. Es breitete sich mit rasender Geschwindigkeit überall aus und lähmte Andrea. Unfähig zu einer Bewegung saß sie da, während Mareikes Finger ihren Nacken kneteten.

Andreas Befangenheit blieb Mareike nicht verborgen, doch sie rechnete es der arbeitsbedingten Anspannung zu. »Sie müssen schon ein wenig locker lassen, wenn Sie was von der Massage haben wollen.«

Andrea versuchte es. Und tatsächlich, allmählich überwog der wohltuende Genuss der Massage. Sie überließ sich dem sanften Druck, der ihre angespannten Muskeln löste.

»Wie ist das?«, fragte Mareikes nach einer Weile, ihre leise

Stimme dicht neben Andreas Ohr.

»Hmmm«, machte Andrea.

Mareike breitete die Massage schließlich auf Andreas Schulterblätter aus, was diese mit einem dankbaren Seufzer und den Worten: »Sie sind meine Heldin des Tages« quittierte.

Mareike schmunzelte vor sich hin. »Wer hätte das jemals gedacht.«

Nach einer für Andreas Dafürhalten viel zu kurzen Weile hörte Mareike mit der Massage auf, ging zurück um den Schreibtisch und stand nun wieder vor Andrea, die etwas enttäuscht dreinblickte.

»Ich kann morgen zum Feierabend ja wieder vorbeischauen«, bot Mareike augenzwinkernd an. »Jetzt muss ich leider los.«

»Moment noch«, hielt Andrea sie zurück.

Mareike blieb stehen. Andrea zog die mittlere Schreibtischschublade auf, nahm etwas heraus und reichte es Mareike. »Ich wollte Ihnen schon die ganzen letzten Tage etwas geben.«

Perplex schaute Mareike auf die Rolle braunen Paketklebebands.

»Es war das Stabilste, was ich im Baumarkt finden konnte.« Andrea zuckte verlegen mit den Schultern.

Mareike betrachtete immer noch ungläubig die Rolle Klebeband. Sie hatte nicht damit gerechnet, dass Andrea sich ihre Worte so sehr zu Herzen nehmen würde. Dieses »Geschenk« kam absolut überraschend. »Danke.« Die Verwirrung stand Mareike deutlich ins Gesicht geschrieben. Dann breitete sich darauf ein Lächeln aus. »Ich hoffe, mein Geschick beim Reparieren reicht soweit, dass ich Erfolg habe, bevor meine letzte Sprosse kracht.«

Mareike ging. Andrea sah ihr nach, bis sich die Tür hinter ihr schloss. *Würden die Unstimmigkeiten zwischen ihnen mit einer Rolle Klebeband auszuräumen sein?*, fragte sie sich. So einfach konnte das nicht sein. Oder etwa doch?

Mareike kam wirklich am nächsten Tag zum Feierabend in Andreas Büro. Sie machte keine großen Worte, ging zu Andrea, nahm ihr einfach den Kugelschreiber aus der Hand, drückte deren Rücken in die Lehne des Sessels und legte die Hände auf Andreas Schultern.

Andrea atmete tief durch und entspannte sich. Mareikes Finger begannen mit der Massage, zogen langsam und fest ihre Kreise.

»Wird das eine regelmäßige Zuwendung?« Andrea bewegte den Kopf leicht nach rechts und links. »Ich hätte nichts dagegen.«

»Sie meinen, ich als persönliche Physiotherapeutin Ihres verspannten Nackens?«

»Ja, warum nicht?«

»Na ja, ich finde das irgendwie widersprüchlich. Sie lassen sich von mir den Nacken massieren, gern öfter. Aber Sie wollen nicht mit mir essen gehen. Weil ich Sie – wie war das? – verunsichere. Erklären Sie mir das?«

»Da muss ich passen.«

»Wieder so eine *Die-Frau,-das-rätselhafte-Wesen*-Nummer.« Mareikes Finger wanderten Andreas Hals hoch, an den Ohren entlang und weiter zu ihren Schläfen. Andrea seufzte wohlig. »Wieder?«

»Ja, Sie machen so was öfter. Ich meine, es ist nicht so schlimm, langsam gewöhne ich mich daran. Aber ich stelle mir das unheimlich schwierig vor, wenn Sie mal eine Frau kennenlernen, die sich in sie verliebt. Die Arme weiß bei Ihnen nie, woran sie ist.«

»Na, das ist ja nicht Ihre Sorge.«

»Nein, aber es könnte doch sein, dass wir beide noch Freundinnen werden, und dann fragt diese arme Frau mich vielleicht was über Sie. Wie Sie denken und so. Und deshalb interessiert es mich schon irgendwie . . .«

Andrea drehte sich um. »Wir und Freundinnen?«

Mareike hielt kurz mit der Massage inne. »Warum nicht?«

»Nehmen Sie Drogen?« Andrea drehte ihren Kopf zurück.

Mareike setzte die Massage fort. »Keine schweren.«

»Sie sollten die Finger auch von den leichten lassen.«

Mareike lachte verhalten. »Was ist so unvorstellbar daran, dass wir beide Freundinnen werden? Was?«

»Schon vergessen? Es ist noch nicht besonders lange her, da sagten Sie mir, ich sei eine griesgrämige, ewig grollende Miesepeterin.«

»Das habe ich nie gesagt.«

»Dem Sinn nach schon.«

»Mein Gott, sind Sie nachtragend. Ich wollte Sie doch nur mal aus der Reserve locken. Und das hat ja auch geklappt. Immerhin bin ich in den Besitz einer Rolle Klebeband gekommen.« Mareike beendete die Massage, drehte Andrea samt Sessel zu sich. »Das fand ich übrigens sehr nett.«

»Ach ja?«

»Das wissen Sie doch.«

Andrea lächelte. »Sie sind auch sehr eifrig beim Reparieren der Leitersprossen.«

»Nur eifrig?«

»Mit ersten kleinen Erfolgen.« Andrea hob die Hand und zeigte mit Daumen und Zeigefinger einen Abstand von etwa einem Zentimeter. »So viel vielleicht.«

Ein Zucken spielte um Mareikes Mundwinkel. »Nun ja, immerhin ein Anfang.«

Es klopfte an der Bürotür und Saskia schob den Kopf herein. »Bist du fertig?« Sie sah von Andrea zu Mareike. »Hallo.«

»Hallo«, grüßte Mareike zurück.

»Fertig? Wieso?«, fragte Andrea.

»Hast du es vergessen?« In Saskias Stimme schwang deutlicher Vorwurf.

»Was vergessen?«

»Den Kühlschrank, den ich auf eBay ersteigert habe. Du wolltest mir helfen, ihn abzuholen.«

»Das war heute?«

»Ja.«

Mareike zwinkerte Andrea zu. »Na ja, wir waren ja auch fertig. Wir sehen uns dann morgen?«

Andrea, so plötzlich aus der Unterhaltung mit Mareike gerissen, tat sich schwer mit der Umstellung. Eben noch leichtes Geplänkel, nun Aussicht auf Lastenschleppen. Wenn sie ehrlich war, wünschte sie Saskia gerade an einen Ort, von dem die Rückkehr sehr lange dauerte. »Äh, ja ... bis morgen«, stotterte sie in Mareikes Richtung.

Mareike verließ das Büro. Kaum hatte sie die Tür hinter sich zugezogen, platzte Saskia heraus: »Läuft da was zwischen euch?«

»Nein!!!«, rief Andrea vehement.

»He, ich bin doch nicht blind. Sie hat dir zugezwinkert.«

»Na und? «

»Mit einem verschmitzten Lächeln«, fügte Saskia mit genau so einem Lächeln hinzu.

»Quatsch«, wehrte Andrea ab.

»Kein Quatsch.«

»Dann wollte sie mich mal wieder aufziehen.«

Das war für Saskia aber nur ein Beweis für und nicht gegen ihre Hypothese. »Ihr neckt euch?« Breites Grinsen. »Ihr Turteltäubchen.«

»Saskia, hör auf mit dem Schwachsinn, oder du musst den Kühlschrank allein tragen.« Andrea erhob sich energisch. »Komm jetzt.«

Sie saßen in dem kleinen Transporter, den Saskia sich von Jasmin geliehen hatte, standen wartend an der Ausfahrt des Parkplatzes. Saskia beobachtete die herannahenden Autos und wartete auf eine Lücke, die sie nutzen konnte, sich in den Verkehr einzuordnen.

»Ich verstehe gar nicht, dass du dich so dagegen sträubst.« Saskia konnte es nicht lassen, ihre Freundin mit dem Thema zu malträtieren. »Sie sieht gut aus, hat offenbar Humor, ist sogar intelligent. Was willst du noch?«

»Ich will, dass du mich endlich damit in Ruhe lässt! Ich dachte, ich hätte dir meine Meinung zu dem Thema *Mareike Holländer und ich* ausführlich erklärt.« Ärgerlich griff Andrea nach der Zeitung, die auf der Ablage lag, und verschanzte sich dahinter. Es war eine der unzähligen Illustrierten, von deren Artikeln Andrea den Verdacht hatte, dass ihre Verfasser sie sich zu neunzig Prozent an ihrem Schreibtisch ausdachten. Andrea hätte unter normalen Umständen so ein Blatt nie angerührt. Sie hatte noch nie einen Cent für solche Art Presse ausgegeben. Aber um Saskias Nerverei zu entfliehen, war ihr jedes Mittel recht.

Heute gab es für die neugierige Leserschaft die zehn teuersten Scheidungen zum Besten und daneben einen Artikel über irgendeinen reichen Menschen Berlins, dessen Eheprobleme, falls er denn wirklich welche hatte, Anlass zur Spekulation über eine Scheidung gaben. Andrea überflog den Artikel ohne jedes Interesse, blätterte um und registrierte lediglich die Fortsetzung des Beitrages.

Erneutes Umblättern brachte ihr eine angeblich sensationelle Diät, mit der sie drei Kilo pro Woche abnehmen konnte. Garantiert natürlich. Andrea seufzte und wollte die Illustrierte zur Seite legen.

Mitten in der Bewegung hielt sie allerdings inne, schlug noch mal die ersten Seiten auf. »Das gibt's doch gar nicht«, murmelte sie.

»Was gibt es nicht?«, fragte Saskia gelangweilt vom Stop and Go des Feierabendverkehrs.

Andrea deutete auf eines der Bilder. »Das ist doch der alte Grimm, wenn ich mich nicht täusche.« Sie las nun den Text zu den Bildern genau durch.

Saskia warf einen Seitenblick auf Andrea und schaute kurz auf den aufgeschlagenen Artikel. »Du kennst den?«

»Nein. Ja. Also . . . entschuldige, aber das ist noch top secret. Ich darf nicht darüber sprechen. Firmengeheimnis. Du verstehst.«

»Kein Wort.«

»Kann ich die Zeitung haben?«

Saskia sah ihre Freundin verdutzt an. »Du? Diese Zeitung?« Schließlich wusste sie, dass Andrea nicht nur nichts auf derlei Klatsch und Tratsch gab, sondern sich bevorzugt darüber lustig machte, wie man überhaupt so was lesen konnte. »Bist du krank?«

»Nein. Im Gegenteil. Ich bin topfit und gerade dabei, die Firma vor einem Risikogeschäft zu bewahren«, murmelte Andrea, während sie nun den Artikel mit größter Aufmerksamkeit las. Was Saskias Blick nur noch unverständlicher werden ließ.

»Saskia, kannst du nicht ein wenig schneller fahren? Ich muss noch was Dringendes erledigen.«

»Wie soll ich das denn machen?« Saskia deutete auf die Straße vor und neben ihnen. Andrea blickte seufzend auf die Autos, die sich gnadenlos langsam vorwärts schoben. Verzweifelt nahm sie ihr Handy, wählte Ambachs Nummer.

»Wir haben an der ganz falschen Stelle gesucht. Was wir brauchen, sind Angaben zu Grimms privaten Verhältnissen. Kaufen Sie sich die Wochen-Illu, lesen Sie den Artikel, der dort über Grimm verfasst ist. Recherchieren Sie, ob an dem Gerücht über eine Scheidung was dran ist und welche Auswirkungen eine solche auf sein Vermögen hätte. Kriegen Sie das bis morgen Mittag hin? . . . Ich weiß, dass das knapp ist. Versuchen Sie es.«

Andrea beendete das Gespräch und starrte blicklos aus dem Fenster. In ihrem Kopf arbeitete es. Wenn Grimm wirklich vor einer Scheidung stand, rückte das die Fusion möglicherweise in ein ganz anderes Licht. Käme es nämlich bei einer Scheidung zur Aufteilung des Grimm'schen Vermögens, hätte man es plötzlich mit einem stark geschwächten Partner zu tun, dessen Verluste es mitzutragen galt. Wenn dieser Fall eintrat, wäre die ganze Fusion ein Flop für die Bank. Für Grimm dagegen ein Geniestreich.

Alles hing davon ab, wie die Eheleute Grimm ihre Vermögensverhältnisse geregelt hatten. Andrea fühlte, wie sie sich innerlich anspannte in der Erwartung, was Ambachs Nachforschungen ergaben. Sollte sich herausstellen, dass Grimm vor der Scheidung stand und er bei einer solchen seine Frau auszahlen müsste, was bedeutete, dass sie die Hälfte von allem bekam, dann war die Lage klar: Finger weg von der Fusion. Und sie, Andrea, war diejenige, die diese Information brachte. Damit würde sie allen, nicht zuletzt Brennicke, zeigen, wie gut sie in ihrem Job war. Und dass es die Bank nicht nötig hatte, sich Leute von extern zu holen. Obwohl ... na ja, in Mareikes Fall ... war es schon okay. Mittlerweile ...

Immerhin kommst du in den Genuss dieser herrlich entspannenden Massagen. Denk nur an das Prickeln, wenn ihre Finger deinen Hals entlang streichen.

Andrea seufzte wohlig in Gedanken daran.

»Bist du okay?«, fragte Saskia.

»Alles bestens.«

Und sollte sich herausstellen, dass an der Scheidungsgeschichte nichts dran ist, hast du zumindest einen weiteren Risikofaktor ausgeschlossen.

So oder so, sie war gut in ihrem Job. Auch wenn es diesmal mit der Beförderung noch nicht geklappt hatte. Mareike konnte dafür jedenfalls nichts. Brennicke und der Vorstand wollten lieber sie. Sollte Mareike ablehnen? Nein, Mareike hatte recht, wenn sie sagte, das wäre unsinnig. Und Saskia hatte recht, von Anfang an, dass es nutzlos war, sich über die Entscheidung aufzuregen.

Hat Saskia auch recht mit dem, was sie über Mareike und dich sagt?

Entspann sich da was zwischen ihnen? Aber sie und Mareike waren beruflich Konkurrentinnen. Das gäbe doch nur jede Menge Komplikationen.

Willst du diese Tatsache ignorieren, Andrea?

Aber das war doch keine Frage, die man im Kopf entschied. Im Grunde war es auch keine Frage mehr. Es hatte bereits begonnen. Trotz aller Missverständnisse zwischen ihnen, trotz der Streitigkeiten. Gerade deswegen. Mareikes Art, die Dinge beim Namen zu nennen, imponierte Andrea, daran kam sie nicht vorbei. Dabei war Mareike immer für eine Überraschung gut. Ein warmes Lächeln, ein plötzliches Augenzwinkern, eine aufmerksame Geste. Andrea war ehrlich genug, sich einzugestehen, dass sie solche Augenblicke besonders genoss. Manchmal sogar darauf wartete. Und enttäuscht war, wenn sie ausblieben.

Nein, es war absolut keine Frage mehr, ob sich da was entspann. Von ihrer, Andreas Seite aus, jedenfalls nicht. Auch wenn ihr Kopf sich noch dagegen wehrte, in Andreas Herz hatte sich ein Gefühl eingenistet. Von dort aus durchdrang es sie warm, sobald sie in Mareikes Nähe war. Ebenso verunsicherte es sie, keine Frage. Aber dieses Gefühl wurde immer beständiger, und es war egal, was ihr Kopf sagte.

Die Frage, die sich Andrea zunehmend stellte, lautete: Fühlte Mareike sich ebenso? Wenigstens ein wenig? Immerhin hatte sie einige Anstrengungen unternommen, das Eis zwischen ihnen zu brechen. Aber da war auch diese rätselhafte Beziehung zu Renate. Von der Andrea nicht wusste, inwieweit sie noch bestand. Und welchen Stellenwert Mareike ihr einräumte.

»Wir sind da«, hörte Andrea Saskia erleichtert sagen. »Ich geh mal klingeln.«

Zehn Minuten später war das Geschäft abgewickelt, der Kühlschrank bezahlt und verladen. »Das Ding sieht ja wirklich richtig gut aus. Keine Schramme. Na dann, auf zur Werkstatt«, sagte Saskia gutgelaunt.

Mittlerweile nahm das Verkehrsaufkommen ab, und sie fuhren relativ zügig durch die Stadt.

»Mit dir ist heute aber nicht viel los«, beschwerte Saskia sich. »Ich meine, nicht dass du sonst ein Quell nicht endenden Mitteilungsbedürfnisses wärst, aber so schweigsam. Das ist selbst für dich ein neuer Rekord.«

»Entschuldige, mir gehen eine Menge Dinge durch den Kopf.«

»Na prima. Lass mich dran teilhaben.«

Andrea seufzte. »Zu verworren im Moment. Ein anderes Mal, okay?«

Saskia drängelte nicht weiter, und Andrea war ihr dankbar dafür.

Ambach rief am frühen Nachmittag an. Und was er mitzuteilen hatte, ließ Andrea triumphieren. Es war, wie sie vermutet hatte. Sie ging zu Mareike, legte die Illustrierte aufgeschlagen vor ihr auf den Schreibtisch.

Mareike betrachtete fragend das Blatt und schaute Andrea verständnislos an. »Was ist das?«

»Lesen Sie.«

»Das? Wozu? Wenn ich meine Zeit verschwenden will, dann doch wenigstens mit etwas mehr Niveau.«

»Lesen Sie«, wiederholte Andrea unbeirrt. »Lesen bildet. Manchmal sogar diese Art von Stoff.«

Mit mehr als skeptischem Gesicht griff Mareike nach der Illustrierten und las. Andrea wartete.

»Ja, und?«, fragte Mareike. »Grimm hat Eheprobleme. Was geht uns das an? Vorausgesetzt es stimmt überhaupt, was hier steht.«

»Es stimmt. Ich habe das nachprüfen lassen.«

Mareike runzelte die Stirn.

»Ich habe das nicht veranlasst, weil mich anderer Leute Privatleben interessiert. Nur in diesem Fall hat es eben erhebliche Auswirkungen auf die geplante Fusion.«

Mareike wurde hellhörig, rückte sich in ihrem Stuhl zurecht, bedeutete Andrea, sich zu setzen. »Ich bin ganz Ohr.«

»Grimm hat den überwiegenden Teil seines Kapitals in stille Teilhaberschaften in der Energiebranche angelegt. Solarenergie, Windkraft, Atomenergie. Er ist damit sehr erfolgreich. Deshalb wollen wir diese Fusion. Um uns den Einstieg in die Energiebranche zu verschaffen.«

»Ja.«

»Wenn Grimm seine Teilhaberschaften aufgeben müsste und das Geld aus diesen Projekten herauszieht, ist dieser Vorteil nicht mehr gegeben und Grimm nur ein Unternehmen unter vielen – für uns völlig uninteressant.«

»Ja, aber warum sollte Grimm das tun?«

»Weil er bei einer Scheidung seine Frau auszahlen muss. Die beiden haben keinen Ehevertrag, also gilt die Zugewinngemeinschaft. Grimm heiratete seine Frau gleich nach dem Studium, vor mehr als zwanzig Jahren. Wissen Sie, was das heißt?«

»Sein Unternehmen ist nach der Scheidung nur noch die Hälfte wert. Die andere Hälfte gehört seiner Frau.«

»Die sich auszahlen lassen will, weil sie mit der Firma ihres Mannes nichts am Hut hat«, gab Andrea ihre Informationen von Ambach weiter.

Mareike schwieg. Stille lag im Raum. Schließlich fragte sie: »Und diese Informationen sind zuverlässig?«

»Ambachs Detektei hat einen untadeligen Leumund.«

»Das heißt, wenn die Fusion zustande kommt, haben wir am Ende nicht den Araberhengst gekauft, sondern nur ein beliebiges Reitpferd.«

»Genauso ist es.«

Mareike stand auf. »Dann informiere ich sofort Brennicke.«

Kaum eine halbe Stunde später betrat Mareike Andreas Büro. Sie sah ernst aus.

»Was ist los?«, fragte Andrea. »Gibt es Probleme?«

»Nein.« Mareike lächelte verkrampft. »Alles bestens. Brennicke informiert den Vorstand. Es wird eine Sitzung einberufen.«

»Gut.«

»Ja.« Mareike nickte. »Allerdings ... meinte Brennicke, *ich* soll dem Vorstand die neuen Erkenntnisse vortragen.« Mareike hob entschuldigend die Hände. »Ich werde natürlich darauf verweisen, dass wir diese Ihnen zu verdanken haben.«

»Was?«, fragte Andrea verständnislos.

»Das war Brennickes Entscheidung«, erklärte Mareike bedauernd. »Andrea, ich weiß, es ist ungerecht. Es tut mir leid.«

Plötzlich flammte in Andrea wieder der alte Neid auf, das Misstrauen. Sie schüttelte den Kopf, glaubte zu wissen, was dahintersteckte.

»Ach was. Ich glaube Ihnen kein Wort. Sie brauchen Erfolge, das haben Sie mir ja selbst gesagt. Es läuft für Sie nicht wie erwartet, und nun wollen Sie sich profilieren. Auf meine Kosten!«

»Jetzt sind Sie ungerecht.«

»Ungerecht? Weil ich Sie durchschaut habe?«, rief Andrea aufgebracht. »Sie machen Ihrem Ruf als Strategin wirklich alle Ehre. Leider sind Sie dabei völlig charakterlos.«

»Andrea. Schluss jetzt!«, wies Mareike sie zurecht. »Das lasse ich mir nicht bieten. Auch von Ihnen nicht.«

Doch Andrea vergaß jede Zurückhaltung. Sie war einfach wütend. »Ihr ganzes Gefasel von Kriegsbeil begraben und brechenden Leiterstufen. Damit wollten Sie mich doch nur einwickeln.«

»Andrea!«

»Und ich falle glatt darauf rein. Verliebe mich beinahe in Sie«, brach es aus Andrea heraus.

»Was?« Mareike sah Andrea fassungslos an.

Ausgerechnet in diesem Moment kam Brennicke herein. »Frau Holländer, hier sind Sie. Ich habe Sie gesucht.« Er sah verwundert von Mareike zu Andrea und wieder zurück. »Gibt es Probleme?«

»Nein, keine Probleme«, sagte Mareike schnell.

»Ich würde Sie gern unter vier Augen sprechen«, wandte Brennicke sich an Mareike. Diese verließ zusammen mit ihm Andreas Büro.

Andrea verharrte regungslos hinter ihrem Schreibtisch. Was sie Mareike da eben alles an den Kopf geworfen hatte ... sie fasste es selbst nicht.

In ihrer Not suchte Andrea Saskia, drängte sie, mit ihr zum Kaffeeautomaten zu kommen – und stand dann schweigend da, Saskias erwartungsvollen Blick auf sich gerichtet. Als Andrea nach fast fünf Minuten immer noch nichts herausbrachte, wurde Saskia ungeduldig.

»Was ist denn los?«

»Ich bin erledigt«, presste Andrea hervor. Denn genau das war die Konsequenz ihres infantilen Auftretens von eben. Das war ihr klar. Sie hatte die stellvertretende Filialleiterin, die Mareike nun mal war, in einer Weise beschimpft, welche diese nicht hinnehmen würde. Zu allem Überfluss hatte sie sich auch noch dazu hinreißen lassen, ihr Gefühlswirrwarr vor Mareike auszubreiten. Das war absolut daneben.

»Wie, erledigt?«, fragte Saskia. Andreas ernstes Gesicht bereitete der Freundin Sorge.

Mit stockenden Worten erzählte Andrea, was sich gerade in ihrem Büro abgespielt hatte. »Ich bin so gut wie gefeuert«, endete sie.

»Scheiße«, rutschte es Saskia heraus. »Das klingt echt nicht gut.«

»Mit der Beurteilung, die ich bekommen werde, finde ich höchstens noch einen Job als ...« Andrea brach ab. Ihr fiel nichts ein, wofür es noch reichen könnte. Wer stellte schon jemanden ein, der so völlig aus der Rolle fiel?

Selbst Saskia, die sonst immer einen Rat hatte, zuckte hilflos mit den Schultern. »Da fällt mir auch nichts ein, es sei denn, du versuchst es mit einer Entschuldigung. Vielleicht nimmt sie dir das Ganze ja gar nicht so krumm, wie du glaubst. Sie macht doch eigentlich einen ganz passablen Eindruck.«

»Ha, das dachte ich bis vor Kurzem auch noch«, entfuhr es Andrea, wobei sich ihre Miene verdüsterte. »Jetzt bin ich mir da ganz und gar nicht mehr sicher. Und ich werde mich *nicht* entschuldigen. Alles, was ich gesagt habe, stimmt.«

Saskia kicherte. »Dass du dich in sie verliebt hast?«

»Beinahe«, stellte Andrea bissig klar. »Ich sagte *beinahe*. Gott sei Dank bin ich aufgewacht aus meinen Illusionen.«

»Na ja, wie du meinst. Trotzdem, entschuldige dich bei ihr.«

Andrea seufzte. Saskia hatte natürlich recht. In ihrer Situation war Sturheit nicht dienlich.

Wie hätte sie denn an Mareikes Stelle reagiert, wenn sich eine untergebene Kollegin ihr gegenüber völlig im Ton vergriffen, ihr Charakterlosigkeit vorgeworfen und gleichzeitig ihre Gefühle vor die Füße geknallt hätte? Sie würde sich in einem Zustand irgendwo zwischen Verärgerung und Befremden befinden. In jedem Fall in einer Abwehrhaltung, in der für Milde wenig Platz wäre. Andrea beschlich das ungute Gefühl, dass sie zu weit gegangen war.

Am nächsten Tag meldete Andrea sich krank. Auch am Tag danach. Sie erzählte ihrem Arzt etwas von Schlaflosigkeit und psychischem Stress und erschlich sich so zwei weitere Tage bis zum Wochenende.

Ab dem zweiten Tag erwartete Andrea, dass ihr die Kündigung ins Haus flatterte. Sie ging davon aus, dass Mareike das Gespräch mit Brennicke gleich nutzte, um ihn über den Vorfall zu informieren. Ganz klar, wie das enden würde. Mareike stellte Brennicke vor die Wahl: Sie oder Andrea Lange. Und ebenso klar war, wie Brennicke entscheiden würde. Er hatte ja schon mal gewählt: Mareike Holländer. Einen Grund für die fristlose Kündigung zu formulieren, war reine Formsache. Die Personalabteilung konnte noch am selben Tag, spätestens am nächsten, die Kündigung schreiben und rausschicken. Ein Tag Postweg – Andrea öffnete langsam ihren Briefkasten – nein, kein Brief. Also zwei Tage Postweg.

Doch auch am Freitag kam nichts. Samstag wieder nichts.

Andrea begann Hoffnung zu schöpfen, fragte sich allerdings gleichzeitig, worauf. Dass Mareike Brennicke nichts von dem Vorfall erzählt hatte? Dass sie ihr nun dafür dankbar sein musste? Wenn Mareike das erwartete, lag sie falsch. Ganz gehörig.

Die Zeit, da sie von Mareikes Aura beeindruckt war, die Zeit war vorbei. Sie durchschaute sie. Als einen sehr fehlbaren Menschen. Der noch dazu Schwierigkeiten hatte, diese Fehler einzugestehen. *Das* würde sie ihr sagen.

Samstagnachmittag klingelte es an Andreas Wohnungstür. Für Saskia und Jasmin, die vorbeischauen wollten, war es noch zu früh. Andrea ging zur Tür. Erschrocken wich sie einen Schritt zurück, als sie durch den Türspion erblickte, wer draußen stand. Mareike! Jetzt war Andrea doch schockiert. Sie hätte nicht gedacht, dass Mareike ihr die Kündigung persönlich aussprechen würde. Noch dazu an einem Samstag.

Andrea öffnete. Gefasst auf das, was jetzt kommen musste, bat sie Mareike herein. Die folgte Andrea ins Wohnzimmer, wo sie sich schließlich abwartend gegenübersaßen.

»Geht es Ihnen wieder besser?«, brach Mareike das Schweigen.

»Ja, danke«, sagte Andrea höflich. »Sie hätten sich aber die Mühe nicht machen brauchen.«

»Oh, es ist keine Mühe«, erwiderte Mareike.

Verstehe. Es bereitet dir Vergnügen, mich rauszuschmeißen. Endlich bist du die ewige Nervensäge los. Andrea biss sich auf die Unterlippe. Na ja, was hatte sie auch erwartet. »Bringen wir es hinter uns«, sagte sie. »Kurz und schmerzlos, bitte.«

Mareike blinzelte irritiert. »Bitte?«, fragte sie.

Jetzt wurde Andrea doch leicht ungehalten. »Das ist hier ja wohl kein Krankenbesuch. Also werden Sie Ihren Spruch los und fertig.«

Mareike sah Andrea verunsichert an. »Was ... was denken Sie, warum ich hier bin?«

»Um mir zu kündigen, natürlich.«

Mareikes Augen wurden groß. »Waaas?«, fragte sie bestürzt. Ihr Gesicht drückte Betroffenheit aus. Dann die Erkenntnis: »Jetzt verstehe ich. Sie meinen, ich hätte mir die Mühe nicht machen brauchen, vorbeizukommen und Ihnen persönlich zu kündigen?«

»Ja, was denn sonst.«

Mareike schüttelte vehement den Kopf. »Aber deswegen bin ich doch nicht hier.«

»Sondern?«

»Um zu sehen, wie es Ihnen geht«, sagte Mareike schlicht. »Sie waren drei Tage nicht bei der Arbeit.«

»Ich ... ich warte auf meine Kündigung«, erwiderte Andrea. Ihre Gedanken kreisten nur um dieses Thema.

»Warum sollte man Ihnen kündigen? Ich habe nichts Derartiges gehört. Und das hätte ich wohl, wäre dem so.« Mareike sah Andrea ruhig an. »Ihr Ausbruch, so will ich es mal nennen, war sicherlich unpassend. Aber verständlich. Für Sie muss das Ganze so aussehen.«

»Soll das heißen ... Sie haben Brennicke nichts davon erzählt?«, fragte Andrea zweifelnd.

»Natürlich nicht. Was denken Sie von mir?« Mareike hielt inne. »Oh.« Ihr ging auf, dass genau diese Frage angesichts Andreas Vorwürfe zur Genüge beantwortet war. Und zwar nicht zu ihrem, Mareikes, Vorteil. »Na ja. Lassen wir das.« Mareike fuhr sich müde über die Augen.

Andrea sah betreten zu Boden. »Tut mir leid. Ich war ... aufgebracht. Ich habe mich einfach an Ihnen abreagiert, ohne darüber nachzudenken, was ich sagte. Das war völlig unprofessionell.«

»Keine Angst. Von mir erfährt niemand etwas.« Mareike lächelte. »Ein weiteres kleines Geheimnis zwischen uns.«

Andrea seufzte. »Das bekümmert mich weniger als ... die andere Sache.« *Was soll's. Peinlich wird es sowieso, egal wie ich es formuliere, also am besten direkt.* »Als ich sagte, ich hätte mich beinahe in Sie verliebt.«

»Oh, das.« Mareike sah Andrea offen an. »Ja, darüber wollte ich auch mit Ihnen reden. Leider bekam ich bisher keine Gelegenheit dazu.«

Keine Spur von Vorwurf in ihrer Stimme. Kein ironischer Unterton. Das gab Andrea Mut weiterzusprechen. »Ich habe mich kindisch aufgeführt. Es ist mir wirklich unangenehm. Mir läge viel daran, wenn wir die Sache vergessen könnten.«

»Vergessen?«

»Ja. Ich ... es ist schwer zu erklären. Ich war enttäuscht über Ihre Illoyalität. So stellte es sich für mich immerhin dar. Da habe ich einfach überreagiert.«

Mareike sah Andrea skeptisch an. »Mit einer Beinah-Liebeserklärung? Das ist schon sehr ungewöhnlich, finde ich.«

Sie schwiegen.

»Wissen Sie, was ich glaube?«, fragte Mareike nach einer Weile. Sie lächelte. »Wir sollten endlich zusammen essen gehen.«

Andrea sah Mareike verdutzt an. Mit allem hatte sie gerechnet, jedoch nicht damit.

»Was denken Sie?«, fragte Mareike.

Du kannst unmöglich ablehnen, Andrea. Nicht ohne Mareike erneut vor den Kopf zu stoßen. »Ich denke, das ist schon lange fällig. Oder?«

»Ja, allerdings. Also, wie wäre es morgen Abend? Acht Uhr?«, schlug Mareike vor. »Das Cinzano?«

10.

Den ganzen Sonntag fühlte Andrea eine unterschwellige Unruhe in sich. Sie wusste, woher sie kam, und sie wusste, sie würde nicht verschwinden. Nicht bevor dieser Abend mit Mareike vorbei war.

Es ist kein Rendezvous, sagte Andrea sich in einem fort. Es ist weit weg davon. Weiter als weit. Es geht doch im Grunde nur darum, dass wir einmal zwei Stunden *friedlich* zusammen im selben Raum sind, um die ständigen Missverständnisse zwischen uns auszuräumen. Mehr wollte Mareike nicht.

Dennoch, je näher der kleine Zeiger der Uhr sich der Acht näherte, umso kribbeliger wurde Andrea. Sie kannte sich gut genug, um zu wissen, dass sie sich in diesem Zustand unsicher fühlte. Was wiederum schnell zu genau den Wortwechseln mit Mareike führte, welche die Atmosphäre zwischen ihnen so schwierig machten. Und nun würde alles noch schwieriger werden, es sei denn, sie überzeugte Mareike davon, dass sie nicht in sie verliebt war.

Nur wie sollte sie das anstellen? Der erste Versuch war jedenfalls fehlgeschlagen. Mareike hatte ganz richtig erkannt: Man überreagierte nicht mit einer *solchen* Erklärung.

Hättest du doch gegen den Schreibtisch getreten. Oder auch gegen Mareikes Schienbein. Das wäre zwar ebenso wenig hilfreich, aber doch tausendmal besser gewesen.

Andrea kramte eine Jeans und einen Pullover aus ihrem Kleiderschrank hervor. Schlichte Kleidung, sagte sie sich. Bloß keine Überbewertung dieses Abends durch aufwendiges Outfit. Das war schon mal ein Anfang. Und eine kleine Verspätung, nur fünfzehn Minuten, wäre sicher ein gutes Beiwerk.

Mareike wartete vor dem Lokal.

»Bin ich zu spät?«, fragte Andrea unschuldig.

»Ich war wohl zu früh«, entgegnete Mareike mit einem angedeuteten Lächeln.

»Wollen wir?« Andrea ging forsch in Richtung Lokaltür, ohne sich weiter nach Mareike umzusehen. Gerade so, als wollte sie die Verspätung auf den letzten Metern aufholen.

Im Restaurant, kaum dass sie am Tisch saßen, griff Andrea nach der Speisekarte und vertiefte sich dermaßen darin, dass sie jedes Wort seitens Mareike an sie nur mit einem kurzen Ja oder Nein quittierte, entsprechend unterstützt von einem Nicken oder Kopfschütteln.

»Würden Sie für mich mitbestellen, wenn die Kellnerin kommt? Pasta Funghi. Ich gehe schon mal an die Salatbar.« Andrea stand auf. Ganz bewusst fragte sie Mareike nicht, ob sie ihr etwas mitbringen konnte.

Bis jetzt läuft alles bestens, fand Andrea, während sie sich eine bunte Gemüsemischung zusammenstellte. Heute Abend würde keine Verlegenheit aufkommen, gelobte sie sich dabei. Schon gar nicht würde ihr wieder eine peinliche Bemerkung über irgendwelche Gefühle herausrutschen.

Andrea ging zurück zum Tisch. Mareike bestellte gerade bei der Kellnerin.

Als diese gegangen war, blickte Mareike Andrea spöttisch an. »Wie heißt das Stück, das Sie mir hier vorspielen?«

Andrea schaute fragend zurück. »Stück? Was meinen Sie?«

»Ich meine Ihre überbetonte Gleichgültigkeit, die mir wohl zeigen soll, dass . . . ich Ihnen genau das bin? Gleichgültig?« Mareike schüttelte den Kopf. »Sie fallen wirklich von einem Extrem ins andere. Was soll ich davon halten?«

Darauf hatte Andrea keine Antwort. Keine, mit der Mareike sich zufriedengeben würde.

»Sie hätten meine Einladung ablehnen können, wenn Ihnen unbehaglich dabei ist«, meinte Mareike.

Andrea entschloss sich, mit offenen Karten zu spielen. »Nein, das konnte ich nicht. Sie hätten es mir falsch ausgelegt.« Ihr Blick kreuzte den Mareikes, schien dann aber irgendetwas in Mareikes Rücken spannender zu finden.

»In der Art, dass ich annähme, dass Sie mir ausweichen?«, fragte Mareike und versuchte, Andreas in der Ferne schweifenden Blick einzufangen. Erfolglos.

»Genau in der Art«, murmelte Andrea abwesend.

Mareike seufzte. Andreas Verhalten gab ihr einmal mehr Rätsel auf. Kopfschüttelnd fragte sie: »Verraten Sie mir was?«

Andrea jedoch schien ihr Gegenüber jetzt völlig ausgeblendet zu haben. Ihr Blick ging immer noch an Mareike vorbei. »Da kommt ziemlicher Qualm aus der Küche«, sagte sie.

Mareike wandte eher desinteressiert den Kopf, hielt sie Andreas Bemerkung doch nur für einen weiteren Versuch, dem Gespräch auszuweichen. Umso erstaunter war sie, dass tatsächlich graue Qualmschwaden in den Gästeraum des Restaurants drangen.

»Da hat der Koch wohl was anbrennen lassen«, meinte Andrea jetzt.

Plötzlich gab es einen dumpfen Knall, Scheiben klirrten. Sekunden später torkelte ein Mann durch die Schwingtür der Küche. Eingehüllt in einer Rauchwolke rannte er einen der Kellner um, fiel auf ihn.

Einige Gäste sprangen erschrocken auf und schauten sich hilflos um. Man begann durcheinander zu laufen. Ein Teil der Leute zum Ort des Geschehens hin, andere davon weg. Ein Tumult entstand.

Mareike gehörte zu den Leuten, die zu dem Mann liefen, der immer noch hustend am Boden saß. Im Gegensatz zu den anderen Gästen, die lediglich ratlos um den Mann herumstanden, beugte Mareike sich zu ihm, stellte ihm Fragen. Andrea registrierte die Szene aus etwa fünfzehn Metern Entfernung, näherte sich langsam dem Ganzen.

Der Mann am Boden rang immer noch nach Luft. Abwechselnd hustete er, stieß fetzenweise Worte hervor. Mareike erhob sich und drückte einem der Umstehenden ihr Handy in die Hand. »Alarmieren Sie die Feuerwehr!«, hörte Andrea sie eindringlich sagen. Dann lief Mareike zur Küchentür und verschwand dahinter. Andrea sah ihr entsetzt nach.

Was machte Mareike denn da? Sie konnte doch nicht . . . war sie lebensmüde?

Zwei Sekunden haderte Andrea mit sich. Dann, ohne sich weiter Rechenschaft darüber abzulegen, wieso, folgte sie Mareike.

Beißender Qualm nahm Andrea den Atem, hüllte alles um sie herum in Nebel. Ein knackendes Geräusch drang an ihre Ohren. Sie konnte nicht ausmachen, ob es Flammen waren, die irgendwo hinter dem Qualm loderten, oder ob eine andere Ursache der Grund dafür war.

»Mareike?«, rief Andrea. Wo war sie? Warum war sie überhaupt hier reingelaufen? Andreas Augen begannen vom Qualm zu tränen. Jetzt hörte sie ein Stöhnen. Die Richtung, aus der es kam, war allerdings schwer auszumachen. Unsicher tastete Andrea sich vorwärts. Etwas fiel um.

»Hierher, wenn da jemand ist!« Das war Mareikes Stimme, hustend, ganz in der Nähe. Andrea machte undeutlich ein

Schemen aus, das sich bewegte, und ging darauf zu.

»Fassen Sie mit an. Wir müssen den Mann hier rausbringen.«

Andreas Fuß stieß gegen etwas. Sie wurde der auf dem Boden liegenden, offenbar bewusstlosen Gestalt gewahr. Das Gesicht des Mannes war, soweit sie erkennen konnte, jung. Aber er wog sicher an die siebzig Kilo. Zu zweit zerrten sie ihn mühsam zum Ausgang der Küche. Die wenigen Meter erschienen endlos.

Endlich an der Schwingtür angekommen, griffen helfende Hände nach ihnen.

»Ist noch jemand in der Küche?«, fragte Mareike den am nächsten stehenden Lokalangestellten. Der zuckte mit den Schultern.

»Finden Sie es heraus!«, herrschte sie den Mann an. Der begann hektisch damit, seine Kollegen zu befragen.

»Die Aushilfe!«, rief plötzlich jemand. »Sie sollte Wein aus dem Lager hinter der Küche holen.«

»Wo *genau* befindet sich dieses Lager?«, fragte Mareike.

»Gerade durch, dann links.«

Mareike stürmte los. Andrea konnte sie gerade noch am Arm festhalten. »Sie wollen doch nicht noch mal da rein? Die Feuerwehr muss gleich hier sein. Das ist deren Job!«

Doch Mareike hörte gar nicht hin. Sie schaute sich um, riss von einem der kleinen Tische die Decke herunter, hüllte ihr Gesicht darin bis auf einen kleinen Spalt um die Augen ein und lief los.

»Warten Sie!«, rief Andrea ihr beschwörend hinterher. Vergebens. Die Schwingtür pendelte hinter Mareike vor und zurück.

»Verdammt!«, fluchte Andrea inbrünstig. »Das ist das mieseste Rendezvous, das ich jemals hatte!« Sie stürmte hinter Mareike her.

Wieder stand Andrea in dem beißenden Qualm. »Mareike?«

Andrea lief, wie sie hoffte, geradeaus. Ein Hustenanfall überfiel sie.

»Gehen Sie zurück. Ich mache das allein«, hörte sie Mareike da neben sich sagen.

»Nein!«, hustete Andrea. Sie konnte bereits jetzt kaum noch atmen.

»Verdammte Anfänger«, fluchte Mareike. Andrea meinte, auch noch so etwas wie »tote Helden« zu hören. Aber sie war sich nicht sicher. Mareikes Stimme klang nur dumpf durch das Tischtuch.

»Nehmen Sie das und halten Sie es sich vor das Gesicht.« Mareike drückte Andrea ein Stück Stoff in die Hand. Dann tastete sie sich vorwärts, in Richtung Lager. Andrea stolperte ihr nach.

Sie fanden den leblosen Körper der Aushilfe nahe der Tür zum Lager, trugen sie unter größter Anstrengung aus der Küche. Draußen im Gastraum halfen sofort viele Hände.

Sirenenheulen wurde lauter. Dann ging alles sehr schnell. Die Verletzten erhielten erste Hilfe und wurden in Rettungswagen abtransportiert. Ein Sanitäter verfrachtete auch Mareike und Andrea resolut in einen der RTWs.

Sie saßen einander gegenüber. Zerzaust, kraftlos. Keine in der Verfassung, ein Gespräch zu führen. Andrea fragte sich, wie es kam, dass Mareikes Bluse zerrissen war. Ihr Blick fiel auf das Stück Stoff gleicher Farbe in ihrer Hand. Mareike hatte es ihr in der Küche in die Hand gedrückt, damit sie es sich vor Mund und Nase hielt. Andrea starrte auf den Stofffetzen. Dann blickte sie Mareike entschuldigend an. Die lächelte trotz Erschöpfung. Schon gut, sagte ihr Blick.

»Sie haben eine leichte Rauchvergiftung«, eröffnete Andrea der Unfallarzt im Krankenhaus. »Wir behalten Sie vorsichtshalber bis morgen zur Beobachtung hier.«

Andrea nahm die Nachricht ohne Gegenwehr auf. Sie fühlte sich viel zu matt. Der Arzt griff zum Telefon, instruierte eine Schwester über zwei Neuaufnahmen.

»Wenn Sie bitte ebenfalls draußen warten würden. Eine Schwester wird Sie und Frau Holländer gleich abholen.«

Andrea ging ins Wartezimmer, wo Mareike sie mit einem schwachen Lächeln empfing. »Alles in Ordnung?«, fragte sie.

»Eigentlich schon. Trotzdem einmal Übernachtung und Frühstück«, erwiderte Andrea seufzend.

»Ich auch«, sagte Mareike knapp.

Andrea nickte. Das hatte sie sich aus dem Gespräch des Arztes mit der Schwester schon zusammengereimt.

»Frau Holländer? Frau Lange?«, fragte da auch schon eine Stimme aus Richtung der Tür.

Mareike und Andrea standen auf.

»Ich bin Schwester Ilona. Bitte kommen Sie mit mir. Ich bringe sie auf die Station.« Sie lächelte. »Als Heldinnen des Tages bekommen Sie ein Zimmer für sich.«

Ein Einzelzimmer – danke, Gott, dachte Andrea erleichtert darüber, dass sich ihre Befürchtung, sie müsse sich auf eine Nacht mit störenden Nebengeräuschen von drei bis vier Zimmergenossinnen einrichten, als unbegründet erwies.

Sie und Mareike folgten der Schwester zum Fahrstuhl. Drei Etagen höher stiegen sie aus. Wieder ging die Schwester ihnen voran, öffnete schließlich mit den Worten »Da wären wir« eine Tür.

Andrea überließ Mareike das erste Zimmer und blieb abwartend neben der Schwester stehen. »Was ist?«, fragte diese. »Stimmt was nicht?«

»Bitte?«, fragte Andrea verwirrt zurück.

»Ihr Zimmer.« Schwester Ilona wies in das Zimmer, in dem Mareike bereits die Einrichtung inspizierte. Andreas Augen folgten der Handbewegung der Schwester. Jetzt sah sie die zwei Betten in dem Raum, und ihr wurde klar, dass mit »ein Zimmer für sich« kein Einzelzimmer gemeint war, sondern vielmehr ein Zimmer für sie beide, Andrea und Mareike.

In diesem Moment hätte Andrea die störenden Nebengeräusche eines ganzen Schlafsaals bevorzugt. Sie erinnerte sich an ihre Ferienlagerzeit als Kind, an die Ernteeinsätze in ihrer Studienzeit. Zehn, zwölf oder auch mehr Mädchen beziehungsweise junge Frauen übernachteten in einem Raum. Eigentlich war das gar nicht so schlimm. Jedenfalls besser als das, was jetzt vor ihr lag. Eine Nacht in einem Zimmer mit Mareike.

Obwohl die Umgebung völlig neutral war, fühlte Andrea sich überfordert. Sie wusste, dieses Gefühl war so überflüssig, wie etwas nur sein konnte. Gleichwohl bemächtigte sich ihrer eine Befangenheit.

Mareike bekam davon glücklicherweise nichts mit. Sie betrachtete mit hochgezogenen Augenbrauen die Krankenhauswäsche, insbesondere das Stück Stoff, was wohl ein Pyjama sein sollte. Sie hob das Ding hoch.

»Darin werden wir toll aussehen«, spöttelte sie. »Ich dachte bis eben nicht, dass der katastrophale Verlauf unserer Verabredung noch zu toppen wäre. Beim Anblick dieses Teils bin ich bereit, meine Meinung zu ändern.«

Die Erwähnung ihrer Verabredung steigerte Andreas Befangenheit in eine kaum überwindbare Steifheit. Sie stand regungslos im Zimmer. Die Schwester war längst gegangen, sonst hätte Andrea sich sicher nicht verkneifen können zu fragen, ob es nicht irgendwo ein anderes freies Bett gebe.

»Sie sind ja so still«, fiel Mareike nun auf. »Ist Ihnen nicht gut? Sie sehen blass aus.«

Andrea schüttelte so gut sie konnte die sie lähmende Beklemmung ab. »Ich bin ziemlich müde«, erklärte sie mit, wie sie hoffte, schleppender Stimme, griff nach der Wäsche auf dem ihr am nächsten stehenden Bett, trottete zum Badezimmer und schloss die Schiebetür hinter sich. Im Bad zog Andrea ihre nach Qualm stinkenden Sachen aus und schlüpfte in den Schlafanzug. Toilette, Katzenwäsche, Zähneputzen – fertig.

Als Andrea aus dem Bad kam, saß Mareike bereits umgezogen auf ihrem Bett. Sie stand auf, ging an Andrea vorbei ins Bad. Andrea krabbelte schnell ins Bett, zog sich die Decke bis zum Hals hoch und schloss die Augen. Höchstens fünf Minuten später hörte sie, wie Mareike die Schiebetür des Badezimmers auf und wieder zu schob und an ihrem Bett vorbeiging. Andrea wartete auf die typischen Geräusche, die entstanden, wenn sich jemand in seinem Bett zurechtlegte. Aber sie blieben aus.

Andrea hielt die Augen immer noch geschlossen. Doch sie hatte das deutliche Gefühl, beobachtet zu werden. Je intensiver dieses Gefühl wurde, desto mehr konzentrierte sie sich darauf, die Augen geschlossen zu halten, merkte aber bald, dass ihre Lider zu zittern begannen.

»Schlafen Sie schon?«, fragte Mareike.

Andrea öffnete die Augen. »Nein.«

Sie hatte sich nicht getäuscht. Mareike, halb an ihrem Bett lehnend, halb darauf sitzend, betrachtete sie. Etwas beschäftigte sie, und Andrea ahnte, was es war.

»Warum sind Sie mir in die brennende Küche gefolgt?« Mareike ließ Andrea nicht aus den Augen.

Genau diese Frage hatte Andrea befürchtet. Deshalb tat sie so, als schliefe sie. Sie hoffte, Mareike würde die Frage auf morgen verschieben, was ihr, Andrea, etwas Zeit gäbe, eine Antwort auf sie zu finden. Noch besser vergaß Mareike die Frage einfach. Was spielte es für eine Rolle, warum sie ihr gefolgt war? Sie hatte einfach aus einem Reflex heraus gehandelt.

Andrea! Kein Mensch läuft aus einem Reflex heraus in ein Feuer. Im Gegenteil, er versucht aus ihm zu entkommen und einen sicheren Abstand zu gewinnen.

Andrea schwieg.

»Das war zwar sehr couragiert, aber auch sehr dumm von Ihnen«, meinte Mareike jetzt. Andrea glaubte, einen Hauch Sorge in Mareikes Stimme zu vernehmen.

»Ach ja? Warum in drei Teufels Namen sind *Sie* dann da reingerannt?«, hielt Andrea entgegen.

»Das ist was anderes. Ich war bei der Jugendfeuerwehr. Ich weiß, wie man sich in einer solchen Situation verhalten muss.«

Andrea war baff. Das hätte sie Mareike niemals zugetraut. Wie auch? Andrea kannte keine Details aus Mareikes Leben. Weder aus deren Jugend noch aus der jüngeren Vergangenheit oder der Gegenwart.

Halt! Das stimmte nicht ganz. Aus der Gegenwart kannte sie schon einige, teilweise sogar ziemlich delikate Details. Gerade diese delikaten Details waren es ja, die sie und Mareike auf eine widersprüchliche Art miteinander verbanden. Genau genommen waren sie deshalb in diesem Restaurant gelandet.

Mareike holte sich jetzt einen der Stühle, die an dem kleinen Tisch im Zimmer standen, postierte ihn direkt neben Andreas Bett, setzte sich auf ihn und beugte sich vor. »Versprechen Sie mir, dass Sie so etwas Leichtsinniges nie wieder tun«, forderte Mareike eindringlich.

Andrea schluckte. Noch nie, selbst nicht als Mareike sie so überfallartig geküsst hatte, hatte sie sich so – schwummrig gefühlt. Es waren Mareikes intensiv blickende Augen und vor allem das Rätselhafte, was hinter diesem Blick lag. Es ließ Andrea fast das Atmen vergessen.

»Versprechen Sie es«, wiederholte Mareike.

Andrea nickte langsam. Zu mehr war sie nicht in der Lage.

»Gut.« Mareike verharrte noch einige Sekunden in ihrer Haltung. Andrea vermutete, weil sie ihrer Forderung Nachdruck verleihen wollte. Es gab auch einen winzigen Moment, in dem Andrea glaubte, dass Mareike sich zu ihr beugen und sie küssen würde. Da war so ein Klang in ihrer Stimme gewesen, ein Vibrieren, und Mareikes Augen schauten für den Bruchteil einer Sekunde – zärtlich?

Mareike stand auf, nahm den Stuhl und stellte ihn zurück.

Deine Phantasie geht mit dir durch, blieb Andrea angesichts Mareikes völlig ruhiger Bewegungen nur zu konstatieren. Mareikes »Gute Nacht« eine Minute darauf, als auch sie sich in ihr Bett gelegt hatte, und wenig später ihre regelmäßigen, länger werdenden Atemzüge deuteten auf einen ebenso ruhigen Schlaf. Für Andrea verging noch eine gute Stunde, bis die Gedankenmaschinerie müde wurde und endlich abschaltete.

Es war Sonntag, denn kein Wecker riss sie aus dem Schlaf. Andrea kam langsam zu sich. Zufrieden drehte sie sich noch einmal in ihrem Bett um, blinzelte verschlafen. Warum stand da ein zweites Bett in ihrem Schlafzimmer, fragte sie sich benommen. Und wer war die Frau, die darin lag?

Vielleicht bin ich doch nicht wach, träume immer noch.

Doch dann erreichten die Ereignisse des gestrigen Abends Andreas Erinnerung. Schlagartig wurde ihr klar: Dies war weder ein Traum noch ihr Schlafzimmer. Es war wahrscheinlich auch nicht Sonntag. Und die Frau in dem Bett war Mareike.

Leise stand Andrea auf und ging zur Toilette. Als sie wiederkam, saß Mareike wach in ihrem Bett. »Na, gut geschlafen?«, fragte sie.

»Guten Morgen«, wünschte Andrea. »Ja, ganz gut.« Wenn man mal von dem Moment des Aufwachens absah, der sofort wieder diese unbegründete Nervosität mit sich brachte. Zu allem Überfluss wurde Andrea sich jetzt auch noch bewusst, wie sie aussah. Schlabberkrankenhauspyjama, ungekämmt, barfuß. Mit einem Wort – unmöglich.

Doch Mareike schien es nicht zu bemerken. »Das war ein Abend gestern, was?«, fragte sie in bester Laune. Unnötig zu fragen, wie sie geschlafen hatte.

»Etwas zu verraucht für meinen Geschmack«, erwiderte Andrea. Ihre Verlegenheit versuchte sie zu verbergen. »Ich habe immer noch den Geruch von Qualm in der Nase.«

»Er hängt in den Haaren«, klärte Mareike sie auf.

»Dann versuche ich es mit einer ausgiebigen Dusche«, beschloss Andrea, stellte jedoch im Anschluss daran fest, dass diese nur bedingt half, weil ihre Sachen, die sie wieder angezogen hatte – immer noch besser als dieser Schlafanzug, der dazu auch noch kratzte – genauso verqualmt rochen wie am Abend zuvor.

Während Mareike im Bad war, wurde das Frühstück gebracht. Die Schwester stellte es auf den einzigen Tisch im Zimmer. Andreas leerer Magen rumorte freudig. Immerhin war das Abendessen gestern ausgefallen. Dennoch wartete sie mit dem Frühstück, bis Mareike im Bad fertig war.

»Ah, Frühstück«, rief die begeistert, als sie die beiden Tabletts sah, und setzte sich an den Tisch. »Guten Appetit.«

»Oh, den werde ich haben.« In Windeseile schmierte Andrea eines der Brötchen und biss genussvoll hinein.

Eine andere Schwester kam. »Sie haben um zehn einen Röntgentermin. Der Chefarzt will sichergehen, dass bei Ihnen kein Lungengewebe beschädigt wurde«, erklärte sie.

»Wann werden wir entlassen?«, erkundigte sich Mareike.

»Wenn die Untersuchungsergebnisse in Ordnung sind, gegen Mittag.«

Die Schwester nickte freundlich und ging.

»Ich rufe Brennicke an, dass wir erst gegen Mittag kommen«, meinte Mareike daraufhin.

»Sprechen Sie bitte nur für sich«, sagte Andrea, immer noch genüsslich kauend. »Meine Abwesenheit erkläre ich lieber selbst. Bei einem separaten Anruf.«

»Aber wozu der Aufwand?«, wollte Mareike wissen. Ihr verständnislos fragender Blick ließ bei Andrea die Röte ins Gesicht schießen. Ohne es zu wollen, hatte sie sich verraten. Es dauerte nur eine Sekunde, bis Mareike erfasste, dass Andrea von einer möglichen gemeinsamen Nacht im Anschluss an das Abendessen sprach.

Andrea senkte verlegen den Blick. Ein weiterer Höhepunkt in der Reihe endloser Peinlichkeiten, die ihr in Mareikes Nähe pausenlos passierten. Diesmal weil sie ein Opfer ihrer Phantasie geworden war.

Mareike ging nicht weiter auf die Sache ein, nahm ihr Handy und informierte Brennicke, dass sie *beide* erst gegen Mittag in die Firma kommen würden. Das Telefonat zog sich etwas in die Länge. Als Mareike das Handy wieder zur Seite legte, sah sie Andrea an. »Kein Problem. Brennicke bat nur darum, dass wir gleich in sein Büro kommen. Er will mit uns über einen neuen Kunden sprechen. Eine Empfehlung von Grimm. Tja, schade, dass aus der Fusion nichts wird. Scheinbar wären ein paar gute Geschäfte daraus hervorgegangen. Nun wird es wohl bei dem einen bleiben. Wenn wir Grimm von unserer Entscheidung informieren, ist Schluss mit Empfehlungen.«

Andrea erwiderte nichts. Zum einen war sie immer noch verlegen wegen ihrer Bemerkung von eben. Zum anderen reagierte sie nach wie vor etwas empfindlich, was die Geschichte mit Grimm betraf. Auch wenn sie nicht mehr glaubte, dass Mareike versucht hatte sie auszuboten.

»Immer noch verärgert, weil ich dem Vorstand berichten werde?«, erriet Mareike.

»Ein wenig«, gab Andrea zu. »Aber nicht über Sie«, stellte sie klar. »Eigentlich . . . genau genommen, über mich selbst.«

Mareike lächelte. »Nach wie vor wahnsinnig peinlich berührt, wenn du daran denkst, was du in meinem Büro gesagt hast . . . und eben?« Ihre Stimme klang beinah sanft. Dass Mareike zum Du überging, empfand Andrea in diesem Moment wirklich als Erleichterung. Deshalb fiel es ihr leichter, es zuzugeben. »Ja«, presste sie leise hervor.

»He, das macht doch nichts.« Mareike legte ihre Hand auf Andreas. »Selbst wenn du solche Art Gefühle hättest . . .« Andrea hob an, sie zu unterbrechen, doch Mareike winkte ab. ». . . nur mal *angenommen*, es wäre so – es ist wahrscheinlich nur eine unbedeutende Verliebtheit. Aber selbst wenn nicht . . .« Ihre Augen fixierten Andrea förmlich. ». . . selbst wenn nicht – du hast in jedem Fall beschlossen, diesen Gefühlen keinen Raum zu geben. Das habe ich doch richtig verstanden, oder?«

Andrea nickte mechanisch, da das offensichtlich das war, was Mareike von ihr erwartete.

»Also«, Mareike hob die Hände, so, als wäre damit alles geklärt. »Dann gibt es keinen Grund, weiter darüber zu reden. Wir sind einfach nur befreundet. In Ordnung?«

Andrea nickte erneut.

»Wunderbar«, sagte Mareike. »Dann ist das Thema ja wohl endgültig erledigt.«

Es schien Andrea, als hörte sie Erleichterung in ihrer Stimme. Verständlich. Für Mareike war die ganze Situation immerhin auch ziemlich heikel. Sie wollte klare Verhältnisse schaffen.

Was Andrea überraschte: Es lag Mareike offenbar daran, ihre Gefühle nicht zu verletzen. So viel Behutsamkeit hätte sie Mareike nicht zugetraut.

Sie aßen schweigend ihr Frühstück weiter.

Dann begann Mareike plötzlich damit, kleine witzige Episoden zu erzählen. Erst von ihrer alten Arbeitsstelle, aber sehr schnell ging sie noch weiter zurück. Zu ihrem Studium, die Schulzeit. Außerdem erfuhr Andrea, dass Mareike begeisterte Flohmarktgängerin war, Schlager liebte und sich mit dreizehn zum ersten Mal in eine Frau verliebt hatte. Im Gegenzug dazu gestand Andrea, dass sie eine Spätentwicklerin war und heimlich für alte Filme schwärmte.

Sie blieben beim Du, lachten jede über die andere und sich selbst. Schließlich meinte Mareike: »Ich schulde dir natürlich noch ein Abendessen. Um Brände und ähnliche Zwischenfälle zu vermeiden, wie wäre es bei mir?«

Andrea zögerte.

Mareike bemerkte es. »Bedenken?«, fragte sie behutsam.

Andrea schüttelte den Kopf. »Nein.«

»Also dann, morgen Abend?«, schlug Mareike vor.

11.

Hallo. Komm rein«, begrüßte Mareike Andrea hektisch. Ehe Andrea etwas erwidern und ihr kleines Mitbringsel überreichen konnte, machte Mareike schon auf dem Absatz kehrt. »Entschuldige, ich muss in die Küche«, rief sie Andrea über die Schulter hinweg zu.

»Heute nicht bestellt?«, fragte Andrea schnippisch, während sie ihre Jacke ablegte.

»Nein«, kam es aus der Küche. Andrea folgte Mareike dorthin.

Das Chaos, welches sie hier begrüßte, erschlug Andrea fast. »Hm«, machte sie skeptisch. »Was wird das?«

»Mit etwas Glück gefüllte, gratinierte Champignonköpfe als Vorspeise, Tortelliniauflauf mit Paprika und Schafskäse für den Hauptgang, Eierkuchen mit Blaubeeren und Schlagsahne zum Nachtisch.«

Andrea staunte nicht schlecht. »So viel Aufwand? Ist das nicht etwas übertrieben?«

»Wieso?« Mareike sah kurz von der Pfanne auf. »Drei Gänge. Ich dachte, das ist der Standard, wenn man einlädt.« Der fertige Eierkuchen glitt auf den Teller, eine weitere Kelle Teig landete in der Pfanne.

Andrea stand da, unschlüssig, wohin mit sich und ihrem Mitbringsel, welches sie hinterm Rücken versteckte.

»Geh doch schon ins Wohnzimmer«, sagte Mareike. »Mach es dir gemütlich, gieß dir ein Glas Wein ein. Ich komme gleich mit der Vorspeise.«

Andrea ging ins Wohnzimmer, wo sie ein aufwendig gedeckter Esstisch erwartete. Ganz sicher nicht das Alltagsservice. Kristallgläser. Glaskugeln mit Farbsand dekorierten das Ensemble, abgestimmt zur Farbe der Tischdecke und den Servietten. Andrea drapierte ihr Mitbringsel mittig in die Deko, da sie nicht wusste, wo Mareike sitzen würde.

Mit dem Wein wartete sie lieber auf Mareike.

Überhaupt, vielleicht hältst du dich beim Wein lieber etwas zurück, Andrea. Um einen klaren Kopf zu bewahren.

Mareike und sie, der Wandel in ihrem Verhältnis zur plötzlichen Eintracht, das war Andrea nicht ganz geheuer. Sie sagte sich, dass es sehr unwahrscheinlich war, dass so etwas einfach von heute auf morgen funktionierte.

Andrea ging zum Bücherregal, um die Wartezeit zu überbrücken, griff wahllos nach einem Buch. Mitten in der Bewegung hielt sie inne. Ihr Blick wurde von einem Bild abgelenkt. Ein Foto in einem kleinen Bilderrahmen, ein Fach höher. Andrea nahm das Bild in die Hand und betrachtete es. Es zeigte einen

Mann, der seine Arme um zwei Frauen legte, eine links, eine rechts von ihm. Eine der beiden Frauen zeigte Mareike, als sie vielleicht Anfang zwanzig war. Alle drei Personen lachten, es war die Szene eines fröhlichen Augenblicks.

Mareike kam ins Zimmer. »Es ist so weit. Die Vorspeise«, verkündete sie.

Andrea drehte sich um. Mareike sah das Bild in ihrer Hand. Für einen winzigen Moment schien die gute Laune von Mareike abzufallen. Aber der Moment war so flüchtig, dass Andrea ihn schon Sekunden später für eine Täuschung hielt.

Mareike stellte die beiden Teller auf die dafür vorbereiteten Plätze und ging zu Andrea. »Das ist mein Bruder«, sagte sie, nahm dabei vorsichtig das Bild aus ihrer Hand, stellte es wieder an seinen Platz. Wer die andere Frau war, verriet Mareike nicht.

Sie deutete zum Tisch hinüber. »Meine Dame – gefüllte, gratinierte Champignonköpfe erwarten Sie.«

Andrea setzte sich. Mareike goss vom Wein ein, bevor auch sie Platz nahm. Dabei bemerkte sie den Geschenkkarton in der Mitte des Tischs. »Was ist das?«, fragte sie.

Andrea lächelte. »Mach es auf, dann siehst du es.«

Mareike griff zögernd nach dem kleinen Karton und öffnete ihn. Überrascht schaute sie auf die Bluse darin, hob sie hoch.

»Ich war schließlich schuld, dass du deine zerreißen musstest«, erklärte Andrea.

Mareike legte die Bluse zurück. »Danke. Sie sieht wirklich fast aus wie meine alte. Aber es war wirklich nicht deine Schuld. Trotzdem, vielen Dank. Und nun: Guten Appetit.«

Sie begannen zu essen.

»Woher kennst du überhaupt meine Größe?«, stutzte Mareike etwas verspätet.

»Ich habe nachgeschaut. Im Krankenhaus. Als du nicht im Zimmer warst.«

»Du hast in meinen Sachen gewühlt?« Mareike tat entsetzt.

»Gewühlt würde ich das nicht nennen. Einfach nachgesehen.«

Andrea wurde leicht mulmig, denn sie erinnerte sich, dass sie nicht nur einfach nachgesehen, sondern auch versonnen den Stoff berührt und daran gerochen hatte. Vernommen hatte sie einen leicht süßlichen Duft – allerdings mit einer verqualmten Note.

Mareike sah ihren Gast mittlerweile grüblerisch an. »Ich verstehe es übrigens immer noch nicht.«

»Was?«, fragte Andrea, mit durch die Erinnerung belegter Stimme. Konzentriert spießte sie ein Stück Champignon auf die Gabel, ließ es in ihrem Mund verschwinden und zwang sich, ruhig zu kauen.

»Warum du mir hinterher bist. In die brennende Küche.«

»Köstlich, die Champignons«, lobte Andrea Mareikes Kochkunst, statt eine Antwort zu geben.

»Danke«, nahm Mareike das Kompliment entgegen, ließ sich aber nicht aus dem Konzept bringen. »Warum?«, fragte sie erneut.

Andrea seufzte. Sie erinnerte sich an Mareikes Frage von gestern. ». . . du hast in jedem Fall beschlossen, diesen Gefühlen keinen Raum zu geben. Das habe ich doch richtig verstanden, oder?« Dann Mareikes zufriedenes Nicken, als sie ihr bestätigte, dass dem so war. Dass sie ihre Gefühle unter Verschluss halten würde. Warum sollte sie also jetzt wieder davon anfangen, indem sie Mareike gestand, dass eben diese Gefühle die Ursache für ihren »Heldenmut« waren.

Mareike ließ nicht locker. »Du musst doch einen Grund gehabt haben.«

Andrea zuckte mit den Schultern. »Wolltest du die Aushilfe da vielleicht allein raustragen?«

Mareike schüttelte mit dem Kopf. »Nein, nein. Ich meine das erste Mal«, sagte sie. »Du wusstest doch gar nicht, dass ich den Mann dort finden würde.«

»Natürlich nicht. Ich wollte dich einfach zurückholen. Ich dachte, du wüsstest nicht, was du tust. Warst du wirklich bei der Jugendfeuerwehr?«

Mareike nickte. »Ja.«

»Warum hast du aufgehört?« Das Gespräch in eine andere Richtung zu lenken als ihren Feuereinsatz, schien Andrea das klügste.

»Lehre, Studium. Immer wieder Ortswechsel, keine Zeit«, erklärte Mareike bereitwillig.

»Und dann die Karriere«, erriet Andrea die Fortsetzung.

Mareike zuckte mit den Schultern. »Tja.«

»Ich bin trotzdem beeindruckt.«

»Ich auch. Von *dir*! Ich kenne nicht viele Leute, die anderen ins Feuer folgen. Im Restaurant warst du die Einzige«, kam Mareike nun wieder auf das für Andrea unliebsame Thema zurück.

»Ich wäre da nie rein, wenn ...« Andrea brach ab. Fast hätte sie sich doch verplappert. »Ich habe nicht nachgedacht. Es war ein Reflex.« Sie spießte das letzte Stück Champignon auf die Gabel.

»So, so, ein Reflex.« Mareikes Blick ruhte nachdenklich auf Andrea. Nach einer kurzen Pause sagte sie: »Wir waren jedenfalls ein prima Team. ... Und jetzt hole ich den Hauptgang.«

Bevor Mareike das jedoch tun konnte, läutete das Telefon.

»Entschuldigung«, sagte sie und ging zum Apparat. »Holländer«, meldete sie sich.

Andrea beobachtete, wie Mareikes Gesicht einen fatalistischen Ausdruck annahm. »Hallo Mutter ... das freut mich ... natürlich habe ich das nicht vergessen ... nein, ich komme vorher nicht noch mal nach Hause ... hm, jede Menge Arbeit ... wir sehen uns dann nächsten Samstag ... natürlich ... bis dann.«

Mareike legte auf, seufzte, drehte sich zu Andrea um und lächelte angestrengt. Wortlos räumte sie die schmutzigen Teller vom Tisch, brachte sie in die Küche. Mit einer dampfenden Auflaufform in den Händen kam sie zurück.

»Ich hätte nie gedacht, dass du eine solch begnadete Köchin bist«, lobte Andrea begeistert, nachdem sie von den Tortellini gekostet hatte.

Mareike kräuselte leicht die Stirn. »Gehörte zum Ausbildungsprogramm meiner Mutter.« Und mit ironischer Stimme fügte sie hinzu. »Da sieht man mal wieder, dass alles eine gute Seite hat.«

»Ausbildungsprogramm?«, echote Andrea.

»Zur perfekten Ehefrau für den würdigen Schwiegersohn.« Mareike zuckte mit den Schultern. »Da war ich aber die totale Enttäuschung. Trotz all ihrer Bemühungen – meine Mutter gab sogar Heiratsannoncen für mich auf – bin ich nicht so geworden, wie sie mich gern hätte.«

»Das klingt nach einer komplizierten Mutter-Tochter-Beziehung«, meinte Andrea. Im selben Moment dachte sie, dass dies wohl ein zu privates Thema sei. Deshalb relativierte sie, indem sie hinzufüge: »Aber das ist ja wohl vielen Töchtern beschieden.«

Mareike schaute Andrea nachdenklich an. In ihrem Gesicht arbeitete es. »Interessiert dich *diese* spezielle Mutter-Tochter-Beziehung?«

Andrea spürte Mareikes Zögern. So wie diese wahrscheinlich spürte, dass sie eine Grenze überschreiten würde, wenn sie weitersprach. Und sie war noch unsicher, ob sie das wirklich wollte.

Andrea fand es nur fair, Mareike den Rückzug offenzuhalten, also sagte sie: »Du musst nicht . . .«

»Nein, nein«, unterbrach Mareike sie. »Ich meine nur . . .«, sie lächelte, ». . . ich muss dich warnen. Wenn ich dir mehr erzähle, weißt du schon wieder etwas über mich, was nicht für andere bestimmt ist.«

»Deine Geheimnisse waren bisher immer gut bei mir aufgehoben«, erwiderte Andrea schlicht.

Ein warmer Schimmer glomm in Mareikes Augen auf. »Das ist wahr.« Sie schmunzelte. »Also gut, wenn du dir die Holländer'sche Familiengeschichte antun willst . . .«

Mareike schaute auf ihren Teller, sortierte nachdenklich im Essen herum, offensichtlich in Gedanken, wo sie anfangen sollte. Dann blickte sie wieder auf.

»Meine Mutter ist in heller Aufregung. Mein Bruder heiratet nächstes Wochenende. Für mich bedeutet das, dass ich mal wieder den Begleitservice anrufen und mir eine Begleiterin ausleihen muss.«

Andrea hielt mitten in der Kaubewegung inne. »Was?«, fragte sie völlig unschicklich mit vollem Mund, schluckte hinunter und präzisierte ihre Frage: »Du mietest dir Frauen, um ... sie deiner Mutter als Freundin vorzustellen?«

»Ich kann so einen Besuch kaum einer wirklichen Freundin zumuten. Du kennst meine Mutter nicht. Sie ist altmodisch bis zum Gehtnichtmehr. Vertritt Ansichten wie zu Urgroßmutters Zeiten.«

»Aber ...« Andrea konnte nicht ganz folgen. »Wäre es dann nicht besser, wenn du Begleiter statt Begleiterinnen mitbrächtest?«

»O ja!« Mareike nickte heftig. »Das wünscht sie sich am allermeisten. Aber die Genugtuung bekommt sie nicht. Nicht mal als Illusion.«

»Das klingt nach sehr verhärteten Fronten.«

»Das kannst du laut sagen.« Mareike legte ihre Gabel ab. »In der Kleinstadt, in der ich aufgewachsen bin, fallen meine Eltern nicht weiter auf, denn dort leben die meisten Menschen nach den Weltanschauungen und Moralvorstellungen aus Zeiten der Großeltern. Ich habe meine Kindheit und Jugend damit verbracht, den Tag herbeizusehnen, an dem ich dort rauskam. Bis es so weit war, musste ich jedoch durch die Schule meiner Mutter gehen, welche wiederum die Schule ihrer Mutter war. Diese Schule bestand aus zwei Fächern. Fach eins: Hauswirtschaft – Kochen, Waschen, Nähen, Putzen. Fach zwei: Beauty – Kosmetik, Maniküre, Pediküre. Nicht, dass wir uns falsch verstehen. Ich sage nicht, diese Dinge zu erlernen, sei nicht nützlich. Aber wenn jeder zweite Satz deiner Mutter mit *Wenn du später mal heiratest ...* oder *Der Mann, der dich mal bekommt ...* beginnt, dann ist das auf Dauer ziemlich nervig.« Mareike seufzte bei dem Gedanken daran in sich hinein. »Trotzdem, ich schwöre es, es war keine Absicht, als ich mich in meine Sportlehrerin verliebte. Ich wusste ja damals auch noch gar nicht wirklich, dass meine Gefühle für sie *dieser* Art waren. Sie leitete übrigens die Jugendfeuerwehrgruppe. Deshalb meldete ich mich dort an. Meiner Mutter erzählte ich, ich ginge zum Gymnastikkurs. Als Mutter drei Wochen später meine Sportlehrerin zufällig traf, flog der Schwindel auf. Es gab ein riesiges Theater zu Hause. Von wegen unweiblich und so weiter. Ich schlug Mutter schließlich mit dem Argument, dass meine Sportlehrerin ja auch verheiratet sei, obwohl sie diesen *unweiblichen* Nebenberuf habe.«

»Das war, als du dreizehn warst?«, erinnerte Andrea sich.

»Ja«, bestätigte Mareike. »Und ich war siebzehn, als meine Lehrerin sich scheiden ließ und man munkelte, sie lebe jetzt mit einer Frau zusammen. Kurz darauf zog sie weg. Ich machte damals gerade mein Abitur, und meine Mutter war zunehmend besorgt, weil ich noch keinen Freund hatte. Ihrer Meinung nach waren es doch höchstens noch drei Jahre, bis ich verheiratet wäre und Kinder bekäme. Die Zeit bis dahin sollte ich mit einer Stelle als Assistentin in der Stadtverwaltung verbringen, die meine Mutter mir besorgt hatte. Ich widersprach, denn dafür hatte ich nicht das Abitur gemacht. Ich wollte studieren, später einen tollen Job bekommen und unabhängig werden. Von meiner Mutter, und, wie ich damals schon wusste, von den Männern. Meiner Mutter erklärte ich meinen Studienwunsch allerdings damit, dass man nirgendwo besser einen späteren Arzt oder Ähnliches kennenlernen konnte als an einer Uni. Das leuchtete ihr ein. Für mich war nur eines wichtig: Endlich weg von zu Hause.«

»Das hört sich wirklich an wie eine Geschichte aus den Fünfzigern«, meinte Andrea mitleidig.

»Ja, aber leider fand das Ganze in den Achtzigern statt, und da gab es schon Telefone. Meine Mutter bestand darauf, dass ich sie einmal die Woche anrief, und jedesmal fragte sie mir Löcher in den Bauch, ob ich jemanden kennengelernt hätte. Meine fortwährenden Negativbescheide gefielen ihr ganz und gar nicht. Meine Besuche zu Hausen arteten in regelrechte Verhöre aus, warum ich denn keine Männer kennenlernte. Schließlich kam meiner Mutter wohl der Verdacht, ich sei zu wählerisch. Sie gab Heiratsannoncen in meinem Namen auf, traf eine Vorauswahl und lud ihre Kandidaten ein, wenn sie wusste, dass ich am Wochenende nach Hause kam.«

»O Gott«, rutschte es Andrea spontan heraus.

»Ja. O Gott. Die Kandidaten hättest du sehen müssen. Es war mehr als einer dabei, der dem Alter nach mein Vater hätte sein können. Aber meiner Mutter war das egal. Eines Tages schrie ich sie entnervt an, dass ich gar kein Interesse hätte, einen Mann zu finden. Na, das Gejammer hättest du hören sollen: Was denn aus mir werden solle, und wie ich mir das vorstelle, ohne Mann und Kinder, allein, als alte Jungfer.

Da riss mir endgültig der Geduldsfaden. Ich machte meiner Mutter klar, dass ich schon lange keine Jungfrau mehr sei und sie sich an den Gedanken gewöhnen solle, dass Männer nicht mein Interesse hätten, weil ich lesbisch sei.«

»Autsch.«

Mareike grinste. »In all den Jahren habe ich meine Mutter nie sprachlos erlebt. Aber in dem Moment herrschte Grabesstille im Zimmer. Eigentlich rechnete ich damit, dass sie mich aus dem Haus jagen würde. Sie tat es aber nicht. Ich nehme an, weil es nach ihrem Denken ein noch schlechteres Licht auf sie geworfen hätte als die Tatsache, eine lesbische Tochter zu haben. An dem Tag redete sie kein Wort mehr mit mir.«

»Und du bist abgefahren«, folgerte Andrea.

»Nein. So gut ist die Zugverbindung von unserer Stadt aus nicht. Ich musste zu Hause übernachten, packte meine Tasche für den darauffolgenden Tag. Du kannst dir meine Verwunderung vorstellen, als ich am nächsten Morgen in die Küche kam und meine Mutter neben meinem warm gehaltenen Frühstück sitzen sah. Sie wartete bereits auf mich.«

Nun war es Andrea, die seufzte. »Ich ahne, was jetzt kommt. Die Phasentheorie.«

»Du sagst es. Sie gab ihrer Überzeugung Ausdruck, dass ich ein wenig verwirrt sei. Das ginge vorbei. Eines Tages würde ich mich eines Besseren besinnen, sprich: mich einem Mann hingeben. Es müsse nur der richtige kommen. Sie entschied sich zu folgender Interpretation der Dinge: Ihre Tochter ging einen Umweg. Die Großstadt war schuld daran. Gegen diesen mächtigen Einfluss war selbst sie, die Übermutter, machtlos. Sie verschanzte sich hinter dem *Die-Natur-setzt-sich-immer-durch*-Fels. Und damit meinte sie natürlich die Mann-Frau-Beziehung. Für meine Mutter ist jede meiner Trennungen die Bestätigung ihres Standpunkts und bestärkt ihre Hoffnung, dass auch ich der Natur bald wieder gehorche.«

Andrea schüttelte sich. »Das ist ja grauenhaft.«

Mareike winkte ab. »Nur wenn man kein Gegenmittel findet. Ich habe einfach beschlossen, den Großteil meines Lebens, einschließlich meiner Freundinnen und Trennungen von ihnen, für mich zu behalten. Um nun auf die Hochzeit zurückzukommen: Weil ich, wenn ich allein käme, mir ununterbrochen anhören müsste, was ich alles falsch mache – mal abgesehen davon, dass ich Frauen bevorzuge – und weshalb ich allein lebe, bin ich dazu übergegangen, mir für spezielle Anlässe Begleiterinnen zu engagieren.«

»Eine ziemlich teure Lösung«, warf Andrea ein.

»Und dazu nicht immer die sicherste. Letztes Mal fiel die gebuchte Dame kurzfristig aus, und man hatte auch keinen Ersatz. Da habe ich Renate mitgenommen. Sie verlangte dafür natürlich auch einen Gefallen. Und nicht gerade einen kleinen. Du erinnerst dich.«

»Doch nicht etwa der Kreditantrag?«

Mareike nickte. »Ja, das war ein heikles Geschäft. Aber ich gebe zu, der Abend mit Renate bei meinen Eltern hat besonders viel Spaß gemacht. Es war der Geburtstag meiner Mutter. Natürlich waren alle ihre Bridgefreundinnen geladen.«

»Ich nehme an, Renate hat sich nicht sehr schicklich benommen und deiner Mutter und den Damen einige Male die Röte in den Kopf getrieben.«

»Du nimmst richtig an.«

Sie lachten beide.

»Wie wäre es jetzt mit dem Nachtisch?«, fragte Mareike.

Andrea stöhnte. »Eigentlich bin ich schon satt.«

»Dann warten wir noch etwas.« Mareike schenkte Wein nach. »So, nun habe ich dir meine Familie vorgestellt«, sagte sie dabei. »Ich sprach immer von meiner Mutter, aber mein Vater steht ihr nicht viel nach.«

Andrea brauchte keine besonderen hellseherischen Fähigkeiten, um zu erraten: »Du besuchst sie nicht oft, oder?«

»Nur zu Geburtstagen, Weihnachten und Hochzeiten. Am liebsten nicht mal dann.«

»Und dein Bruder?«

»Der erhielt von meinem Vater die *Tugenden* der Männer gelehrt. Hat ganz gut angeschlagen.«

»Und er hat trotzdem eine Frau gefunden.«

»Ich bitte dich. Natürlich. Frauen fliegen auf den Versorgertyp. Meine zukünftige Schwägerin liebt ihre Schwiegereltern. Zumal sie die Hochzeit bezahlen.«

»Und es ist nicht der Neid der zurückgesetzten Außenseiterin, der aus dir spricht?«, witzelte Andrea.

»Wenn du mir nicht glaubst, kannst du gern mitkommen und dich überzeugen. Du würdest mir sogar einen Gefallen tun, denn für mich wäre deine Gesellschaft mit Sicherheit viel netter als die einer fremden Begleiterin. Und für dich ist es praktisch die beste Gelegenheit, dir mich abzugewöhnen. Bei der Familie! Die kuriert dich von mir. Hundertprozentig.«

»Ich brauche nicht mehr kuriert zu werden«, behauptete Andrea. Dass dies nicht ganz der Wahrheit entsprach, merkte sie sofort nach Mareikes Antwort.

»Umso besser«, sagte diese nämlich. »Dann könntest du mir den Gefallen ja ganz leicht tun.«

Das Kribbeln, das sich in Andreas Bauch bei der Vorstellung regte, mit Mareike zur Hochzeit ihres Bruders zu fahren, warnte sie. Es war ein warmes, ein freudiges Ich-könnte-mit-ihr-zusammensein-Kribbeln. Ein Kribbeln, welches es nicht geben dürfte, wenn sie, wie eben behauptet, kuriert war. Wider besseren Wissens erwiderte Andrea: »Ja, klar. Das wäre kein Problem.«

»Bist du sicher?« Mareike beäugte sie skeptisch.

Andrea begriff, dass Mareike es gar nicht ernst gemeint hatte. Erst durch ihre Antwort zog Mareike die Möglichkeit tatsächlich in Betracht. »Und du wirst keinen Rückzieher machen?«

Am liebsten würde ich, dachte Andrea. Aber das konnte sie Mareike wohl schlecht sagen. Also lautete ihre Entgegnung: »Warum sollte ich?«

»Weil du, wenn die Wirkung des Weins nachlässt, wieder zur Besinnung kommst?«

Andrea lachte trotz des mulmigen Gefühls in ihrem Bauch. »Ich bin erst beim zweiten Glas.«

Das überzeugte Mareike nicht. »Bei manch einem reicht das völlig aus, um unüberlegte Versprechen zu machen.«

»Bei mir nicht.«

Mareike schaute Andrea eindringlich an. »Du bist dir wirklich sicher?«

»Was ist schon groß dabei?«, meinte Andrea. »Ich habe keine Probleme mit deiner Familie. Du sagst, sie sei anstrengend, aber ich muss sie auch nur einen Tag aushalten. Dafür bekomme ich ein Essen, welches das vom heutigen Abend, ohne dich kritisieren zu wollen, sicher noch in den Schatten stellt. Und wenn doch alles viel schlimmer kommt als erwartet, täusche ich eine Migräne vor und gehe.« Die Idee mit der Migräne kam Andrea ganz plötzlich und diente mehr zu ihrer eigenen Beruhigung als der Mareikes. Die schien diese Idee aber auch für einen brauchbaren Plan B zu halten, denn ihre Erwiderung zeigte, dass ihre Bedenken zerstreut waren. »Gut, so machen wir es.« Mareike lächelte befreit. »Danke. Damit hast du was gut bei mir.«

»Wie wäre es zum Anfang mit dem Nachtisch?«

Mareike stand auf. »Ist in drei Minuten fertig. Ich wärme nur die Eierkuchen noch mal in der Mikrowelle auf.«

Auch der dritte Gang des Abendessens war vorzüglich. Andrea kaute genüsslich, sah Mareike an, und eine Frage kam ihr in den Sinn: »Haben deine Eltern dich eigentlich jemals hier besucht? Haben sie gesehen, wie du lebst, was du aus dir gemacht hast?«

»Wo denkst du hin. Sie sind aus ihrem Kaff nie weiter rausgekommen als bis zum Einkaufszentrum in der Nachbarstadt.«

»Tun sie dir nicht manchmal leid?«, wollte Andrea wissen.

»Nein, wieso?«

»Weil sie in so einer kleinen Welt leben.«

»Sie wollen da ja gar nicht raus. Ich habe ihnen mal eine Reise nach Spanien geschenkt. Sie hätten nur ihre Sachen packen und sich in den Flieger setzen müssen. Rate mal, wer geflogen ist.«

Andrea zuckte mit den Schultern.

»Mein Bruder und seine damalige Freundin. Meine Eltern haben die Reiseschecks auf ihre Namen übertragen. Zur Ehrenrettung meines Bruders muss ich anmerken, dass er nicht wusste, wer die Reise bezahlt hatte. Er dachte, es wäre ein Geschenk meiner Eltern.«

»Dein Bruder wohnt immer noch in derselben Stadt wie sie?«

»Ja. Er hat einen ansehnlichen Posten beim städtischen Wasserwerk. Das ist ja das Blöde. Ich kann nicht mal hämisch mit dem Finger auf ihn zeigen und meinen Eltern vorhalten, dass ihre verstaubte Erziehung zu nichts geführt hat.«

»In deinem Fall allerdings nur dank deiner Eigeninitiative.«

Mareike runzelte die Stirn. »Deren Grundstein meine Eltern aber irgendwie gelegt haben.«

Andrea glaubte zu wissen, wo der Hund begraben lag. »Wurmt dich das?«, fragte sie.

»Und wie.«

»Mareike Holländer, die verhinderte Rebellin«, neckte Andrea sie.

»Das ist nicht lustig, das ist tragisch«, sagte Mareike säuerlich.

»Tragisch verhindert«, kicherte Andrea.

Mareike winkte ab. »Du wirst es ja selbst erleben.«

»Ganz ehrlich, ich glaube, du übertreibst«, kicherte Andrea immer noch. »Es ist gewiss nicht leicht für dich gewesen, sich den Heiratsplänen deiner Mutter zu erwehren, lästig auf Dauer. Aber ich bin sicher, dass sie auf ihre Art nur das Beste für dich will.«

»Ja, natürlich. Nur warum berücksichtigt sie dabei nicht *meine* Bedürfnisse?«

12.

Frau Holländers Körpersprache verriet, dass sie sich für eine mondäne Frau hielt. Andrea fand allerdings, dass sie wirkte, als wäre der Stil der Achtziger an ihr hängengeblieben. Andererseits, wiederholte sich die Mode nicht alle zwanzig Jahre? Farbenfrohe Leggins, weiter Pullover und eine Dauerwelle, die mehr einer Krause glich, so empfing Frau Holländer sie auf dem schmalen Fliesenweg im Vorgarten. Begrüßungsfloskeln wurden ausgetauscht. Und auch ohne Mareikes Vorwarnung hätte Andrea den kritisch abschätzenden Blick Frau Holländers nicht übersehen können.

»Wissen Sie, Fräulein Lange, Mareikes letzte Freundin war etwas ... extrovertiert.« Mareikes Mutter gebrauchte wirklich noch den Titel »Fräulein«. »Ich möchte nicht, dass es auf der Hochzeit meines Sohnes irgendwelche peinlichen Zwischenfälle gibt, nur weil meine Tochter und ihre Freundin ... Wenn Sie das bitte berücksichtigen wollen.«

Andrea hatte sich die Begrüßung wirklich anders vorgestellt. Irritiert sah sie Mareike an. *Was habt ihr gemacht?*, fragte ihr Blick stumm.

Mareike grinste. »Keine Angst, Mutter. Andrea weiß, wie man sich benimmt.«

»Das freut mich zu hören«, erwiderte Frau Holländer steif. »Ich finde, ich bin wirklich tolerant, dass ich dir all deine Kapriolen durchgehen lasse, dein gottloses Leben. Aber ich weiß nicht, wie viel ich davon noch verkrafte.«

»Mutter, bitte!«

Frau Holländer winkte ab. »Na ja, wir sehen uns später. Ich muss jetzt deinen Bruder suchen. Es gibt noch einiges zu besprechen.« Damit entschwand sie. Mareike sah ihrer Mutter seufzend nach.

Andrea fand endlich die Sprache wieder. »Sagte sie *gottloses Leben?*« Entgeistert blickte sie Mareike an.

»Natürlich.« Mareike grinste schief. »Und? Habe ich zu viel versprochen?«

»Man soll sich nicht vom ersten Eindruck leiten lassen«, meinte Andrea halbherzig.

»Na, dann warte auf den zweiten und den dritten. Du wirst mich sehr schnell verstehen.«

Sie standen nach wie vor im Garten.

»Hallo Mareike«, rief da jemand aus dem Haus. Eine junge Frau kam heraus und auf sie zu. »Schön, dich zu sehen. Wen hast du mitgebracht?«

»Nicole, hallo. Das ist Andrea. Andrea, das ist Nicole, die Frau meines Bruders«, stellte Mareike die beiden einander vor.

»Noch nicht, aber in ein paar Stunden«, lachte Nicole. »Ihr seid früh dran.«

»Damit wir Mutters Tiraden überstanden haben, bevor die anderen Gäste kommen«, erwiderte Mareike bissig.

Sie gingen ins Haus.

»Nimm es dir nicht so zu Herzen«, tröstete Nicole ihre zukünftige Schwägerin. »Sie meint es nicht so. Im Grunde ist sie eine nette Person.«

»Ja, zu Frauen wie dir.« Mareike stellte ihre Tasche im Flur ab, kopierte die Haltung ihrer Mutter. »So reizend und natürlich«, ahmte sie deren Stimme nach. »Es ist eine wahre Freude, das Kind anzusehen.«

Während Mareike ihre Tasche wieder aufnahm, lachte Nicole. »Ja, du hast recht. Aber du kannst hier den ganzen Tag rumjammern, ändern wirst du damit nichts. Also kommt. Ihr schlaft oben, müsst als Einzige nicht in dem eher mäßigen Hotel dieser Stadt absteigen. Darauf hat Bernd bestanden.« Nicole führte die Gäste die Treppe zur kleinen Dachetage hinauf.

»Das war ja nett von ihm, aber das Gästezimmer ist zum Hotel nicht wirklich eine Steigerung«, stellte Mareike ironisch fest, während sie die Tür zu einem Raum aufmachte, der eher schlicht eingerichtet und, entsprechend den beengten Verhältnissen dieser Etage, nicht sehr groß war. »Aber sag Bernd trotzdem danke. Es ist die Geste, die zählt.«

»Mach ich. Für mich wird es übrigens Zeit. Meine Ankleidedamen kommen gleich.« Nicole winkte ihnen zu. Dann hüpfte sie die Treppe hinunter wie ein übermütiges Mädchen.

»Sie macht einen netten Eindruck«, sagte Andrea und stellte ihre Tasche auf das Bett.

»Ist es ein Problem für dich, dass wir ein Zimmer teilen?«, fragte Mareike. »Ich kann sonst auch im Wohnzimmer auf der Couch schlafen«, bot sie an.

Andrea überlegte kurz. Eingedenk der zwei Betten wäre es kindisch, wenn sie Mareike die Couch antat. Abgesehen davon, würde sie sich nicht ebenso lächerlich machen wie an dem Morgen im Krankenhaus? Als sie selbst Brennicke anrufen wollte, um nicht den Verdacht aufkommen zu lassen, dass sie und Mareike ... Das war doch nur ein Produkt ihrer Phantasie.

»Wenn es für dich in Ordnung ist, ist es das für mich auch«, erwiderte Andrea deshalb. »Nur ... wie kommt deine Mutter damit klar? Ist das nicht wie Sodom und Gomorrha in ihrem Haus?«, spottete sie.

»Bring sie bloß nicht auf den Gedanken«, warnte Mareike mit gespieltem Entsetzen. »Schläfst du lieber rechts oder links?«, widmete sie sich dann den praktischen Dingen.

»Wenn ich die Seite zum Fenster haben könnte?«

»Sicher«, meinte Mareike leichthin. »Nachdem das geklärt ist, werde ich mich noch mal in die Küche schleichen und was essen, bevor ich mich umziehe. Mein Frühstück liegt schon eine Weile zurück, und es wäre mir ziemlich peinlich, wenn während der Zeremonie mein Magen knurrt. Was ist mit dir?«

»Ich komme mit.«

Sie gingen hinunter in die Küche. Während Mareike die Zutaten für die Sandwichs zusammensuchte, begann Andrea schon mit der Zubereitung. Zu guter Letzt nahm Mareike eine Flasche Saft aus dem Schrank sowie zwei Gläser. Schließlich saßen sie friedlich beim zweiten Frühstück beisammen.

»Hallo Mareike«, ertönte da eine brummige Stimme von der Tür her.

»Vater«, erwiderte Mareike emotionslos.

Ein hochgewachsener, schlanker Mann Mitte sechzig betrat die Küche. »Ich könnte auch noch einen Bissen vertragen«, sagte er und setzte sich zu ihnen an den Küchentisch. Ohne ein weiteres Wort stand Mareike auf, bereitete ihm ein Sandwich zu und legte es auf einen Teller, den sie ihm gab.

»Hast du schon mit deinem Bruder gesprochen?«, fragte Mareikes Vater.

»Nein.«

»Es gibt da etwas, worüber er mit dir reden wollte, aber ich kann es genauso gut tun.« Umständliches Räuspern. »Also, Mutter und ich haben beschlossen, dass Bernd und Nicole in unser Haus ziehen und wir in ihre Wohnung.« Er schaute Mareike an. Offenbar erwartete er einen Einwurf. »Sie werden ja bald Kinder bekommen, da brauchen sie mehr Platz«, erklärte er, sichtbar irritiert dadurch, dass Widerspruch ausblieb. »Wir dagegen ... wir sind nur zu zweit. Das Haus ist unser Hochzeitsgeschenk für Bernd, oder auch ein vorgezogenes Erbe, wenn du so willst. In zwanzig Jahren, wenn wir tot sind, käme es für Bernd und Nicole zu spät. Da können sie es ja schon wieder an deren Kinder weitervererben.«

Andrea hatte das dringende Verlangen, sich unsichtbar zu machen. Sie konnte es nicht fassen, dass Mareikes Vater solche familiären Dinge besprach, während sie – eine für ihn wildfremde Person – dabei saß. Es gab nur eine Erklärung dafür: Er übersah sie demonstrativ, um Mareike zu zeigen, dass ihre Freundin, für die er sie ja halten musste, für ihn nicht existierte.

Mareike schien Derartiges gewohnt zu sein. Sie nickte nur. »Bernd erbt das Haus, wie schön für ihn.«

»Was deinen Teil betrifft, Bernd kann dich momentan nicht auszahlen. Er will natürlich renovieren, umbauen. Das Haus hat es nötig. . . .«

»Vater«, unterbrach Mareike ihn. »Ich brauche euer Geld nicht! Nicht jetzt und auch nicht später. Ich habe einen Job, ich kann für mich selbst aufkommen. Meinetwegen könnt ihr, du und Mutter, Bernd auch noch euren letzten Sparstrumpf ausschütten. Das interessiert mich nicht.«

»Du verstehst doch sicher, dass wir uns so entschieden haben«, fuhr Herr Holländer unbeirrt fort. Die Worte seiner Tochter schien er nicht gehört zu haben. Ihm lag daran, seine Entscheidung zu begründen. Aber nicht, weil er ein schlechtes Gewissen hatte. Nein. Andrea schien, dass er seine Tochter belehren wollte. »Bernd und Nicole sorgen für die Familiennachfolge. Das ist, was am Ende zählt. Du bist nun schon über vierzig und immer noch nicht verheiratet. Also kannst du uns nicht vorwerfen, dass wir unsere Hoffnung auf deinen jüngeren Bruder setzen.«

»Nein, das werfe ich euch nicht vor. Aber andere Dinge.« Mareike seufzte, schüttelte den Kopf. »Aber ich werde heute nicht wieder darüber diskutieren.« Sie beendete abrupt ihr Frühstück und erhob sich. »Bis nachher bei der Trauung, Vater.«

Andrea folgte Mareike hinauf ins Zimmer. Dort angekommen, fragte sie besorgt: »Geht es dir gut?« Immerhin war Mareike im Prinzip gerade enterbt worden. »Das muss ein Schock für dich sein.«

Mareike sah Andrea spöttisch an. »Was? Dass ich diesen alten Kasten hier nicht erbe? Ich bitte dich. Machst du Witze? Was soll ich denn damit? Du glaubst doch nicht ernsthaft, ich würde hier wohnen wollen?«

Andrea war irritiert. »Na ja, aber vielleicht ... verkaufen?«

»In dieser Gegend kannst du Häuser nur einstampfen. Hier kauft niemand.«

»Aber ...«

»Andrea, ich bitte dich!« Mareike schüttelte den Kopf. »Du denkst ja wie meine Eltern. Ich versichere dir, für mich wäre dieses Haus nur ein Klotz am Bein. Wenn mein Bruder Zeit und Geld investieren will, um sich hier sein Familienglück aufzubauen, bitte. Meinen Segen hat er. Und ob er mich auszahlt oder nicht, ist mir schnuppe. Ich bin zufrieden mit meinem Leben, wie es ist. Ich kann mir die Dinge leisten, die ich mir leisten will. Ich lebe allein, aber glücklich. Warum versteht niemand, dass mir das reicht? Dass ich daran nichts ändern will! Das Einzige, was ich mir wünsche, ist, dass meine Eltern mich endlich akzeptieren, wie ich bin, statt es mir ständig vorzuwerfen. Nur deshalb komme ich überhaupt noch her. Weil ich die absurde Hoffnung hege, dass sie eines Tages über ihren Schatten springen und sich für mich das wünschen, was ich mir wünsche. Verdammt!«, fluchte Mareike.

Andrea sah sie betreten an. »Entschuldige, ich wollte nicht ...«

Mareike winkte ab. »Schon gut. Du kannst ja nichts dafür.« Sie ließ sich aufs Bett fallen, saß kopfschüttelnd da.

Andrea seufzte. Nein. Mareike hatte wirklich nicht übertrieben. Die Ablehnung, die sie von ihren Eltern erfuhr, war niederschmetternd. Andrea setzte sich neben Mareike.

»Es tut mir leid. War doch keine so gute Idee, dass du mitkommst«, sagte Mareike jetzt. »Dass du das alles mitbekommst ...« Sie brach ab.

Andrea schwieg. Was sollte sie auch sagen? *So schlimm habe ich es mir nicht vorgestellt.* Das war wohl kaum das Richtige.

Das Richtige wäre, Mareike in die Arme zu nehmen. Sie zu trösten. Andrea zögerte. Sollte sie ...? Vorsichtig legte sie einen Arm um Mareike, zog sie zu sich. »*Ich* finde dich toll, so wie du bist.«

Ein müdes Lächeln Mareikes war die Antwort. »Danke. Es ist lieb von dir, mir das zu sagen.« Bitter fügte sie hinzu. »Wenn es schon meine Familie nicht tut.«

Andrea strich versonnen über Mareikes Haar. »Du weißt doch, wie es heißt: Seine Familie kann man sich nicht aussuchen.«

Mareike drehte den Kopf zu Andrea. Ein Lächeln stahl sich in ihr Gesicht. »Aber seine Freunde.« Sie hob die Hand, streichelte leicht einmal Andreas Wange. Ein flüchtiger Kuss folgte. »Danke«, hauchte Mareike.

Andrea schluckte, räusperte sich. »Jetzt müssen wir uns aber endlich umziehen.« Sie stand auf. »Wo kann ich denn ...?«

»Im Bad. Unten, nach der Treppe die erste Tür links.«

Andrea suchte ihre Sachen zusammen und ging hinunter. Keine Minute länger hielt sie es in Mareikes Nähe aus, ohne sich zu verraten. Dass es nämlich glatt gelogen war, als sie so locker behauptete, von ihren Gefühlen für Mareike kuriert zu sein.

Im Bad drehte Andrea als Erstes den Hahn für das kalte Wasser weit auf und kühlte die Hitze in ihrem Gesicht. Den Aufruhr in ihrem Inneren konnte Andrea damit jedoch nicht bekämpfen.

Verdammt, worauf hatte sie sich da nur eingelassen? Ein Wochenende mit Mareike zum Abgewöhnen. Wie konnte sie dazu nur Ja sagen?

Sie standen vor dem Standesamt und unterhielten sich mit den anderen Gästen.

»Wo tust du nur immer all die hübschen Frauen auf?«, fragte eine dunkle Stimme hinter Mareike. Sie drehte sich um.

»Onkel Max.« Ein Lächeln überflog Mareikes Gesicht. Es war das erste Mal, seit sie hier waren, dass ihr Gesicht sich entspannte.

Neugierig betrachtete Andrea den Mann. Er sah Mareikes Vater ähnlich. Jetzt nahm er Mareike in die Arme. »Schön, dich zu sehen«, sagte er dabei. »Wusstest du, dass *sie* dich ausladen wollte, nach der Sache auf ihrem Geburtstag? Bernd und Nicole haben es verhindert.« Die Rede war offenbar von Mareikes Mutter.

»Nein, das wusste ich nicht«, sagte Mareike verblüfft. »Sie hat es mit keiner Silbe angedeutet. Aber ehrlich gesagt, wundern tut es mich nicht.«

Onkel Max beäugte nun neugierig Andrea. »Wer ist denn die gutaussehende, junge Dame an deiner Seite? Leihst du sie mir später mal für einen Tanz aus? Mit der kann man ja richtig angeben.«

Andrea lächelte verlegen.

»Du musst Andrea schon selbst fragen, ob sie mit dir tanzt«, erwiderte Mareike. »Sie begleitet mich nur, ich habe keinerlei Ansprüche auf sie.«

»Was? Du hast eine solche Frau um dich und sie noch nicht gekapert?«

»Onkel Max!«, ermahnte Mareike ihn. »Bitte drück dich nicht *so* aus.«

Er begann schallend zu lachen. Konnte gar nicht mehr aufhören.

»Bitte?«, fragte er glucksend. »Wer bringt denn hier die Freundinnen mit Vulgärsprache mit?« Er sah Andrea entschuldigend an. »Sie sind natürlich nicht damit gemeint.«

»Das war *einmal*! Und es war Mutters Schuld, dass es so weit kam. Sie hat wieder mal eine ihrer Tiraden abgespult, und Renate hat ihr einfach eine vor den Bug schießen wollen.«

»Das ist ihr auch gelungen. Es ist selten, dass deiner Mutter die Worte ausgehen.«

»Darf ich mal was fragen?«, mischte Andrea sich ein.

Mareike und ihr Onkel sahen Andrea abwartend an. »Ich würde zu gern wissen, was auf dieser Geburtstagsfeier los war. Alle ergehen sich nur in Andeutungen.«

»Das willst du nicht hören«, wehrte Mareike ab.

»Dann hätte sie doch nicht gefragt«, widersprach Onkel Max in Andreas Namen und mit breitem Grinsen.

»Genau«, bestätigte die.

Leider wurden in diesem Moment alle Gäste gebeten, sich ins Standesamt zu begeben. So erfuhr Andrea doch nicht, was sich auf besagter Feier zugetragen hatte.

Nach der Trauungszeremonie und den Gratulationen fuhr die gesamte Gesellschaft zum Restaurant, wo die Feier stattfand. Neben dem Eingang zum Festsaal hing ein Sitzplan. Das machte einem die Suche nach seinem Tisch einfacher. Als Schwester der Braut saß Mareike natürlich am Tisch des Brautpaares. Andrea hätte als Begleiterin Mareikes eigentlich auch ein Platz dort zugestanden. Doch ihr Name stand bei einem der normalen Gästetische.

»Das ist Mutters Rache für die Geburtstagsfeier«, murmelte Mareike vor sich hin.

Andrea kam nicht mehr dazu zu fragen, was da denn nun passiert war. Onkel Max hakte sich bei ihr ein. »Du hast Glück, Schätzchen. Wir sitzen am selben Tisch.« Ein Augenzwinkern an Mareike. »Ich passe für dich auf sie auf, in Ordnung?« Er führte Andrea mit sich. Die ließ es widerstandslos zu.

»Sie sind so ganz anders als Mareikes Eltern«, entfuhr es Andrea. Genauer gesagt, konnte der Unterschied größer nicht sein. »Sie wohnen wohl nicht zufällig weit weg von hier?«

»Richtig«, bestätigte Onkel Max. »Und wie du sicher auch erraten hast, bin ich das schwarze Schaf der Vorgeneration.«

»Sie sind . . .?«

Max Holländer lachte leise. »Nein, ich bin nicht schwul, aber ich bin nicht gerade ein Familienmensch. Und ich bin immer unbequem für meine Familie gewesen. Habe grundsätzlich das Gegenteil von dem gemacht, was man von mir erwartete. Aber das Allerschlimmste war, dass ich mich nicht davon abbringen ließ, das Malen zu meinem Beruf zu machen.«

»Ein brotloser Künstler, der die Familienkasse belastet«, riet Andrea.

»Ehrlich gesagt, kann ich ganz gut von meiner Malerei leben.«

»Wo ist dann das Problem?«, wunderte Andrea sich.

»Dasselbe wie bei Mareike. Meine Art zu leben passt einfach nicht zur Vorstellungswelt des tonangebenden Familienkerns.«

Sie erreichten ihren Tisch, Max machte Andrea mit den anderen Gästen bekannt. Das Gespräch während des Essens drehte sich natürlich vor allem um das Brautpaar. Andrea folgte nur mit halbem Ohr. Ihr Blick glitt immer wieder hinüber zu Mareikes Tisch. Deren angespannten Gesichtsausdruck nach zu urteilen, drehte sich das Thema dort um die ungeborenen Enkel. Man plante bereits deren Zukunft.

Ihre Blicke kreuzten sich, Andrea lächelte Mareike zu.

»Sie wird es auch diesmal überleben«, sagte Onkel Max leise neben Andrea. Er war ihrem Blick gefolgt. »Wie lange kennt ihr euch schon?«

»Ein paar Wochen. Aber eigentlich mehr beruflich.«

»Warum nimmt sie dich dann hierher mit?«

»In letzter Zeit wurde es auch privat.«

Er nickte. »Verstehe.«

»Nicht *so* privat.«

Onkel Max' Stimme wurde noch leiser. »Bedauerst du es?«

Andrea merkte, wie sie rot wurde. Einer Antwort wurde sie aber enthoben. Der Brautvater stand auf, um eine Rede zu halten.

Andrea schaute erneut zu Mareike. Deren Blick haftete an einer Frau am anderen Ende des Saals. Einer Frau in Mareikes Alter, ohne Zweifel mit dem Prädikat »sehr schön« zu beschreiben. Jetzt begegneten sich die Blicke der beiden. Der Gesichtsausdruck der Frau wurde eine Spur weicher, sie lächelte. Andrea meinte, die Frau schon einmal gesehen zu haben, konnte sich aber nicht erklären, wie das möglich sein sollte. Sie kannte außer Mareike niemanden hier. Woher auch?

Im Anschluss an das Essen eröffnete das Brautpaar den Tanz. Onkel Max zögerte nicht lange. Wie angekündigt, forderte er Andrea zum Tanz auf.

»Wie war das nun eigentlich auf der Geburtstagsfeier?«, wollte Andrea endlich wissen. Während des Essens hatte sie sich nicht getraut, das Thema anzusprechen, da es offenbar sehr heikel und nicht als Tischthema geeignet war.

»Ach ja. Die Feier. Also, das war wirklich ein besonderes Ereignis.« Onkel Max grinste bereits bei der bloßen Erinnerung daran. »An diesem denkwürdigen Tag brachen Mareike und diese Frau – wie hieß sie doch gleich? . . .«

»Renate?«

»Ja, genau. Die beiden brachen das ungeschriebene Gesetz des Hauses Holländer: keine Zurschaustellung irgendwelcher Intimitäten. Für Mareike gilt dies natürlich in verschärftem Maße, wenn sie eine Freundin mitbringt. Kein Händchenhalten, kein Streicheln, kein Kuss. Nichts.

Mareike hat sich bisher immer daran gehalten. Aber ihre Begleiterin, diese Renate, war wohl der Meinung, solche verstaubten Regeln seien da, um sie zu brechen. Sie küsste Mareike vor den anwesenden Gästen, und das ziemlich leidenschaftlich. Die Hausherrin fühlte sich bloßgestellt und machte Mareike zur Schnecke. Woraufhin diese Renate sagte . . .«, Onkel Max legte eine Pause ein, grinste breit, ». . . ich zitiere: So viel Aufregung nur wegen des Fehlens eines herabhängenden Stück Fleisches von einer Länge zwischen fünf und fünfzehn Zentimetern.« Er begann schallend zu lachen.

Andrea, nach anfänglichem Schock, konnte nicht anders und stimmte ein. Lachend standen sie auf der Tanzfläche. Die Paare um sie herum sahen dem Ausbruch verdattert zu.

Onkel Max brachte Andrea zurück an den Tisch. Mareike saß bereits dort, denn die offizielle Sitzordnung war mit dem Beginn der Tanzrunde aufgehoben. Sie schaute ihren Onkel strafend an. »Du konntest deinen Mund nicht halten, was?«

»Das kannst du nicht von mir verlangen.«

Andrea lachte immer noch unterdrückt.

Mareike sah seufzend zu ihr. »Jetzt gibt es nichts Peinliches in meinem Leben mehr, was du nicht weißt«, sagte sie lakonisch. »Ich finde, es wird Zeit, dass ich auch mal was über dich erfahre. Welche Geheimnisse hast du so? Na los, raus damit.«

Mein Geheimnis bist du, dachte Andrea wehmütig. *Aber das werde ich dir auf gar keinen Fall sagen.* Also erwiderte sie nur: »Mein Leben ist richtig unspannend verglichen mit deinem.«

Mareike stand auf. »Dann lass uns wenigstens tanzen.«

»Aber ...«

»Meine Mutter wird es verkraften müssen.«

Mareike führte Andrea einfach mit sich, legte ihren Arm um sie. »Tut mir leid, dass wir während des Essens getrennt waren.«

»Für mich oder für dich?«, konnte Andrea nicht umhin zu frotzeln. »Du sahst nicht gerade glücklich aus an deinem Tisch, tatest mir irgendwie leid.«

»So, so.«

»Onkel Max meinte aber, du würdest es überleben.«

»Der gute Onkel Max. Das Plappermäulchen.«

»Hat Renate das wirklich gesagt?« Andrea überkam ein Glucksen bei der Vorstellung, wie die Bridgefreundinnen von Mareikes Mutter entsetzt aufschrien.

»Du kennst sie ja auch. Muss ich mehr sagen?«

»Nein.«

Mareikes Blick ging zum Tisch, an dem ihre Familie saß. »Übrigens, meine Mutter beobachtet uns mit Habichtsaugen.«

»Ach ja? Wieso?«

»Sie erwartet natürlich eine neue Katastrophe. Praktisch ist sie schon eingetreten, nur weil ich mit dir tanze.« In Mareikes Augen funkelte es plötzlich. »Entschuldige bitte, dass ich dir das zumute.«

»Wieso?«, fragte Andrea. »Du kannst doch nichts für deine Mutter. Außerdem hattest du mich ja gewarnt.«

»Das meine ich nicht.«

»Sondern?«

»Das.«

Andrea kam nicht dazu zu fragen, was *das* sein sollte. Plötzlich zog Mareike sie an sich, küsste sie. Völlig überrumpelt ließ Andrea es geschehen. Mareikes Lippen verschlossen ihren Mund, pressten sich fest auf ihn. Dann wurde die Berührung weicher. Allmählich ging sie in ein sanftes Streicheln über.

Andreas Zeitgefühl setzte aus. Als Mareike sie irgendwann wieder losließ, stand Mutter Holländer mit hochrotem Gesicht vor ihnen. Ihre Augen sprühten Blitze. »Wird das jetzt zur Gewohnheit?«, presste sie an Mareike gewandt entrüstet hervor.

»Warum eigentlich nicht?«, erwiderte diese. Ohne ihre Mutter weiter zu beachten, küsste Mareike Andrea erneut. Aus den Augenwinkeln sah Andrea, wie Frau Holländer abrauschte. Mareikes Lippen lagen immer noch auf ihren, streichelten ihren Mund. Offenbar hatte Mareike nicht mitbekommen, dass ihre Mutter wieder gegangen war. Andrea wollte es Mareike sagen, nur wie? Ihre Lippen waren nicht ganz frei. Vorsichtig versuchte Andrea, sich aus Mareikes Umarmung zu lösen.

»Si. . . . . .st . . .eg«, brachte sie dabei eher schlecht als recht unter Mareikes Kuss heraus.

Mareike hielt inne und sah Andrea fragend an.

»Sie ist weg«, wiederholte Andrea verlegen.

Mareike schien nicht sofort zu verstehen, wen Andrea meinte, denn der fragende Ausdruck in ihren Augen blieb, ruhte abwesend auf Andrea, so, als wäre Mareike ganz woanders.

»Entschuldige mich«, bat sie jetzt. »Ich muss mal kurz raus. Bin gleich wieder da.« Abrupt drehte Mareike sich um und ging in Richtung Saalausgang.

Andrea schaute ihr perplex nach. Mareike ging die erneute Auseinandersetzung mit ihrer Mutter wohl sehr nahe.

Zehn Minuten später kehrte Mareike zurück und setzte sich zu Onkel Max und Andrea an den Tisch.

»Ihr beide seid aber auch nicht ohne«, meinte Onkel Max lakonisch. Er grinste Mareike an. »Ich glaube, dein Vater fächelt deiner Mutter immer noch Luft zu.«

Mareike ging nicht weiter auf den Scherz ein. Was Andrea wunderte. Warum war Mareike so ernst? Der Auftritt ihrer Mutter konnte nicht der Grund sein. Sie hatte ihn schließlich selbst provoziert. Andrea versuchte, Blickkontakt zu Mareike zu bekommen. Erfolglos. Mareike wich ihr aus. Plagte Mareike das schlechte Gewissen, weil sie sie so überrumpelt hatte?

Gerade wollte Andrea sich zu Mareike beugen, um ihr zu sagen, dass sie sich keine Gedanken machen sollte, da trat eine große, rothaarige Frau zu ihnen an den Tisch.

»Hallo Mareike«, grüßte sie mit sanfter Stimme.

Andrea erkannte in der Rothaarigen die Frau, welche Mareike während der Rede ihres Vaters beobachtet hatte.

»Laura«, erwiderte Mareike verhalten. Sie stand auf, umarmte die Frau, wenn auch mit Zurückhaltung. »Ich hatte bisher noch keine Gelegenheit . . .«

»Ja, ja«, unterbrach die Frau ironisch. »Spar dir deine Ausreden. Ich bin ja nicht blind.« Ihr Blick streifte Andrea. »Du bist zu sehr mit anderen Dingen beschäftigt, um alte Freundinnen begrüßen zu können. Neue Strategie im Duell mit deiner Mutter?«, fragte sie spöttisch.

Mareike schob Laura einen der freien Stühle zu und setzte sich wieder. Laura nahm ebenfalls Platz, sah fragend von Mareike zu Andrea und wieder zurück. Andrea suchte derweil in ihrer Erinnerung, woher ihr die Frau bekannt vorkam.

»Laura, das ist Andrea, eine Kollegin«, stellte Mareike Andrea vor.

»Andrea«, fuhr Mareike an sie gewandt fort. »Das ist Laura. Laura ist Bernds Sandkastenfreundin.«

Andrea fühlte einen leisen Stich der Enttäuschung, weil Mareike sie lediglich als Kollegin vorstellte. Natürlich stimmte es, sie waren Kolleginnen. Aber doch wohl noch etwas mehr. Hatte Mareike das vergessen?

Laura musterte Andrea neugierig. »Kollegin? Das sah eben

aber ganz anders aus.«

»Dinge sehen oft anders aus, als sie sind«, erwiderte Mareike langsam. Unüberhörbar schwang ein vorwurfsvoller Unterton in ihrer Stimme. Es folgte Schweigen. Doch Mareikes und Lauras Blicke sprachen miteinander. Über Dinge, die vergangen, aber nicht vergessen waren.

Schließlich lächelte Laura. »Ich habe trotzdem immer gehofft, du würdest dich mal melden. ... Wie geht es dir?«

»Gut. Sehr gut.«

»Immer noch im Bankgeschäft?«

»Ja.«

Laura ließ sich von Mareikes Wortkargheit nicht abschrecken. »Schwieriges Pflaster, jetzt in der großen Finanzkrise, was?«

»Mit Marktschwankungen muss man immer rechnen. Wir kommen ganz gut zurecht.«

»Das freut mich.«

Andrea verfolgte das Gespräch zwischen den beiden. Anfangs schleppte es sich eher träge dahin. Doch irgendwie schaffte Laura es nach einigen Minuten, Mareikes Zurückhaltung zu durchbrechen. Bald lachten sie über alte Geschichten, die sie gemeinsam erlebt hatten. Es war nicht so sehr, was sie sagten, sondern wie sie es sagten, wie jede mühelos die Sätze der anderen beenden konnte, was Andrea zeigte, dass die beiden einmal sehr vertraut miteinander waren.

Laura forderte Mareike zum Tanz auf. Andrea fiel auf, wie perfekt die Bewegungen der beiden beim Tanz aufeinander abgestimmt waren. Offenbar verband sie einmal etwas, was Worte überflüssig werden ließ. Einen Teil dieser Harmonie strahlten sie immer noch aus.

Plötzlich machte es Klick in Andreas Kopf. Sie erinnerte sich. Laura war die Frau von dem Bild in Mareikes Bücherregal.

Als Mareike wieder zum Tisch zurückkam, allein, war sie sehr still. Ihr Blick suchte immer wieder Laura, die sich jetzt an einem der anderen Tische mit einem älteren Herren unterhielt.

Mareikes Bruder gesellte sich zu ihnen. »Mutter steht kurz vor der Ohnmacht.« Vorwurfsvoll schaute er seine Schwester an. »Musste das sein?«

Mareike winkte ab. »Bernd, bitte. Du nicht auch noch! Ich habe im Moment wirklich keinen Nerv dafür.«

»Ich habe gesehen, dass du mit Laura gesprochen hast.«

»Ja.«

»Ist alles in Ordnung . . . zwischen euch?«

»Aber ja.« Mareike stand auf, zog ihren Bruder ein Stück mit sich zur Seite. Offensichtlich gab es zwischen Laura und Mareike eine Sache, von der auch Bernd wusste und welche die Freundschaft der drei belastete. Eine Sache, welche Mareike, ihrer Reaktion nach zu urteilen, immer noch sehr nahe ging und die sie gern für sich behalten wollte. Beziehungsweise im Kreise der drei Personen, die eingeweiht waren.

Später am Abend, Andrea tanzte gerade mit Onkel Max, sah sie, wie Mareike und Laura etwas abseits beieinander standen. Laura streichelte verstohlen Mareikes Wange. Mareikes Gesicht überzog ein wehmütiger Ausdruck.

Mit einem Mal wurde Andrea klar, woher diese Harmonie zwischen den beiden rührte und was zwischen Laura und Mareike scheinbar immer noch nicht ganz vorbei war. Jedenfalls nicht für Mareike. Für sie war das hier ein Wiedersehen, das eine alte Wunde aufbrach. Eine sehr tiefsitzende Wunde. »Die beiden sind ein schönes Paar.« Onkel Max war Andreas Blicken zu Mareike und Laura gefolgt.

Andrea nickte automatisch.

»Schade, dass Laura damals nach New York ging. Mareike hatte schwer damit zu tun, darüber hinwegzukommen.«

»Wann war das?«

»Gleich nach dem Studium. Vor fast zwanzig Jahren.«

Zwanzig Jahre, und immer noch ging Mareike die Sache so nah? Andrea war betroffen. »Warum ging Mareike nicht mit?«

»Laura wollte es nicht. Für sie stand die Karriere an erster Stelle. Sie meinte, Mareike würde sie zu sehr ablenken.«

»Oh.«

»Laura blieb fünf Jahre weg. Bei ihrer Rückkehr war Mareike liiert. Es genügte Lauras bloße Anwesenheit, um die Beziehung zerbröckeln zu lassen. Mareike wandte sich wieder Laura zu. Leider vergaß Laura, Mareike darüber aufzuklären, dass ihre Rückkehr nur von begrenzter Dauer war. Ein halbes Jahr später ging sie wieder weg. Wieder ohne Mareike.«

»Aber . . . Mareike scheint immer noch . . .«

»Sie kommt einfach nicht von Laura los. Immer, wenn sie auftaucht, ignoriert Mareike alle schlechten Erfahrungen, die sie mit Laura schon gemacht hat, redet sich ein, dass es diesmal anders wird. Warum glaubst du, ist eine Frau wie Mareike noch Single? Sie hat ein Handicap. Und kein kleines. Es heißt Laura.«

»Das heißt, jedesmal, wenn Laura nach Deutschland kommt . . .«

»Taucht sie mehr oder weniger effektvoll wieder in Mareikes Leben auf und kriegt sie rum.« Max Holländer blickte ernst auf Andrea hinab. »Das solltest du wissen, bevor du dich in sie verliebst.«

Zu spät, dachte Andrea. Sie schluckte den Kloß im Hals hinunter, kämpfte mit dem Schock, den Onkel Max' Worte in ihr auslösten. Die ließen die winzige Hoffnung, die Andrea bis eben doch irgendwo in sich trug, wie eine Seifenblase zerplatzen. Die Hoffnung, Mareike würde mit der Zeit Gefühle für sie entwickeln.

Mareike stellte den Motor ab. »So. Damit wäre das auch überstanden. Nur noch morgen beim Frühstück die tadelnden Blicke meiner Mutter, und dann können wir zurückfahren.«

Sie gingen ins Haus. Drinnen war es dunkel. Mareikes Eltern, die das Fest schon eine Stunde vor ihnen verlassen hatten, schliefen bereits.

»Ich bin noch nicht müde«, sagte Mareike. »Ich werde mich noch ein wenig ins Wohnzimmer setzen und lesen.« Sie wünschte Andrea eine gute Nacht.

»Gute Nacht«, erwiderte Andrea leise und stieg die Treppe zum Gästezimmer hinauf. Wenig später, auf dem Weg ins Bad, riskierte Andrea unauffällig einen Blick ins Wohnzimmer. Mareike saß auf der Couch, ein Glas Rotwein vor sich. Sie war in Gedanken versunken.

Auch Andrea konnte nicht schlafen. Sie lag wach im Bett. Immer wieder hörte sie Onkel Max' Worte: *Sie kommt einfach nicht von Laura los.*

Stimmte das? War Mareike von Laura besessen? Oder übertrieb Onkel Max?

Andrea wollte nicht glauben, dass Mareike Laura derart hörig war. Das war doch nicht möglich. Bei einer Frau, die mit beiden Beinen fest im Leben stand. Dazu passte diese Fixierung auf Laura gar nicht. Die noch dazu, wenn es so war, wie Onkel Max sagte, Mareike immer wieder aufs Abstellgleis schob.

Draußen klappte eine Autotür. Andrea stand auf, stellte sich neben das Fenster und lugte hinaus. Sie sah Mareikes Wagen wegfahren. Halb drei Uhr morgens – eine ungewöhnliche Zeit für eine Spritztour, dachte Andrea. Allerdings, wenn einen die Gedanken quälten, war es eine gute Möglichkeit, um sich abzulenken. Man konnte aber auch zu einer alten Freundin fahren, an der man immer noch hing. Besonders, wenn die alte Freundin Ursache dieser Gedanken war.

Andrea ging zurück ins Bett, fiel in einen unruhigen Schlaf. Immer wieder wachte sie auf, schaute auf die Uhr, stand auf, sah aus dem Fenster. Keine Spur von Mareikes Wagen.

Das Zuschlagen einer Autotür drang durch den Nebel des Halbschlafs in Andreas Bewusstsein. Sie öffnete die Augen und schaute auf die Uhr. Kurz nach sechs. Wo war Mareike so lange gewesen? Auf einer dreistündigen Spritztour? Oder kam sie von Laura?

»Gut geschlafen?«, fragte Mareike Andrea beim Frühstück.

»Danke, ganz gut«, log Andrea. »Und du?«

»Ich bin doch tatsächlich auf der Couch eingeschlafen. Als ich wieder aufwachte, war es schon sieben. Ich wollte dich nicht wecken, wenn ich um die Zeit im Zimmer rumwusele. Deshalb habe ich mich einfach auf der Couch noch mal umgedreht.«

Nun war Andrea sicher: Mareike hatte die Nacht bei Laura verbracht. Wenn sie eine Spritztour gemacht hätte, weil sie nicht schlafen konnte, hätte Mareike ja sagen können, dass sie noch mal weggefahren war.

Was hast du erwartet, Andrea? Dass Mareike unter dem Eindruck der Hochzeit plötzlich sentimental wird und sich in dich verliebt?

Ja, ja und nochmals ja! Verdammt. Sie hatte gehofft ... zugegeben entgegen ihrer offiziellen Behauptung ... doch sie hatte gehofft, das Verhältnis zwischen Mareike und ihr würde ... persönlicher. Natürlich war es schon persönlich, aber Andrea erhoffte sich eine andere, eine gefühlvollere Ebene. Das war natürlich nicht möglich, wenn Mareikes Gefühle einer anderen Frau gehörten. Noch dazu einer Frau, die nicht nur mal eben Mareikes Weg gekreuzt hatte, sondern einer, die über Jahre zu Mareikes Leben gehörte. Mit Unterbrechungen und schlechten Erinnerungen zwar. Aber auch mit Erinnerungen an Zeiten, in der Freundschaft und Leidenschaft genau die Harmonie trugen, die Andrea sah, als Mareike mit Laura tanzte. Und diese Erinnerungen schienen Mareike wichtiger als alles andere. Andrea fühlte sich elend.

Während der Heimfahrt schwieg sie in gedrückter Stimmung. Mareike nahm daran jedoch keinen Anstoß. Sie hing, wie Andrea vermutete, eigenen Gedanken nach. Mareikes Gesichtsausdruck zufolge waren es auch bei ihr keine heiteren Gedanken, sondern schwere.

Andrea spekulierte. Trug Mareike vergangene Nacht ihr bereits geschundenes Herz einmal mehr zu Laura, die es aber nicht zu schätzen wusste? War das der Grund, warum Mareike bereits zum Frühstück wieder im Hause Holländer war? Nicht, weil sie ihren nächtlichen Ausflug geheim halten wollte, sondern weil in dem Arrangement mit Laura kein Frühstuck angeboten wurde? Kein Danach?

Aber was änderte das? Nichts. Denn Mareike schenkte ihr Herz deshalb trotzdem keiner anderen Frau. Und wenn, dann nur befristet. Bis Laura wieder auftauchte, Mareike einmal zulächelte und die wieder zu ihr ging.

13.

Montagmorgen. Besprechung. Mareike war äußerlich gewohnt souverän. Keinem der Kollegen fiel die leichte Unkonzentriertheit an ihr auf. Lediglich Andrea bemerkte die untypischen Pausen in Mareikes Sätzen – deutliche Anzeichen dafür, dass ihre Gedanken abschweiften. Wohin, war für Andrea nicht schwer zu erraten. Beziehungsweise zu wem.

Weller nahm nach seiner Krankheit das erste Mal wieder an der Besprechung teil. Er saß, wie er es immer tat, neben Andrea. Weller wirkte gut erholt. Als er zum Schluss der Besprechung aufstand, um ein paar Worte zu sagen, ahnte Andrea nicht, dass sie wenige Augenblicke später im Mittelpunkt des allgemeinen Interesses stehen würde.

Weller bedankte sich für die vielen Genesungswünsche, sprach lobend über Andrea, die ihn in seiner Abwesenheit vertreten hatte. Dann ließ er die Bombe platzen, eröffnete den erstaunten Kollegen, dass er dem Rat der Ärzte folgen und seine Pensionierung beantragen würde. »Bisher habe ich nur Herrn Brennicke eingeweiht. Wir haben natürlich meine Nachfolge besprochen und sind uns sehr schnell einig geworden.«

Nun erhob sich auch Brennicke. »Sosehr ich den Entschluss von Herrn Weller auch bedaure, verstehe ich ihn natürlich voll und ganz. Herr Weller wird in den kommenden sechs Wochen seinen Aufgabenbereich an seinen Nachfolger übergeben, bevor er uns endgültig verlässt und seinen wohlverdienten Ruhestand genießt.«

Brennicke verließ jetzt seinen Platz und ging zu Weller – wie Andrea meinte –, um ihm die Hand zu schütteln. Sie erschrak beinahe, als Brennicke stattdessen vor ihr stehenblieb. »Frau Lange. Herr Weller hat Sie als seine Nachfolgerin vorgeschlagen, und ich habe dem gern zugestimmt.«

Andrea erhob sich mechanisch von ihrem Stuhl und nahm Brennickes Glückwunsch entgegen. Weller schloss sich ihm an, dann die anderen Anwesenden. Anschließend löste sich die Versammlung auf.

Mareike wartete, bis die Kollegen gegangen waren. »Gratuliere«, sagte sie mit warmer Stimme. »Das ist ein ziemlicher Sprung nach vorn.«

Andrea nickte. Ja, das war es tatsächlich. Und eigentlich müsste diese Beförderung, besonders weil sie völlig überraschend kam, einen riesigen Freudentaumel in ihr auslösen. Doch der blieb aus.

Das kommt später, wenn du die Sache erst richtig verinnerlicht hast, sagte sie sich. Denn sie wollte nicht glauben, dass ihre Niedergeschlagenheit wegen Mareike diesen Erfolg so gleichgültig für sie machte.

»Was ist los?«, wunderte Mareike sich. »Freust du dich nicht?«

»Doch. Doch natürlich.« Andrea lächelte matt.

»Das müssen wir feiern. Heute Abend?«

»Ich . . . ich weiß nicht, ob ich heute Zeit habe.«

Mareike gab Andreas ausbleibende Freude Rätsel auf. »Also, Begeisterung sieht anders aus. Du hast doch was.«

»Stress. Nichts weiter«, wehrte Andrea ab. »Ich muss mich beeilen. Ein Auswärtstermin.« Sie ließ Mareike einfach stehen. Deren verdatterten Blick konnte sie nicht mehr sehen.

Bei Andreas Auswärtstermin handelte es sich um den Besitzer einer Gastwirtschaft. Leider mit schlechtem Umsatz. So schlecht, dass der Mann bereits vier Monate mit seiner Rate im

Verzug war. Die zuständige Kollegin hatte den Fall an sie weitergegeben, zur Überprüfung auf Kontosperrung und Zwangsversteigerung. Eine unangenehme Aufgabe.

Andrea musste sich während des Gesprächs immer wieder ermahnen, objektiv zu bleiben. Ihr angeschlagenes Gemüt ließ sie zwischen übermäßigem Mitleid und unangebrachter Härte hin und her schwanken. Am Ende gewährte sie dem Gastwirt eine letzte Stundung. Einen Monat.

Andrea schaffte es gerade rechtzeitig zurück, um mit Saskia in der Kantine zu Mittag zu essen. Dass Andrea nicht viel redete, störte Saskia nicht. Sie hatte genug zu berichten. Andrea bekam nur so viel mit, dass es um Jasmin und die Werkstatt ging, die scheinbar ganz gut anlief. Sie planten, eine Webseite einzurichten.

»Kennst du vielleicht jemanden, der so was kann? Am besten für ein paar Gratisreparaturen.«

Andrea entging, dass Saskia diesmal wirklich auf eine Antwort wartete.

»Andrea?« Saskia fuchtelte demonstrativ mit der Hand vor dem Gesicht ihrer Freundin herum.

»Ich? Äh, nein.«

Saskias wissender Blick traf Andrea. »Was ist denn wieder los?«, forschte sie, und als Andrea nur abwinkte: »Also doch. *Sie!* Und nicht nur beinahe.«

Andrea schluckte. »Verdammt, Saskia, ich kann einfach nichts dagegen tun.«

Saskia legt ihre Hand auf Andreas Arm. »Wir reden heute Abend darüber, okay? Reden statt Squash?«

»Danke.«

Kurz vor Feierabend erschien Mareike in Andreas Büro und lud sie auf einen Kaffee ein. »Oder vielleicht ein Glas Sekt, um auf deinen neuen Job anzustoßen?«

Andrea war versucht, Saskias Angebot in den Wind zu schlagen und sich Mareikes Gesellschaft als Heilmittel für ihre Seele zu verschreiben. Aber dann besann sie sich. »Ich bin mit Saskia verabredet.«

»Schade«, erwiderte Mareike. Sie zögerte. »Wahrscheinlich hast du erst mal die Nase voll von meiner Gesellschaft«, meinte sie. »Das Wochenende war nicht gerade das reine Vergnügen.« Andreas deutliche Zurückhaltung verunsicherte Mareike.

Andrea seufzte. »Aber nein . . .«

»Schon gut.« Mareike fuhr sich durchs Haar. Eine Geste der Hilflosigkeit, die Andrea das erste Mal an ihr beobachtete. »Du musst dir nicht die Mühe machen zu leugnen. Es ist mir nicht entgangen, wie schweigsam du gestern warst.« Sie sah Andrea an. »Ich habe es ja gesagt . . .«, Mareike lächelte bedrückt, ». . . meine Familie schlägt jeden in die Flucht.«

»Na ja.« Andrea blickte betreten drein. Sie wollte Mareike nicht daran erinnern, dass es unter anderem auch ihr Kuss auf der Tanzfläche war, der für Aufregung sorgte. Und dass Mareike von dem Moment an, da Laura auf der Bildfläche erschien, sie, Andrea, praktisch kaum noch bemerkte.

Mareike stieß einen Seufzer aus. »Als ich gestern zu Hause ankam, fühlte ich mich unglaublich müde.«

Wen wundert's. Wer die Nacht über nicht schläft . . .

Das geht dich nichts an, ermahnte Andrea sich. Wie und wo Mareike ihre Nächte verbrachte, oblag allein ihr.

»Normalerweise mag ich es, allein zu sein, aber gestern . . .« Mareike machte eine hilflose Geste. »Ich fürchte, zurzeit fällt mir zu Hause die Decke auf den Kopf. Da habe ich gehofft, wenn ich dich zum Kaffee einlade, kann ich noch eine Stunde der Leere meiner Wohnung entgehen.« Sie schmunzelte. »Auf angenehmere Art als durch Überstunden.«

»Tut mir leid«, bedauerte Andrea.

Mareike ging zur Tür. »Muss es nicht. Überstunden sind okay. Außerdem fördern sie die Karriere. Viel Spaß bei deiner Verabredung.«

Andrea nickte und wartete, bis Mareike gegangen war. Dann erlaubte sie sich einen ausgiebigen Seufzer. *Na toll. Mareike glaubt, ich bin die perfekte Gesellschaft, um sie von ihrer Einsamkeit abzulenken.*

In der vergangenen halben Stunde hatte Andrea, auch dank zwei Caipirinhas, vor Saskia ihr Innerstes nach außen gekehrt.

»Was soll ich tun?«, suchte sie jetzt unglücklich Rat bei ihrer Freundin.

»Kämpfen!«, kam es wie aus der Pistole geschossen.

»Kämpfen?« Andrea hob verzweifelt die Hände. »Gegen eine jahrelange unerfüllte Liebe? Das haben vor mir sicher schon andere versucht.«

»Zu deinem Glück ohne Ausdauer. Oder sie waren nicht die Richtigen. Du bist es«, sagte Saskia auf die ihr eigene, immer optimistische Art überzeugt.

»Ja? Bin ich das?«, fragte Andrea kläglich. »Also, mal angenommen, ich gestehe Mareike meine Gefühle und es endet nicht mit einem entsetzlich peinlichen Schweigen und dem schauderhaften Angebot, einfach weiter Freundinnen zu bleiben. Angenommen, sie sagt: Ja, probieren wir es. Was dann? Ich will nicht der Notnagel sein, die zweite Wahl. Immer darauf gefasst, dass Laura auftaucht, der sie jederzeit folgen wird, wenn die es nur will. Ich würde immer wissen, dass es eigentlich Laura ist, der Mareikes Herz gehört. Ich kann das nicht.«

»Wer sagt dir denn, dass du der Notnagel sein wirst? Ich meine, am Anfang wird es vielleicht so sein. Aber so was kann sich doch weiterentwickeln. Irgendwann vergisst sie diese Laura, glaub mir. Sie wäre schön blöd, wenn sie nicht merken würde, was sie an dir hat. Und sie mag dich doch! Immerhin hat sie dich zur Hochzeit ihres Bruders mitgenommen.«

»Doch nur als Begleiterin, um nicht als beziehungsgescheiterte Lesbe dazustehen. Mehr war das nicht. Ich war selbst Zeugin, wie Mareike Laura angesehen hat. Sie ist so was von verliebt in sie. Glaube mir. Da habe ich keine Chance.«

»Da bist du ganz sicher?«

»Ja.«

»Hm.« Saskia dachte nach. »Tja dann, alternativ, geh ihr aus dem Weg.«

Andrea nickte. »Ja, das habe ich mir auch überlegt. Doch sie wird mich fragen, was los ist.«

»Dann sagst du es ihr. Du sagst ihr, was mit dir los ist und dass du Abstand brauchst.«

»Bist du verrückt!«, rief Andrea entsetzt. »Sie würde mich fortan nur noch mitleidig ansehen.«

»Aber weitermachen wie bisher kannst du auch nicht«, stellte Saskia nachdrücklich fest. »Schau dich an. Du bist völlig fertig. Kaum in der Lage, an etwas anderes zu denken als an sie. Wenn du meinst, es sei sinnlos, um sie zu kämpfen, musst du den Rückzug antreten. Den kompletten Rückzug! Um deine innere Ruhe wiederzufinden. Dazu brauchst du nun mal Abstand.«

Andrea wusste, dass Saskia recht hatte. »Abstand ja. Aber ich werde Mareike keinesfalls sagen ... ich muss das irgendwie anders hinkriegen.«

»Und wie?«, wollte Saskia wissen.

Andrea kam eine Idee. »Ich ... tu einfach so, als hätte ich mich verliebt ... in eine Frau, der ich irgendwo zufällig begegnet bin. Ich denke mir irgendeine Geschichte aus. Und es ist ja allgemein bekannt, dass Frischverliebte keine Zeit für ihre Freunde haben. Was hältst du davon?«

Saskia ließ den Vorschlag eine Weile auf sich wirken. »Hm, könnte klappen«, meinte sie langsam. Doch dann fand sie den Haken an der Geschichte. »Aber was machst du, wenn Mareike deine neue Flamme mal kennenlernen will?«

Andrea zuckte mit den Schultern. »Dann sage ich ihr, dass wir noch in dem Stadium sind, wo drei eine zu viel ist.«

Saskia kratzte sich am Kopf, unsicher, ob sie die Idee nun gut oder schlecht finden sollte. Für Andrea hingegen stand fest: Die Idee war geradezu genial.

Am nächsten Vormittag kamen Andrea allerdings bereits erste Zweifel, ob sie ihre Gefühle, egal wie geschickt der Versuch auch angelegt war, auf Dauer würde verbergen können.

Als sich nämlich Andreas Bürotür öffnete, Mareike den Kopf durchsteckte und fragte: »Kannst du mir einen Gefallen tun? Ich muss zu einem Außentermin. Laura kommt in etwa einer Stunde, um sich den Schlüssel für meine Wohnung abzuholen. Kann ich ihn bei dir hinterlegen?«

»Laura?«, krächzte Andrea und spürte, wie sich ihr Magen zusammenzog.

»Ja, sie rief gestern Abend überraschend an, dass sie kurzfristig ein paar Tage in der Stadt zu tun habe. Ich habe ihr angeboten, bei mir zu übernachten. Wozu die Reisekasse mit teuren Hotelrechnungen belasten?«

Andrea nickte, quälte sich ein Lächeln ab. »Ja, klar kannst du den Schlüssel bei mir lassen.«

Kurzfristig hier zu tun, echote es in Andrea. Und dabei würde Laura das Nützliche mit dem Angenehmen verbinden? Eine Nacht mit Mareike. Oder sogar mehr? Vielleicht kam Laura diesmal, um zu bleiben?

Mareike glaubte ganz offensichtlich daran. Deren fröhliches »Danke« sagte alles. Sie legte den Schlüssel ab. Schon war Mareike wieder weg.

Zurück ließ sie eine erstarrte Andrea, der nur übrigblieb zu konstatieren: *Sie* ist so beschwingt wie eine Frischverliebte. *Sie* ist diejenige, die viel beschäftigt sein und keine Zeit für andere haben wird. Mareike würde wahrscheinlich nicht mal auffallen, wenn du auswanderst, Andrea!

Aber was klagte sie? Ob nun so oder andersherum. Hauptsache, zwischen Mareike und ihr ergab sich etwas Abstand. So lange Mareike mit Laura beschäftigt war und sie selbst mit der Übernahme von Wellers Aufgaben bis über beiden Ohren in Arbeit steckte, war dieser Abstand garantiert. Umso mehr, da die Nachfolge für Andreas alte Stelle erst geklärt werden musste, also mangels eines Nachfolgers diese Pflichten auch noch an ihr hingen.

Das Telefon schreckte Andrea aus ihren trüben Gedanken.

Weller erinnerte sie an den Termin bei Solarkraft. »Morgen. Zehn Uhr.«

»Ja, ich habe mir alles notiert«, sagte Andrea in leicht gestresstem Tonfall.

Weller ließ ihr wirklich nicht viel Zeit, sich an die neue Situation zu gewöhnen. Gestern Morgen zu seiner Nachfolgerin bestimmt, kam er schon am Nachmittag in Andreas Büro, erklärte, dass er sie den finanzkräftigsten Kunden unbedingt persönlich vorstellen wollte, und gab ihr eine Liste mit Terminen.

»Einmal gesehen ist besser als zehnmal angerufen«, meinte er dabei. »Es ist schwierig genug für die Leute, Vertrauen zu einer Bank aufzubauen. Die Bezugsperson ist das A und O dabei. Die tauscht man nicht aus, indem man mal eben ein kurzes Telefonat führt oder eine E-Mail schickt. Nicht bei *diesen* Kunden. Das sind schließlich keine Kleinanleger.«

Andrea brauchte eine ganze Stunde, um bereits geplante Termine zu verschieben.

»Ich wollte nur sichergehen.« Weller legte auf.

Andrea widmete sich wieder dem Vorgang, in dessen Bearbeitung sie durch Mareikes Auftauchen unterbrochen worden war.

Erst als es erneut an ihre Tür klopfte, registrierte Andrea beim Aufsehen, dass in der Zwischenzeit eine Mail auf ihrem Rechner angekommen war. Sie hatte den damit verbundenen Ankündigungston gar nicht gehört. Stumm fragte die Informationsbox auf ihrem PC, ob sie die Nachricht lesen wolle. Andrea klickte auf »Ja«.

»Herein«, rief sie gleichzeitig.

Laura trat ein.

»Der Schlüssel liegt dort auf dem Tisch.« Ein entsprechender Hinweis mit der Hand, welchen Tisch sie meinte – damit war Laura, so hoffte Andrea jedenfalls, abgefertigt.

Ihre Aufmerksamkeit galt der Mail, welche von der Personalabteilung kam. Man bat Andrea, ein Anforderungsprofil für ihre alte Stelle abzufassen.

Das wollte Andrea sofort erledigen. Je schneller ein Nachfolger für sie gefunden wurde, desto besser. Sie öffnete eine neue Word-Datei und begann mit der Spezifikation. Etwas im Raum irritierte sie jedoch.

Es war Laura. Mareikes Schlüssel zwar in der Hand, aber offensichtlich nicht mit der Absicht zu gehen. Andrea blickte sie fragend an. »Ja? Ist noch was?«

»Entschuldigung«, sagte Laura. »Ich sehe, Sie haben zu tun. Hätten Sie trotzdem fünf Minuten Zeit für mich?«

»Ich?«

»Ja.«

Andrea konnte sich beim besten Willen nicht denken, was Laura von ihr wollte. »Wenn es um eine Nachricht für Mareike geht ...« Sie griff nach einem Blatt Papier und Stift, reichte beides Laura. »Bitte sehr.«

»Nein, nein. Ich ... möchte mit *Ihnen* reden.«

»Tut mir leid, ich kann jetzt wirklich nicht«, wehrte Andrea ab. Was immer es war, was Laura wollte, es interessierte sie nicht. Es kamen sowieso nur zwei Möglichkeiten infrage. Entweder wollte Laura mit ihr über Mareike sprechen – was auch immer. Das würde sie ablehnen. Wenn Laura etwas über Mareike wissen wollte, musste sie die schon selbst fragen. Oder Laura wollte herausbekommen, wie sie, Andrea, zu Mareike stand. Ob sie eine Gefahr für Laura war. Auf ein solches Gespräch konnte Andrea verzichten.

Doch Laura ließ sich nicht so leicht abwimmeln. »Würden Sie dann vielleicht ... Sie machen doch sicher eine Mittagspause?«

»Heute wohl eher nicht.«

»Nach Feierabend?«, fragte Laura.

Andrea sah sie an. »Keine Ahnung, wann das sein wird.«

»An Sie ist wirklich nicht leicht ranzukommen«, stellte Laura fest. »Oder können Sie mich nicht leiden?«

»Ich kenne Sie doch gar nicht.«

»Hat Mareike nie über mich gesprochen?«

»Sollte sie?«, fragte Andrea gereizt. Wann ging diese Frau

endlich?

»Kommt darauf an, was Sie ihr bedeuten.«

»Fragen Sie *sie*, wenn Sie das interessiert. Ich kann es ja schließlich nicht wissen. Und nun guten Tag.«

Zu Andreas großer Irritation lächelte Laura immer noch. »Entschuldigen Sie. Ich störe Sie nicht länger. Offensichtlich ist es der falsche Zeitpunkt. Ich dachte nur, Sie als Mareikes Freundin könnten mir ein wenig helfen. Ich habe Mareike ja so lange nicht gesehen. Und Menschen verändern sich.«

Und da wollen Sie bei einem Gespräch mit mir mal abklopfen, ob Sie Mareike immer noch um den kleinen Finger wickeln können?, lag es Andrea auf der Zunge. Doch sie riss sich zusammen, schluckte die Worte hinunter. »Ich kann mich nur wiederholen: Fragen Sie Mareike, wenn Sie was über sie wissen wollen.«

Laura ging. Andrea sah ihr kopfschüttelnd nach. Worüber machte die Frau sich eigentlich Sorgen? Es war doch eindeutig, dass Mareike nicht nur in sie verliebt, sondern ihr regelrecht verfallen war. Was wollte Laura noch?

14.

Sie fuhren in Wellers Wagen. Er gab Andrea in Stichpunkten die Informationen zum anstehenden Termin.

»Solarkraft, Technologieführer für Solaranlagen bei Ein- und Zweifamilienhäusern. Eindrucksvolle Verkaufszahlen, europaweites Vertriebsnetz. Unser Haus macht die Zwischenfinanzierungen. Leiter Finanzen bei Solarkraft und unser Ansprechpartner ist Dietmar Busse. Vierundvierzig, verheiratet, ein Kind. Freizeitsportler, Marathon und Rudern. Ein harter Brocken in Verhandlungen.«

Andrea sah Weller an. »Ich bin auch nicht ganz neu auf dem Gebiet.«

Weller löste seinen Blick kurz von der Straße. »Du bist eine sehr gute Analytikerin, Andrea. Was Verhandlungen angeht, da fehlen dir noch ein paar Erfahrungen. Sorry, ist nun mal so. Aber unsere neue zweite Chefin hat ja den Ruf, eine hervorragende Strategin zu sein. Sie wird dir gern unter die Arme greifen.«

Die Ampel vor ihnen schaltete von Grün auf Gelb um. Weller verlangsamte das Fahrtempo und brachte den Wagen zum Stehen. »Ich werde mal mit Mareike Holländer sprechen. Sie kann dich unterstützen. Zu zweit tritt es sich leichter auf. Ist ja nur für den Übergang.«

»Muss das sein?«, fragte Andrea wenig begeistert.

»Wieso? Hast du Probleme mit der Holländer? Könnt ihr nicht miteinander?«

»Ach was«, wehrte Andrea ab. »Ich finde die Idee einfach nicht gut. Beim Kunden muss das so ankommen, als stelle man mir einen Aufpasser zur Seite. Bei mir, ehrlich gesagt, auch. Wenn du mir den Job nicht zutraust, warum hast du mich dafür vorgeschlagen?«

Die Ampel schaltete von Rot auf Gelb. Weller fuhr weiter, bog rechts ab. »Natürlich traue ich dir den Job zu.« Er kräuselte die Stirn. »Warum bist du so empfindlich? Das musst du dir unbedingt abgewöhnen.«

Sie passierten die Einfahrt des Industriegebiets, in dem neben anderen auch das Firmengelände des Kunden lag. Ein Firmenschild mit der Aufschrift »Solarkraft« an einem mehrstöckigen roten Ziegelgebäude wies den Komplex als Sitz der Firma aus. Der Pförtner meldete sie bei Dietmar Busse an. Als der Mann den Weg zu Busses Büro beschreiben wollte, winkte Weller ab. »Ich kenne mich aus. Danke.«

Busse erwartete sie. Weller stellte Andrea als seine Nachfolgerin vor. Man redete sich warm, und Busse eröffnete ihnen die neuen Pläne von Solarkraft. In Zukunft wolle man nicht nur Ein- und Zweifamilienhäuser mit Solaranlagen versorgen, sondern auch auf dem Gebiet der Projektierung von Solarkraftwerken tätig werden. Entsprechende Kundenanfragen lagen bereits vor. Mit den Worten: »Hier schon mal ein paar Zahlen. Grobe Schätzungen zu Investitionen und Umsatz«, reichte er Weller eine Mappe. Weller gab sie ohne hineinzusehen an Andrea weiter. »Das werden Sie dann mit Frau Lange verhackstücken müssen.«

Busse lächelte. »Gern. Möchten Sie einmal unsere Entwicklungs- und Produktionsräume sehen, Frau Lange? Ich zeige Sie Ihnen. Die Büros des Projektmanagements und Vertriebes können wir wohl auslassen. Sie dürften Ihrem Büro sehr ähnlich sehen und daher eher weniger interessant sein.«

Busse führte sie durch die Räume und Hallen, erläuterte technische Einzelheiten. Für einen Finanzmenschen erstaunlich detailliert. Nach dem, was Weller Andrea von Busse erzählt hatte und was sie hier erlebte, schien ihr, dass der Mann ein Multitalent war. Sie war wirklich beeindruckt. Und dass es nicht gut ist, vom Verhandlungspartner der Gegenseite beeindruckt zu sein, das war ihr klar. Möglich also, dass Weller recht hatte. Sie brauchte vielleicht doch etwas Unterstützung bei den Verhandlungen. Nur so lange, bis sie die notwendige Routine besaß. Aber musste es ausgerechnet Mareike sein, die ihr diese Unterstützung gab?

Bereits am nächsten Tag kam Mareike in Andreas Büro. »Weller hat mit mir gesprochen. Ich finde seine Idee gut.«

»Na ja«, lautete Andreas zurückhaltender Kommentar.

»Du nicht?«, fragte Mareike.

Als eine Antwort ausblieb, kam sie näher, schaute Andrea prüfend an. »Wo liegt das Problem?«

Abgesehen von meinen Gefühlen, die jede Minute in deiner Nähe zu einer Belastungsprobe werden lassen?, seufzte Andrea innerlich.

Laut wiederholte sie, was sie bereits Weller gefragt hatte. »Wenn ihr mir den Job nicht zutraut, warum habt ihr ihn mir dann gegeben?«

»Blödsinn. Du bist genau die Richtige. Weller dachte nur, es wäre einfacher für dich, wenn ich dir ein paar Tipps gebe. Zum Beispiel, wie man in einer Besprechung die andere Seite geschickt auslotet. Wie man beharrlich ist und trotzdem charmant rüberkommt. Und so weiter.«

»Verstehe. Eine Art Benimmschule.«

Mareike lächelte. »Im entfernten Sinne. Also, wie wäre es mit einem Abendessen? Dann bringe ich dir die Regeln der hohen Verhandlungsdiplomatie bei. Und – aber nur wenn du willst – komme ich gern zu dem ein oder anderen Termin mit.«

»Abendessen?«, fragte Andrea verwundert. »Ich dachte, du hast Besuch. Oder ist Laura schon wieder weg?«

»Ach ja, Laura. Die hatte ich ... « Mareike stockte. Verwunderung lag in ihrer Stimme, als sie sagte: ». . . ganz vergessen.« Sie schien verwirrt, fing sich jedoch schnell wieder. »Aber das passt gut«, sagte sie. »Laura wollte dich sowieso gern kennenlernen.«

»Laura? Mich?« Andrea konnte sich nicht vorstellen, warum Laura diesen Wunsch haben sollte. Schon gar nicht nach ihrem abweisenden Verhalten gegenüber Laura.

»Ja.« Mareike nickte. »Sie will wissen, mit wem ich so meine Zeit verbringe.«

Ja, den Eindruck hatte ich auch, dachte Andrea. *Und zwar um herauszufinden, ob du ihr immer noch restlos erlegen bist oder ob sie Konkurrenz befürchten muss.*

»Laura und ich sind seit unserer Kindheit Freundinnen. Wir haben uns nach dem Studium leider aus den Augen verloren.« Mareike zögerte kurz, erzählte dann aber erstaunlich offen. »Na ja, genauer gesagt, hat sie mich verlassen. Aber das ist lange her, und – wenigstens dazu war die Hochzeit meines Bruders gut – wir haben uns ausgesprochen.«

»Aber dann habt ihr euch sicher trotzdem noch eine Menge zu erzählen, und ich störe bloß«, wandte Andrea ein. Sie wusste schließlich, dass die Beziehung zwischen den beiden doch etwas komplexer war, als von Mareike dargestellt. Abgesehen davon, dass diese Aussprache mitten in der Nacht stattgefunden hatte und dabei ganz sicher mehr als nur gesprochen worden war.

»Wollen wir nicht einfach hier im Büro alles besprechen? Dann kann ich mir auch ein paar Notizen machen.« Ganz bestimmt gab sie nicht das dritte Rad am Wagen ab.

»Aber du störst doch nicht. Wie kommst du darauf?«, fragte Mareike völlig arg- und ahnungslos, was in Andrea vorging. »Wir werden zusammen einen netten Abend haben. Bitte!« Ihre Stimme klang jetzt schmeichelnd. »Ich möchte meine Zeit nicht zwischen euch aufteilen müssen.«

Andrea war extrem verwirrt. Was hieß das? Mareike konnte sich nicht zwischen Laura und ihr entscheiden? Nein, ganz sicher nicht. Mareikes Herz gehörte Laura. Daran bestand kein Zweifel.

Aber warum ließ sie mit dieser verdammten Einladung nicht locker? Warum wollte Mareike sie in ihrer Nähe haben, trotz Laura? Warum bestand sie so darauf, dass sie die beiden besuchte? Von wegen, Laura wollte sie kennenlernen. Das kaufte Andrea Mareike nicht ab.

Dann fiel der Groschen bei Andrea. Aber ja! Es war ganz einfach: Mareike wollte Laura eifersüchtig machen. Das war selbst für Andrea, die so einiges von Mareike gewohnt war, zu viel.

»Nichts zu machen«, sagte sie ablehnend. »Ich stecke bis über beide Ohren in Arbeit. Wahrscheinlich komme ich die ganze Woche nicht vor zwanzig Uhr aus der Firma, und dann will ich wirklich nur noch nach Hause.«

»Nur einen Abend«, bat Mareike. Andrea fand, dass sie dabei ziemlich siegessicher klang. Aber klar. Bisher hatte sie Mareike noch nie etwas abgeschlagen.

»Nein«, erwiderte Andrea deshalb scharf. »Ihr werdet den netten Abend allein verbringen müssen.« Sie war verärgert. Über Mareikes Insensibilität und – mehr noch – über ihre eigene Reizbarkeit.

»Was ist denn mit dir los?«, wollte Mareike wissen.

»Ach. Vergiss es.« Schon bereute Andrea ihre Unbeherrschtheit, weil die sie mal wieder in die missliche Lage brachte, eine

Erklärung zu finden, bei der ihre Gefühle keine Rolle spielen durften.

Aber wenigstens diesmal war die schnell gefunden. »Ich bin einfach überarbeitet«, seufzte sie.

»Ein Grund mehr, um mal abzuschalten«, lautete Mareikes prompte Erwiderung.

Andrea war am Verzweifeln. Wie konnte sie Mareike diesen unseligen Abend zu dritt nur ausreden?

In ihrer Not griff Andrea auf die Idee der erfundenen Freundin zurück. Andrea war zwar nicht mehr so begeistert von dem Einfall, besonders weil sie ahnte, dass es komplizierter war, eine imaginäre Freundin am Leben zu erhalten, als es ihr nach zwei Caipirinhas erschienen war, aber mangels einer besseren Idee sah sie keinen anderen Ausweg.

»Ich habe schon eine Verabredung.« Andrea bemühte sich, verlegen dreinzuschauen. »Wenn du es genau wissen willst – ein Date. Und ... im Moment möchte ich keine anderen Verabredungen treffen, weil ich ja nicht weiß ... wie es sich entwickelt.«

Mareike schaute Andrea verdutzt an. Es verschlug ihr wirklich die Sprache, denn ihr erster Versuch, etwas zu erwidern, blieb im Ansatz stecken. Allerdings erholte sie sich relativ schnell von der Überraschung. »Warum sagst du das nicht gleich?«

»Weil es noch viel zu früh ist, darüber zu reden.«

Mareike nickte. Sie schien Andrea für einen Moment etwas abwesend, aber dann lächelte sie. »Ich wünsche dir Glück.«

»Danke.«

»Tja, dann ... ist es wohl am einfachsten, ich gebe dir den Unterricht in Verhandlungsdiplomatie hier in deinem Büro. Morgen zehn Uhr? Hast du da Zeit?«

Andreas Terminkalender sagte nichts Gegenteiliges, also machten sie es so aus.

Montagabend. Badmintonzeit.

Saskia, wegen eines dreitägigen Kursus in München in der letzten Woche vom Leben ihrer Freundin abgeschnitten, bombardierte Andrea, die durch das Spiel eigentlich genug strapaziert wurde, zusätzlich mit Fragen.

»Du hast ihr wirklich gesagt, du hättest eine Freundin?« Saskia schlug auf.

Andrea hechtete zum Ball, traf ihn. »Ja.«

Saskia returnierte. »Was hat sie gesagt?«

Andrea keuchte auf der Jagd nach dem Ball. »Mir Glück gewünscht.« Schlag.

Saskia sprintete los, traf. »Und was wird nun?«

Andrea ließ den Federball Federball sein, blieb einfach stehen. »Nichts. Ich bin bis oben hin zu mit Arbeit. Das lenkt phantastisch ab.«

»Punkt für mich«, zählte Saskia und ignorierte Andreas Protest.

Während Andrea den Ball holte, meinte Saskia: »Ja, aber du vergisst, dass Mareike Holländer ein Bestandteil deiner Arbeit ist. Ihr seht euch fast täglich.«

»Ich gebe zu, das ist ein kleines Problem.«

»Wie klein?«, wollte Saskia wissen. Sie schlug erneut auf.

Andrea erwischte den Ball nach kurzem Lauf. »Nicht der Rede wert«, prustete sie.

»Das soll ich glauben?« Saskia nahm den Ball mit einer Rückhand an, schlug ihn zurück. Er prallte von der Netzkante ab. Andrea hetzte zum Netz, fischte den Ball kurz vor dem Boden auf, spielte ihn mit einem Loop zurück. Saskia, für den Moment von Neugier übermannt, verpasste den Spurtstart und erreichte den Ball zu spät.

Andrea zuckte mit den Schultern. »Was kann ich dafür, dass Weller mir ausgerechnet *sie* als Mentorin zuteilt. Das war Pech.«

»Wir können auch zweimal die Woche Badminton statt nur einmal«, bot Saskia grinsend an. »Das powert dich so aus, da denkst du bei Bett nur noch ans Schlafen, nicht ob auch eine Frau neben dir liegt.«

Andrea grinste zurück. »Danke. Und was mache ich die anderen fünf Tage die Woche?«

»Vielleicht suchst du dir ja wirklich eine Freundin.« Erneuter Aufschlag von Saskia.

Andrea rannte los. »Das ist ...« Sie schlug eine kräftige Vorhand. »... wohl nicht ganz das ...« Saskia spielte den Ball zurück, und Andrea musste erneut rennen. »... was aktuell ist«, japste sie atemlos. »Wie du weißt ...« Erneuter Sprint zum Ball. »... bin ich ...« Vorhand. »... zurzeit emotional ...« Lauf. »... nicht frei.« Abstoppen. Rückhand.

Saskia verfehlte den Ball. »Mist!«, fluchte sie.

Jetzt war es Andreas Aufschlag. Sie gönnte sich erst mal eine kurze Verschnaufpause, in die hinein Saskia fragte: »Und wie lange willst du so weitermachen?«

»Von Wollen kann nicht die Rede sein. Und genau deshalb weiß ich es nicht.«

Den Rest des Satzes spielten sie zu Ende, ohne dass Saskia Fragen stellte. Die gebrauchte ihre Luft jetzt lieber für das Match, da sie über ihre Fragerei nicht dazu kam, den gewohnten Punktevorsprung herauszuarbeiten.

»Ha, gewonnen«, triumphierte Saskia denn auch nach ein paar Minuten.

»Wie gewöhnlich«, kommentierte Andrea. »Warum lässt du mich nicht wenigstens ein einziges Mal gewinnen?«

»Was hättest du davon? Du wüsstest, es wäre nicht reell.« Saskia lachte. »Willst du Barmherzigkeit, geh in die Kirche.«

»Vielleicht suche ich mir einfach eine andere Gegenspielerin«, konterte Andrea. »Eine, die schwächer ist. Was machst du dann?«

»Das wäre aber nicht sehr nett von dir. Mit wem soll ich dann spielen? Du weißt doch, dass Jasmin nicht für Sport zu haben ist. Höchstens für Schach oder Bogenschießen, alles, wo man nicht ins Schwitzen kommt.«

Nun lachte Andrea. »Willst du Mitgefühl? Ich brauche dir wohl nicht zu sagen, wo du das bekommst.«

»Ha, ha«, machte Saskia.

Sie gingen in den Umkleideraum, duschten und tranken anschließend eine Cola. Dann verabschiedeten sie sich voneinander. Saskia radelte nach Hause.

Andrea ging zum Parkplatz. Sie war auf halben Weg zu ihrem Wagen, als jemand sie von hinten anrief. »Junge Frau, ich glaube, Sie haben etwas verloren.«

Andrea blieb stehen, sah sich um. Im Halbdunkel des Parkplatzes konnte sie den Mann nur undeutlich erkennen. Der bückte sich, hob etwas vom Boden auf.

»Ist das Ihr Portemonnaie?«

Andrea schaute auf ihre Sporttasche, griff an das Seitenfach, in dem sie normalerweise ihr Portemonnaie aufbewahrte, und ertastete es.

»Nein, das kann nicht meines sein«, sagte sie, ging aber trotzdem auf den Mann zu. Nur noch drei, vier Meter von ihm entfernt, machte der plötzlich eine schnelle Bewegung in Andreas Richtung, griff nach ihrer Sporttasche und riss sie ihr aus der Hand.

»He, was soll das?«, rief Andrea. Sie erwischte den Mann an der Jacke, krallte sich darin fest, sodass er ins Straucheln kam. Andrea bekam ihre Tasche zu fassen, aber der Mann tat alles, um Andrea abzuschütteln. Er packte sie, stieß sie heftig von sich. Andrea verlor das Gleichgewicht und fiel zu Boden.

Den Versuch, sich mit der Hand abzustützen, bereute sie noch Tage später. Der Schmerz, der durch Andreas Arm zog, ließ sie aufschreien. Hilflos sah sie dem flüchtenden Mann nach, hielt sich stöhnend und am Boden kauernd den schmerzenden Arm.

»Warum haben Sie den Mann denn nicht einfach laufen lassen?«, fragte der Arzt, während er sich die Röntgenbilder von Andreas Unterarm ansah.

»Nächstes Mal bin ich schlauer«, presste Andrea hervor. Wann begannen die Schmerzmittel endlich zu wirken?

»Na hoffentlich. Diesmal war es nur ein gebrochener Unterarmknochen. Wer weiß, was es beim nächsten Mal ist.«

»Der Mann ist mit dreihundert Euro auf und davon. Und meiner Kreditkarte«, verteidigte Andrea ihren Einsatz.

»Weder das eine noch das andere macht Sie froh, wenn sie im Rollstuhl sitzen.«

»Na, Sie sind aber ein Schwarzmaler«, brummte Andrea.

»Was glauben Sie, was ich hier schon alles gesehen und gehört habe?«, erwiderte der Chirurg. »Aber nun mal wieder zu Ihnen. Wir haben hier einen sauberen Bruch im Schaftbereich des rechten Speichenknochens. Damit sind Sie eindeutig Anwärterin auf eine Metallplatte. Die Platte wird operativ eingesetzt und dient dazu, nach dem Ausrichten der Knochenenden diese miteinander zu verschrauben. Bei Verzicht auf eine Operation drohen bleibende Fehlstellungen, welche – in Kombination mit der dann erforderlichen langen Ruhigstellung – die spätere Beweglichkeit mindern könnten. Insbesondere die Umwendbewegung des Unterarms. Und das wollen wir doch nicht.« Andreas banges Gesicht entlockte ihm ein Lächeln. »Keine Sorge. Das ist ein Routineeingriff. Und ich habe auch eine gute Nachricht für Sie: Nach der Operation erübrigt sich eine Ruhigstellung im Gips. Der Arm ist praktisch wieder einsatzfähig, sobald alle Schwellungen abgeklungen sind. Allerdings sind erst nach vier Monaten stärkere Belastungen erlaubt, etwa das Heben schwerer Lasten oder das Abstützen auf dem operierten Arm.«

»Und dieses Ding, diese Metallplatte, verbleibt auf ewig in meinen Knochen?«

»Wenn die eingebrachten Metallteile – Platte, Schrauben etc. – keine Beschwerden verursachen, ja. Ansonsten werden sie später entfernt. Weitere Fragen?«

»Im Moment nicht.«

»Also, Frau Lange, Sie werden ein paar Tage unser Gast sein.

Ich setze Sie für Morgen Vormittag auf den Operationsplan.«

Andrea war es recht. Je eher operiert wurde, desto eher würde sie die Schmerzen los sein.

15.

Saskia besuchte sie am Nachmittag. Andrea, froh die Operation überstanden zu haben, empfing sie mit einem Strahlen. »Endlich! Hast du die Sachen mit, um die ich dich bat?«

»Na, was denkst du denn?«

»Bloß gut, dass ihr einen Reserveschlüssel zu meiner Wohnung habt.« Andreas Strahlen brach ab. »Mein Schlüssel war ja in der Sporttasche.«

»Hast du schon Anzeige erstattet?«, wollte Saskia wissen.

»Wie denn?« Jetzt erschrak Andrea. »Ach du großer Gott!«

»Was ist?«

»Ich habe noch nicht mal bei meiner Bank angerufen, um die Karte sperren zu lassen.«

Saskia zückte ihr Handy und gab es Andrea. Während diese telefonierte, packte Saskia die Sachen aus, die sie mitgebracht hatte.

»Ruf gleich noch bei der Polizei an«, meinte Saskia, als Andrea das Gespräch mit der Bank beendet hatte. »Sie schicken sicher einen Beamten vorbei, der die Anzeige aufnimmt.«

Andrea nickte. Zehn Minuten später war alles geklärt.

»Ich habe in der Personalabteilung Bescheid gegeben, dass du die nächsten Tage krank bist, und bei Brennicke beziehungsweise seiner Sekretärin.«

»Und bei ...«, Andrea hielt inne.

»Bei *ihr*?«, fragte Saskia. »Ich traf sie zufällig in der Kantine. Sie wusste von Brennicke, dass du krank bist, und fragte mich, ob ich genaueres wüsste. Ich erzählte ihr von dem Überfall und dass du verletzt bist. Stell dir vor, sie wurde ganz blass.« Saskia lächelte unschuldig. »Vielleicht lag es daran, dass ich die Geschichte etwas ausgeschmückt habe. War sie noch gar nicht hier?«

Andrea tat gleichgültig. »Warum sollte sie?«

Saskia lächelte spitzbübisch. »Warum fragst du dann nach ihr?«

»Ach, nur so.«

»Ich gehe jede Wette, dass Mareike Holländer jeden Augenblick durch diese Tür kommt.« Saskia wies auf die Tür des Krankenzimmers.

Prompt klopfte es an die Tür. Andrea sah Saskia erschrocken an. Das ging ja nicht mit rechten Dingen zu!

Doch statt Mareike betrat Weller das Zimmer.

»Was machst du denn, Mädchen?«, begrüßte er Andrea vorwurfsvoll. »Warum hast du dem Mann die Tasche nicht einfach gelassen?«

Andrea sah Saskia vorwurfsvoll an. »Wem hast du noch alles davon erzählt?«

»Nur denjenigen, die mich gefragt haben.«

»Ich habe dir ein paar Unterlagen mitgebracht.« Weller legte einen Ordner auf Andreas Bettdecke. »Deine Augen sind ja in Ordnung, und einen Arm zum Umblättern der Seiten hast du auch noch. Lies sie.« Erst jetzt erkundigte er sich nach Andreas Befinden.

»Der Arzt meint, dass ich in wenigen Tagen wieder voll einsatzfähig bin. Also keine Panik. Deiner Pension steht nichts im Wege«, scherzte Andrea.

»Das ist meine letzte Sorge.«

»Ach ja? Und wie deute ich das da?« Andrea zeigte mit einer Kopfbewegung auf den Ordner vor sich.

Weller griff lächelnd danach, legte ihn auf den Beistelltisch. »Du sollst ja nicht gleich damit anfangen. Erhol dich erst mal von der Operation.«

Nach einer halben Stunde verabschiedeten Weller und Saskia sich.

»Ich schaue morgen wieder rein«, sagte Saskia.

»Danke.«

Die Tür schloss sich hinter ihnen. Andrea rutschte gemächlich von der sitzenden Position in die liegende. So ein Krankenhausaufenthalt hatte auch was Praktisches. Man konnte endlich mal schlafen, schlafen, schlafen . . .

Andrea schreckte auf. Mareike stand neben ihrem Bett, schaute schweigend auf sie hinab. Andrea blinzelte benommen.

»Hallo«, sagte Mareike leise. »Ich hatte geklopft, aber . . .«

»Hallo.« Andrea richtete sich auf.

»Wie geht es dir?« Mareike deutete auf Andreas verbundenen Arm. »Noch Schmerzen?« Ihre Stimme klang ungewöhnlich weich, fast schüchtern.

»Kaum«, sagte Andrea.

»Ich habe Saskia heute in der Kantine getroffen, und sie erzählte mir . . .«

»Ich weiß«, sagte Andrea. »Und wie gewöhnlich hat Saskia übertrieben«, fügte sie hinzu. Mareikes Befangenheit rührte sicher von diesen Übertreibungen her. »Es ist alles nicht so schlimm«, versicherte Andrea. »Die Ärzte sagen, in ein paar Tagen bin ich fast wie neu.«

»Warum hast du . . .«

». . . den Kerl nicht einfach laufen lassen«, unterbrach Andrea Mareike seufzend. »Ja, ja, ich weiß. Das habe ich nun wirklich oft genug gehört. Und ja, es war absolut blöd von mir. Zufrieden?«

Mareikes Blick ruhte ernst auf Andrea. »Ich habe mir wirklich Sorgen gemacht.«

»Na, so viele nun auch wieder nicht«, scherzte Andrea mit schiefem Lächeln. »Du bist die Letzte der Besucherriege.«

»Ich . . . tut mir leid. Heute war viel los. Das Abschlussgespräch mit Grimm stand an«, entschuldigte sich Mareike. »Und ich kann leider nicht lange bleiben. Laura sitzt unten im Wagen und wartet. Wir wollen noch ausgehen.«

Andrea schluckte. Laura? Die hatte sie ganz vergessen gehabt.

»Ja, klar. Danke, dass du trotzdem vorbeigeschaut hast«, presste sie hervor.

»Ich wollte dir unbedingt erzählen, wie das Gespräch mit Grimm abgelaufen ist.« Mareike setzte sich auf die Bettkante zu Andrea, ihr Gesicht hellte sich auf. »Grimm kam, seiner selbst und dem Abschluss des Geschäfts absolut sicher. Er dachte, alles wäre in Sack und Tüten, aber wir haben den Sack wieder aufgemacht. Grimm zuckte regelrecht zusammen, als plötzlich seine drohende Scheidung Punkt des Gesprächs wurde.«

»Und was hat er erwidert? Er hat doch sicher abgestritten, dass da was dran ist.«

Mareike sprühte jetzt förmlich vor Begeisterung. »Ja. Aber wir waren ja, dank deiner Recherche, bestens vorbereitet, konnten ihm haarklein belegen, wie schlecht es um seine Finanzen im Falle der Scheidung steht. Schließlich gab er klein bei. Der richtige Zeitpunkt für unseren Vorschlag.«

»Was für ein Vorschlag?«

»Der Vorstand will auf das Geschäft nicht verzichten. Die Energiebranche ist einfach zu lukrativ, die Zeit überreif für einen Einstieg. Wir gehen in eine zweite Verhandlungsrunde der Fusion. Eine Runde, in der wir eindeutig im Vorteil sind. Dank deiner hervorragenden Arbeit.«

»Oh, na ja. Das war doch nichts weiter«, wehrte Andrea ab.

»Und ob das was war. Dein Stern leuchtet strahlend hell am Himmel unseres Bankfirmaments. Das kann ich dir sagen. Ich bin froh, dass ich den Job als Vize schon habe, jetzt hätte ich keine Chance mehr, ihn zu bekommen.« Mareike lachte, bevor ihr klar wurde, dass sie Andrea mit diesen Worten wohl nicht gerade glücklich machte. »Oh, entschuldige, das muss dir umso ungerechter vorkommen. Man stellt mich ein, weil man sich verspricht, dass meine Erfahrungen bei der Fusion für die Bank von Vorteil sein werden, und dann bist du es, die die entscheidende Weiche stellt.«

Andrea winkte ab. »Ach was. Ich habe mich längst damit abgefunden. Und immerhin bin ich ja die Treppe auch schon nach oben gefallen. Ich bin froh, dass du den Job bekommen hast. Besser du als irgendjemand Fremdes.«

Mareike musste schmunzeln. »Aber wir waren uns doch auch fremd.«

»Ja, aber ...« *Verdammt, verplappert.* »... ich meine, ich kann mir schon gar nicht mehr vorstellen, dass wir uns mal fremd waren.« Andrea lächelte verlegen.

Mareike lächelte zurück. »Das ist nett, dass du das sagst.« Sie zwinkerte Andrea zu. »Wir sind ein ziemlich gutes Team, was?«

»Ja, das sind wir.«

Mareike schwieg jetzt. Versunken betrachtete sie Andrea. Lächelte weich.

Andrea erwartete, dass Mareike jeden Moment aufstehen und gehen würde. Stattdessen fühlte sie plötzlich Mareikes Hand, die sich auf ihren gesunden Arm legte. Ein leichtes Streicheln, dann zog Mareike ihre Hand zurück.

Jetzt beugte sie sich etwas vor, zögerte, wich zurück. Dann machte sie eine erneute Bewegung auf Andrea zu. Wieder Zögern. Doch diesmal ohne Rückzug. Mareikes Lippen berührten sanft Andreas Mund, strichen über ihn. Andrea erschauerte innerlich unter der Berührung.

Mareikes Kuss wurde intensiver. Jetzt spürte Andrea deren Zungenspitze, behutsam tastend, auf ihren Lippen. Andrea entfuhr ein leiser Seufzer. Sie öffnete sich Mareike, erwiderte ihren Kuss.

Irgendwann lösten sie sich, sahen einander an.

Mareike stand langsam auf. »Ich ...« Sie war von ihrem eigenen Tun benommen, verharrte betreten.

Andrea saß regungslos da. »Was bedeutet das?« Ihre Stimme war nur ein Flüstern.

Mareike strich fahrig ihr Haar aus der Stirn. »Das bedeutet ... vermutlich ..., dass ich dabei bin ... einen Fehler zu machen.«

Andrea schluckte. So sah Mareike das? Ihr Gefühlsausbruch

war ein Fehler, der nicht in ihr Leben mit Laura passte? Andrea schloss für einen Moment die Augen. Natürlich. Wie sonst? Als sie die Augen wieder öffnete, sagte sie: »Dann gehst du besser.«

»Andrea, ich ... kann dir das nicht erklären.« Mareikes Stimme klang äußerst wacklig. »Ich wünschte, ich wüsste, warum ich das getan habe.«

Ein Klopfen an der Tür ließ beide zusammenschrecken. Laura stand plötzlich im Zimmer. Mareike trat automatisch einen Schritt von Andreas Bett zurück.

»Es gibt da ein Problem auf ...« Laura hielt inne. Der Anblick von Mareikes verstörtem Gesicht ließ sie fragen: »Ist was passiert?«

»Nein«, erwiderte Mareike hastig. »Alles in Ordnung.«

Laura sah zwischen Mareike und Andrea hin und her. Spürte sie die Anspannung im Raum? »... ein Problem auf dem Parkplatz«, beendete Laura ihren Satz jetzt. »Ich brauche mal deinen Autoschlüssel.«

»Ich wollte sowieso gerade gehen.« Mareike ging zu Laura. Während Laura das Zimmer verließ, schaute Mareike noch einmal zurück zu Andrea. Ihr Blick war eine Mischung aus Verwirrung und Entschuldigung. Sie lächelte zaghaft.

»Was war denn los?«, hörte Andrea Laura vom Gang her fragen.

Mareike wandte sich Laura zu, zog die Tür langsam hinter sich ins Schloss. Durch den letzten kleinen Spalt hörte Andrea, wie Mareike sagte: »Nichts.«

Es war abgemacht, dass Saskia sie vom Krankenhaus abholte und nach Hause fuhr. Andrea saß, die gepackte Tasche neben sich, auf dem Bett, als Mareike das Zimmer betrat.

»Saskia hatte noch was im Büro zu tun. Da bat sie mich, dich heimzufahren«, erklärte Mareike. »Ist das okay?«

Andrea überlegte kurz, ob es nicht besser wäre, ein Taxi zu nehmen.

Aber du kannst ihr ja nicht ewig ausweichen, sagte sie sich dann.

Leise seufzte sie. »Jetzt bist du schon mal hier.«

Irrte sie sich, oder atmete Mareike erleichtert auf? Es schien Andrea, als hätte sich Mareikes Haltung etwas entspannt.

Andrea nahm ihre Tasche.

»Darf ich?«, fragte Mareike mit Blick auf Andreas Tasche.

»Geht schon«, meinte Andrea. »Ist ja die gesunde Hand, mit der ich sie trage.«

»Aber wie sieht das denn aus? Der eine Arm in der Trageschlaufe, in der anderen Hand die schwere Tasche, und ich trage die Autoschlüssel?«

Andrea gab nach, hielt ihr wortlos die Tasche hin. Mareike nahm sie.

Sie gingen zum Fahrstuhl und fuhren nach unten. Vorbei an sich suchend umblickenden Menschen und eilendem Krankenhauspersonal, steuerten sie dem Ausgang des Krankenhausgebäudes zu.

»Wie lange musst du den Arm noch ruhig halten?«, erkundigte sich Mareike.

»Eine Woche.«

»Wie willst du das denn im Büro machen?«

Andrea zuckte gelassen mit den Schultern. »Schreiben ist schlecht, aber am PC wird es schon gehen. Ich tippe eben mit links. Und Telefonieren geht auch mit nur einer Hand. Ist doch kein Problem.«

Sie traten ins Freie.

»Wo steht denn dein Wagen?«

Mareike deutete nach links. Andrea folgte der angegebenen Richtung. Sie liefen schweigend nebeneinander her. Am Wagen angelangt, bediente Mareike die Fernbedienung der Zentralverriegelung, legte Andreas Tasche in den Kofferraum, stieg ein und wartete, bis Andrea sich angeschnallt hatte.

Sie waren fahrbereit. Doch Mareike machte keine Anstalten, den Motor zu starten und loszufahren.

»Ich habe gelogen«, sagte Mareike jetzt. Sie sah Andrea dabei nicht an. »Saskia wollte dich abholen, aber ich habe sie gebeten, mir das zu überlassen.«

Mareike wartete auf eine Reaktion Andreas. Als diese ausblieb, schaute sie Andrea fragend an. »Hast du gehört?«

Andrea drehte den Kopf, schaute Mareike offen an. »Ja. Und? Was erwartest du?«

»Ich . . . nichts.« Nun drehte Mareike den Zündschlüssel, ließ den Motor an. Der Wagen setzte sich in Bewegung.

Die Fahrt verlief schweigend.

Andrea fühlte sich unsicher. Sie fürchtete, Mareike könnte bemerkt haben, wie es in ihr aussah.

Was heißt könnte, *Andrea? Du hast dich während des Kusses ja nicht gerade zurückgehalten. Sie hat es ganz sicher bemerkt. Und sie wird dich danach fragen.*

Andererseits, sagte Andrea sich, war es immerhin Mareike gewesen, die *sie* geküsst hatte. Es stand Mareike also gar nicht zu, zu fragen, sondern sie musste eher etwas erklären. Doch war Andrea sich nicht sicher, ob sie diese Erklärung überhaupt hören wollte. Bereits Mareikes erster Versuch endete in einem Desaster. Als Fehler bezeichnet zu werden, empfand Andrea als sehr demütigend.

Mareike bog in Andreas Straße ein und parkte den Wagen vor ihrem Haus. »Da sind wir.«

Sie stiegen aus. Mareike begleitete Andrea zur Haustür. Dort wollte Andrea ihr die Tasche abnehmen. Mareike legte jedoch einfach ihre Hand in Andreas Rücken und schob sie durch die Tür. Sie stiegen die Treppe zu Andreas Wohnung hinauf, Andrea schloss auf.

»Danke«, sagte sie auf der Türschwelle.

»Zehn Minuten«, bat Mareike. »Wir müssen reden.«

Andrea seufzte, betrat den Flur. Mareike folgte ihr.

»Kaffee?«, fragte Andrea und ging in die Küche. Wenn sie sich schon einem Gespräch stellen musste, dann nicht ohne einen ordentlichen Koffeinschub. Den hatte sie im Krankenhaus vermisst. Der Kaffee dort war sehr gewöhnungsbedürftig.

Mareike lehnte sich an den Türrahmen der Küche. Sie beobachtete Andreas Bewegungen, die etwas unbeholfen wirkten, weil sie alles mit der linken Hand erledigte. Schließlich trat sie hinter Andrea, legte ihre Hand auf deren Schulter.

»Ich mach das schon«, sagte sie und schob Andrea sanft zur Seite. Andrea gab ihr den kleinen Maßbecher. Mareike löffelte Kaffee in die Filtertüte. Dreimal, viermal, fünfmal ...

»Ist gut«, rief Andrea und griff Mareike am Arm. »Wie stark trinkst du denn deinen Kaffee?«

Mareike blinzelte Andrea verwirrt an. Andrea schüttelte den Kopf. Eine große Hilfe war Mareike nicht. Sie nahm lieber selbst die Kanne, um Wasser in den Behälter zu gießen. Dann schaltete sie die Kaffeemaschine an. Mareike stand schweigend daneben.

Während sie warteten, dass das Wasser durchlief, sahen sie einander verstohlen an. Langsam breitete sich Kaffeeduft in der Küche aus.

Andrea holte zwei Tassen aus dem Schrank, goss den fertigen Kaffee ein und setzte die Kanne zurück auf die Heizplatte. Sie reichte Mareike eine der Tassen.

»Lass uns ins Wohnzimmer gehen.«

Dort setzte sich Andrea in ihren Lieblingssessel. Hier fühlte sie sich einigermaßen sicher. Mareike wählte das Sofa.

»Also«, begann Mareike von dort aus zögernd, »wie gesagt, wir müssen reden. Genau genommen, muss *ich* dir erklären, was ... also, wie es kam, dass ich ...« Mareike wand sich.

Andrea wartete.

Mareike atmete tief durch. »Du wirst es kaum glauben, aber du bist die ganze Zeit in meinem Kopf. Entweder weil wir mal wieder im Clinch miteinander liegen oder weil ich ein schlechtes Gewissen dir gegenüber habe.«

Das mit dem Clinch konnte Andrea nachvollziehen, aber ... »Schlechtes Gewissen?«, fragte sie irritiert.

»Du bist immer so ... verständnisvoll – also, wenn du nicht gerade wütend auf mich bist. So nachsichtig. Ich bin es nicht gewohnt, dass man mir derart anständig begegnet. Die letzten

Jahre in meinem Job waren ein täglicher Kampf, meinen Platz zu behaupten. Ich war auch bei dir auf einen solchen Kampf eingestellt. Am Anfang sah auch alles danach aus. Und dann ... zwischen uns hat sich so viel verändert. Und vor allem so schnell.« Mareike suchte nach Worten. »Ich fühle mich zu dir hingezogen, aber ... ich liebe Laura.« Mareike wusste nicht weiter. Eine bedrückende Pause entstand. Bis Mareike verzweifelt, mehr zu sich selbst als zu Andrea, sagte: »Ich habe Laura immer geliebt.«

Andrea blickte in ihre Kaffeetasse. »Ja. Ich weiß. Onkel Max sagte es. Und ich bin ja auch nicht blind.«

»Nicht blind, aber ...« Mareike biss sich auf die Unterlippe. »Auch nicht ohne Gefühl für mich, nicht wahr? Ich komme mir so schäbig vor, dass ich mich nicht besser beherrscht habe.«

»Du konntest es ja nicht wissen.«

»O doch.«

»Wie bitte?« Andrea sah auf.

»Ich habe es gespürt. Die ganze Zeit. Ach, Andrea. Es gibt so viele Anzeichen. Du bist so eine schlechte Schauspielerin.«

Andrea senkte erneut den Blick.

»Siehst du, genau das ist es.« Mareike stellte ihre Kaffeetasse ab. Leise sagte sie: »Eigentlich müsste ich dir jetzt vorschlagen, dass wir unseren Kontakt auf die rein berufliche Ebene beschränken. Das wäre das Vernünftigste. Nicht wahr?«

Andrea fühlte, wie sich ihre Kehle zuschnürte. Ihr Herz hämmerte ängstlich. *Wenn Mareike das sagt, wird sie es so machen. Sie ist nicht so schwach wie ich.* Den Frosch in ihrem Hals herunterwürgend, erwiderte sie: »Ja, das ist es.«

»Aber der Gedanke ist mir unerträglich.« Mareike blickte Andrea hilflos an. Plötzlich sprang sie förmlich vom Sofa auf, lief im Wohnzimmer auf und ab.

Andrea verfolgte ihren Lauf. Bis Mareike stehenblieb, sich an den Kopf griff und rief: »Himmel noch mal, was ist nur mit mir los?«

So als erwarte sie die Antwort auf ihre Frage von Andrea,

drehte sie sich zu ihr um, sah sie ratlos an.

Andrea konnte immer noch nicht fassen, was Mareike gerade gesagt hatte. Endlose Erleichterung machte sich in ihr breit. Der Gedanke, Mareike und sie würden lediglich eine distanzierte, rein kollegiale Beziehung haben, bisher immer ein Zufluchtsort für sie, hatte sie erschreckt. Er löste größeres Unbehagen in Andrea aus als all die peinlichen Momente, die sie miteinander erlebt hatten. Heute konnte Andrea sowieso über die meisten dieser Dinge nur noch schmunzeln. Vor allem da, im Nachhinein betrachtet, sie diese Momente einander näher brachten.

»Was ist daran so lustig?«, fragte Mareike irritiert.

Erst jetzt bemerkte Andrea, dass sie während ihrer Überlegungen wirklich gelächelt hatte. »Nichts«, sagte sie. »Ich bin nur so froh, dass es dir genauso geht wie mir. Oder doch zumindest ähnlich. Ich habe schon versucht, auf Abstand zu dir zu gehen. Aber wohlgefühlt habe ich mich dabei nicht.«

Mareike setzte sich wieder. »Das Date?«, fragte sie.

»Das *angebliche* Date«, gestand Andrea.

»Gott sei Dank.« Mareike lächelte schief. »Wenigstens brauche ich mir nicht auch noch vorwerfen, dass ich dir da was verbaue.« Ein Seufzen folgte. »Ich komme mir so egoistisch vor.«

»Aber für seine Gefühle kann doch niemand was. Und deine Gefühle sind nun mal bei Laura, nicht bei mir.« Für einen Moment schien es Andrea, als wolle Mareike widersprechen. Sie hielt inne. Doch Mareike hatte zwar angesetzt, sagte aber nichts. »Du brauchst deswegen kein schlechtes Gewissen zu haben«, fuhr Andrea fort. »Du magst mich zwar, aber mehr eben nicht. Der Rest ist meine Sache.« Sie zögerte. Sollte sie es ansprechen? Wollte sie es überhaupt? Eigentlich nicht. Aber es musste sein, wenn dieses Auf und Ab irgendwann mal ein Ende haben sollte. »Allerdings würde es mir helfen, wenn du mich weniger oft küssen würdest.«

Mareike stutzte. Dann lächelte sie erleichtert, weil diese für sie schwierige Situation sich langsam auflöste. »Oft?«, tat sie unschuldig, bereits zurück auf dem Weg der gewohnten Sicherheit. »Nur dreimal.«

»Gut. Dann einigen wir uns auf weniger erotisch.«

Mareike lachte leise. Sie stand auf, ging zu Andreas Sessel, beugte sich zu ihr hinunter und küsste sie leicht auf die Wange. »Ist es so besser?«

Andrea blickte überrascht auf. »Ja. Das wäre akzeptabel«, murmelte sie verlegen.

»Ab und zu?« Mareikes Augen blitzten schalkhaft. »Wenn es sich so ergibt?«

»Ja.«

»Zum Beispiel zur Begrüßung?«

»Oder zum Abschied.«

»Oder beides?«, zwinkerte Mareike Andrea zu.

»Wenn es sich so ergibt.«

Das kleine Büro der Werkstatt, das nur ein umfunktionierter Pausenraum war, sah sehr renovierungsbedürftig aus. Andrea lehnte, ihre operierte Hand noch immer in der Trageschlaufe, an Saskias Schreibtisch. Einen zweiten Stuhl gab es nicht.

Saskia nahm demonstrativ langsam die Streuselschnecke aus der Papiertüte, zerknüllte Letztere und warf sie mit elegantem Schwung in Richtung Papierkorb.

»Na, wenn das mal gut geht«, meinte sie.

»Wenigstens spielen wir jetzt mit offenen Karten. Das finde ich wesentlich angenehmer als das Versteckspiel vorher.«

»Kann ja sein. Aber ist das für dich nicht auch schwieriger? Ich meine, wenn ihr euch so nahe kommt.«

Andrea atmete einmal tief durch. »Ich weiß nicht. Kann schon sein. Das wird sich zeigen.«

»Was mich wundert . . .«, Saskia klapperte nachdenklich mit ihrem Stift auf der Schreibtischplatte, ». . . warum liegt *ihr* so viel an dieser Nähe?«

»Warum nicht? Nur weil sie mit Laura zusammen ist, bedeutet das doch nicht, dass sie nicht auch andere mag.«

»Oh, oh«, machte Saskia alarmiert.

»Was ist?«

»Bitte, Andrea, tu das nicht.«

»Was?«

»Bau dir nicht irgendein Gerüst aus falschen Hoffnungen auf. Wenn du dich darauf begibst, wirst du furchtbar einstürzen.«

»Was du immer gleich vermutest. Ich mache mir keine Hoffnungen. Ehrlich.«

Saskias Augen blickten skeptisch. »Bist du dir da ganz sicher?«

»Ja doch.«

Saskias zusammengekniffene Augen drückten nicht beseitigten Zweifel aus. »Also, wenn du mich fragst, ich fand die Idee mit dem Abstand besser.«

»Ich frag dich aber nicht.« Trotzig steckte Andrea ihrer Freundin die Zunge raus.

»Habe ich auch nicht angenommen. Doch tu mir einen Gefallen, Andrea. Lass es nicht zu, dass sie mit dir spielt.«

»Aber das würde sie nie tun.« Andrea sah Saskia beinah beleidigt an, weil sie Mareike so etwas zutraute.

»Das hoffe ich. Denn wenn sie es doch tut und ich dich in deinem Liebeskummer trösten muss, würde auch mir das wehtun. Aber eines sage ich dir: Sollte es so weit kommen, dann kann sie sich auf was gefasst machen.«

Andrea ging zu ihrer Freundin, umarmte sie mit dem gesunden Arm. »Du bist die Beste.«

Saskia seufzte theatralisch. »Ich weiß.«

16.

Na, das sieht doch sehr gut aus.« Der Chirurg betrachtete das Röntgenbild von Andreas operiertem Unterarm. »Alles wie im Lehrbuch, keine Komplikationen. Oder haben Sie noch Schmerzen?«

»Nein.« Andrea atmete erleichtert auf. Die anstehende Nachuntersuchung hatte die letzten Tage etwas Nervosität in ihr hervorgerufen. Die Entwarnung des Chirurgen nahm ihr die Anspannung.

»Wunderbar. Keine Leichtsinnigkeiten die nächsten sechs Wochen, und wie gesagt, schweres Heben ist noch tabu. Wir sehen uns dann noch mal in acht Wochen. Die Schwester wird Ihnen einen Termin geben.«

Damit war Andrea entlassen und dieser unselige Überfall von vor etwas mehr als einer Woche aus der Welt. Abgesehen von der Lauferei, die sie wegen der gestohlenen Papiere und Kreditkarte noch hatte. Natürlich waren weder Täter noch Tasche bisher ausfindig gemacht worden, und Andrea rechnete auch nicht mehr damit. Sie ging zu ihrem Wagen.

Die Fahrt nach Hause schaffte sie im abklingenden Berufsverkehr in einer Viertelstunde. Umziehen, und dann ab zu Saskias Geburtstagsfeier. Andrea freute sich auf den Abend, wusste sie doch, dass Saskia, wenn auch unter leichtem Protest, Mareike eingeladen hatte.

»Wie war das? Kein Gerüst?«, hatte Saskia vorwurfsvoll gefragt. Aber sie konnte der Freundin die Bitte nicht abschlagen. »Katastrophe, nimm deinen Lauf«, war ihr Kommentar dazu gewesen.

Eine ungezwungene Stehparty mit Selbstbedienung vom Buffet, Wein, Bier und Bowle in einem gemieteten Saal eines Restaurants. Genug Platz für Tanzwillige, aber auch für die, die lieber nur saßen.

Saskia empfing die ankommenden Gäste an der Tür, überreichte jedem einem selbst kreierten Willkommensdrink, ein weinhaltiges Kirschgetränk mit einem Schuss Soda.

Andrea hielt sich in Saskias Nähe auf und wartete auf Mareike. Endlich traf sie ein, unterhielt sich eine Weile mit Saskia.

Ungeduldig trat Andrea zu ihnen. »Hallo«, begrüßte sie Mareike.

»Hallo«, erwiderte Mareike und setzte ihre Ankündigung in die Tat um. Sie küsste flüchtig Andreas Wange. »Wie war die Nachuntersuchung? Alles in Ordnung?«

»Ja, alles bestens«, sagte Andrea leicht verlegen, besonders da sie mitbekam, wie Saskia die Stirn runzelte. »Keine Probleme.«

»Schön.«

»Und wie war die Besprechung? Habe ich was verpasst?« Andrea zog Mareike mit sich, um Saskias kritischem Blick zu entfliehen.

Mareike winkte ab. »Mittlere Katastrophe. Wir hinken mit den Umsatzzahlen weit dem Soll hinterher. Viel zu wenig Verträge. Brennicke baut jetzt auf Grimms Kontakte. Und auf eine neue Werbekampagne. Schon nächste Woche soll ein Meeting mit der PR-Firma stattfinden. Bis dahin dürfen wir die Köpfe rauchen und Ideen sprießen lassen. Ein Konzept soll her. Bahnbrechend und noch nie dagewesen soll es natürlich sein.«

»Wenn Brennicke so aufdreht, sitzt ihm sicher der Vorstand im Nacken.«

Mareike nickte. »Das vermute ich auch.«

Saskia stand plötzlich neben ihnen. »Darf ich mal kurz stören?« Sie nahm Andrea beim Arm. »Ich habe eine Bitte an dich. Siehst du da drüben die kleine Brünette?«

Andrea folgte mit den Augen Saskias Kopfbewegung.

»Das ist Kim, Jasmins neue Aushilfe. Kannst du dich ihrer ein wenig annehmen? Sie kennt hier niemanden außer Jasmin und mich.«

»Ja, aber . . .«, hob Andrea an zu widersprechen, doch Saskia ignorierte es einfach. Sie sah entschuldigend zu Mareike. »Das geht doch in Ordnung? Sie finden sich sicher leichter zurecht als die Kleine.«

Saskia hakte sich bei Andrea ein, sodass die nicht anders konnte als mitzugehen. »Was soll das?«, protestierte Andrea.

»Du willst doch wohl nicht den ganzen Abend hier mit *ihr*

rumstehen?«, zischte Saskia.

»Und wenn doch?«

»Das werde ich zu verhindern wissen.«

Andrea seufzte. Manchmal war ihre Freundin keine große Hilfe. Aber Andrea fügte sich. *Für den Moment,* sagte sie sich.

Mittlerweile waren sie bei Kim angekommen.

»Kim, das ist meine Freundin Andrea«, machte Saskia sie miteinander bekannt.

»Hallo Andrea«, sagte die.

»Andrea wird sich ein wenig um dich kümmern«, erklärte Saskia. »Andrea ist übrigens Single«, fügte sie breit grinsend hinzu.

»Saskia!« Andrea puffte Saskia in die Seite. »Verschwinde!« An Kim gewandt, sagte sie: »Nimm sie nicht ernst.«

»Ach wo. Und du musst auch nicht den Babysitter für mich spielen.« Kim lächelte zurückhaltend. »Ich bin vielleicht das Küken hier, aber alt genug, um Anschluss zu finden.«

»Prima. Aber Saskia lyncht mich trotzdem, wenn ich dich jetzt hier stehenlasse. Du kennst sie noch nicht lange. Man tut besser, was sie sagt. Sie ist nämlich schrecklich nachtragend.« Andrea zwinkerte Kim zu. »Du kannst nichts dagegen machen, für diesen Abend sind wir zwangsverbunden.«

Jetzt lachte Kim schon etwas freier. »O je. Ist sie so schlimm? Jasmin meinte, Saskia sei die sanfteste Person auf der Welt.«

»Jasmin ist in ihrem Urteil nicht ganz unvoreingenommen. Das ist doch klar«, erwiderte Andrea mit einer lässigen Handbewegung. »Wie bist du eigentlich zu Jasmin gekommen?«

»Sie hat mich abgeschleppt«, sagte Kim todernst. Andreas hochgezogenen Augenbrauen ließen Kim schmunzeln. »Nachdem sie mich auf der Straße aufgelesen hat. Autopanne«, fügte sie glucksend hinzu. »Ich pfriemelte kopfüber im Motorraum herum. Hatte das Problem schon bis auf den Zündverteiler eingegrenzt, da hielt sie an, um mir zu helfen. Wir kamen ins Fachsimpeln, und Jasmin schleppte mich in ihre Werkstatt.«

»Saskia sagte, du hilfst Jasmin dort.«

»Ja, Jasmin bot es mir an. Dreimal die Woche am Nachmittag. Damit kann sie mal früher Feierabend machen, und ich bessere mein Stipendium etwas auf.«

»Du studierst?«

Das Gespräch mit Kim entwickelte sich wie von selbst. Andrea schaute sich nur hin und wieder um, suchte Mareike. Wenn sie sie ausmachte, lächelte sie ihr zu. Nach einer Weile ging Andrea mit Kim zum Buffet.

»Na ihr zwei«, vernahm Andrea da Mareikes Stimme neben sich. »Amüsiert ihr euch?«

»O ja«, erwiderte Andrea spontan. »Und selbst?«

»Danke der Nachfrage.«

Sie setzten sich mit ihren Tellern zu dritt an einen der Tische. Andrea stellte Mareike und Kim einander vor. Dann unterhielt sie sich wieder mit Kim. Dass Mareikes Augen immer schmaler wurden, bemerkte Andrea nicht. Auch nicht, dass deren Blick aufmerksam zwischen ihr und Kim hin und her wanderte. Schließlich forderte Andrea Kim zum Tanz auf.

Als sie zurückkamen, lagen Falten auf Mareikes Stirn. Andrea, gutgelaunt und vom Tanz beschwingt, lächelte. »So ernst?«, fragte sie fröhlich.

Kim entschuldigte sich. Sie musste zur Toilette.

»Ihr versteht euch ja prächtig«, sagte Mareike. Andrea meinte, einen mürrischen Unterton in ihrer Stimme zu hören.

»Na ja. Ja.« Andrea zuckte mit den Schultern. »Sie ist nett.«

»Und hübsch. Darüber hinaus sehr jung. Wie alt? Fünfundzwanzig?«, fragte Mareike.

»Zweiundzwanzig«, korrigierte Andrea.

»Und offenbar dein Typ. Du bist ja wie verwandelt«, stellte Mareike fest. »Du strahlst förmlich.«

»Quatsch«, meinte Andrea.

»Und warum schaut Saskia so zufrieden drein?«

Andrea blickte sich suchend um und entdeckte ihre Freundin, die sie übers ganze Gesicht anstrahlte. »Woher soll ich das wissen?«

»Ich komme mir etwas überflüssig vor.« Mareike trommelte nervös mit den Fingern auf dem Tisch. »Gedenkst du, den Rest des Abends mit Kim zu tanzen?«

Wenn Andrea es nicht besser wusste, hätte sie gedacht, Mareike sei eifersüchtig. Doch das war natürlich Blödsinn. Ihre schlechte Laune musste woanders herrühren. Wahrscheinlich, wie sie ja eben selbst sagte, weil sie sich überflüssig vorkam. Aber warum mischte Mareike sich nicht einfach unter die Leute? Stattdessen grummelte sie hier herum.

Kim kam zurück. »Tanzen wir noch mal?«, fragte sie Andrea.

Andrea warf einen unsicheren Blick auf Mareike. Die stand auf, marschierte in Richtung Buffet, Zielgebiet Bowletopf.

Andrea zuckte mit den Schultern. »Klar«, sagte sie und ging mit Kim auf die Tanzfläche.

Zehn Minuten später kamen sie zurück an den Tisch zu Mareike. Die schaute missmutig drein. Noch bevor Andrea sich setzen konnte, kam Saskia und zog sie auf die Tanzfläche.

»Na, wie findest du sie?«

»Wen? Kim?«

»Wen sonst.«

»Nett.«

»Nicht wahr?«

Andrea seufzte. »Saskia, was soll das. Willst du mich verkuppeln?«

»Iwo. Fällt mir nicht ein.«

»Ach nein?«

»Ich möchte nur, dass du Spaß hast.«

»Den habe ich.«

»Das freut mich zu hören.«

»Aber Mareike ist ziemlich komisch drauf«, meinte Andrea nachdenklich. Fand dann aber eine Erklärung dafür. »Na ja, ich habe sie vernachlässigt.«

»Na und?« Saskia sah darin keinen Fehler.

»Sie kennt hier immerhin auch niemanden außer uns beiden. Für sie hast du keine Gesellschaft organisiert.«

»Ich bin nicht um Mareike besorgt, Schätzchen, sondern um dich.«

»Kannst du sie nicht leiden?«

»Eigentlich hatte ich keine schlechte Meinung von ihr. Bis du mir erzählt hast, was zwischen euch läuft. Oder eben nicht läuft. Sie nutzt deine Gefühle aus. Glaub mir.«

»Ach was. Sie tut nichts dergleichen.«

»Natürlich tut sie. Sie zieht keine eindeutige Grenze, kocht dich auf Sparflamme. Das nennt man: Sich alles offenhalten.«

»Aber gar nicht«, widersprach Andrea. »Sie hat keinen Zweifel daran gelassen, dass sie Laura liebt.«

Saskia gab es auf. Wenn Andrea nicht sehen *wollte*, dass Mareike für sie nur Probleme bedeutete, dann war ihr nicht zu helfen. Sie hatte jedenfalls alles getan, um zu verhindern, dass Andrea sich in diese aussichtslose Geschichte verlor.

Saskia lieferte Andrea wieder bei Kim und Mareike ab. Beide Gesichter hellten sich auf, als Andrea sich zu ihnen gesellte.

»Nette Party, findet ihr nicht?« Andreas gute Laune war ungebrochen. Saskias warnenden Worte hatte sie schon vergessen.

»Nette Gäste«, erwiderte Kim. Ihre Augen strahlten Andrea an.

Mareike fixierte Kim. *Ja, warum schaust du nicht, ob du noch ein paar andere kennenlernst?*, sagte ihr Blick. Andrea registrierte es erstaunt.

»Ich habe Mareike gefragt, ob du in der Bank auch so viel gute Laune versprühst«, erzählte Kim jetzt. »Ich wusste gar nicht, dass du so ein hohes Tier bei dir in der Firma bist.«

Andrea schmunzelte. »Hat sie dir auch erzählt, dass sie mein Boss ist?«

»Ach echt?«

»Ja.«

Kim nickte. »Glaube ich sofort.«

»Wieso?«, knurrte Mareike.

»Entschuldige, aber so verkrampft, wie du bist.«

»Tsss.« Mareike schüttelte den Kopf.

Andrea biss sich auf die Zunge, um nicht loszulachen. »Sie ist nicht immer so«, verteidigte sie Mareike. »Normalerweise ist sie ganz umgänglich.«

»Dann liegt es wohl an mir«, meinte Kim. Eigentlich mehr zum Spaß, doch Mareike entlockte sie auch damit kein Lächeln.

Plötzlich sprang Kim auf. »Oh, das ist mein Lieblingslied.« Sie sah Andrea bittend an. Andrea blickte entschuldigend zu Mareike. Die rollte nur mit den Augen. Kim zog Andrea auf die Tanzfläche.

Zurück kam Andrea allein. »Kim holt uns nur was zu trinken. Sie ist gleich wieder da.«

»Wann ist denn die Verlobung?«, fragte Mareike bissig.

»Was ist los mit dir?« Andrea setzte sich kopfschüttelnd. »Du bist so komisch. War doch noch was in der Bank?«, suchte sie nach einem Grund für Mareikes angeknackste Laune.

»In der Bank? Nein.« Mareike trank einen Schluck von ihrer Bowle.

»Dann . . . etwas mit Laura?«, fragte Andrea zaghaft.

Mareike schüttelte stumm den Kopf. Weil Kim wiederkam, forschte Andrea nicht weiter.

Wenig später stand Mareike auf. »Tja, ich habe zu Hause noch Arbeit zu liegen, die bis morgen erledigt werden muss. Deshalb kann ich leider nicht länger bleiben.« Sie nickte Andrea zu, streifte Kim mit einem flüchtigen Blick.

Andrea sah Mareike perplex nach, wie sie den Saal verließ.

»Bin gleich wieder da«, sagte sie zu Kim, stand eilig auf und lief Mareike nach.

Sie erwischte sie im Foyer.

»Mareike? «

Andreas Ruf veranlasste Mareike, stehenzubleiben und sich umzudrehen. Ein schwaches Lächeln flog über ihr Gesicht. »Ich will euch nicht weiter den Abend verderben. Irgendwie bin ich heute unausstehlich. Ich merke es, und . . . ich finde es scheußlich.«

»Ist wirklich alles in Ordnung?« Andrea legte forschend ihre

Hand auf Mareikes Arm.

»Ja, ja. Sicher. Wir sehen uns morgen.«

Andrea nickte. Mareike drehte sich um, durchquerte mit schnellen Schritten das Foyer, öffnete die Tür zur Straße und war weg.

Ratlos stand Andrea da. Was war denn los mit Mareike? So seltsam benahm sie sich doch sonst nicht.

17.

Die Tür des Büros schwang auf. Mareike, mit strahlendem Siegergesicht, schwebte förmlich herein. Sie flog um Andreas Schreibtisch herum, drehte diese samt Stuhl zu sich und triumphierte: »Gib mir ein halbes Prozent unter dem üblichen Satz – und ich bringe dir Degenhardt.«

Die mufflige, schlechtgelaunte Mareike von der Geburtstagsfeier war überlebt. Mareike lief noch zwei Tage etwas zugeknöpft herum, aber dann fing sie sich wieder. Andrea vermutete einen Streit mit Laura als Ursache für die Stimmungsschwankung. Da sich alles wieder gelegt hatte, rührte sie nicht weiter an der Sache.

»Degenhardt? Etwa Klein- und Segelflugzeuge, den Degenhardt?« Andreas Verblüffung konnte nicht größer sein.

»Selbigen.«

»Ich dachte, der wäre fest in der Hand der Bering-Bank. Wie bist du an den rangekommen?«

»Mit dem richtigen Timing und natürlich meinem unwiderstehlichen Charme.« Mareikes Augen blitzten schalkhaft. »Degenhardt hat sich mit der Bering-Bank wegen eines Projekts in Australien verkracht. Es läuft weitaus besser als prognostiziert, aber bei Bering sträubt man sich, den Kreditrahmen zu vergrößern. Ich habe durch Zufall Wind davon bekommen.«

»Über welches Volumen reden wir?«

»Fünf, vielleicht sechs Millionen. Ich habe gleich einen Termin bei Brennicke deswegen. Wir müssen schnell reagieren. Also, was ist? Habe ich deine Unterstützung?«

Andrea nickte. »Hast du.«

»Perfekt.« Mareike drehte Andrea samt Sessel wieder so, dass sie ordnungsgemäß an ihrem Schreibtisch saß. Schon war Mareike auf dem Weg nach draußen.

»Um ein Angebot vorzubereiten, brauche ich aber noch die genauen Zahlen von dir«, rief Andrea ihr nach.

»Bekommst du.« Mareike hob, ohne sich umzusehen, winkend die Hand. »Wenn Brennicke abgenickt hat, mache ich mich sofort auf zu Degenhardt und lasse mir die Projektunterlagen geben.« Damit entschwand sie durch die Tür.

Andrea grinste in sich hinein. Da hatte Mareike ja einen Volltreffer gelandet. Und sie genoss den Erfolg sichtlich.

Mareike brachte tatsächlich noch am selben Tag die Projektunterlagen. »Ich weiß, es ist gleich Feierabend. Aber kannst du das Angebot heute noch fertig machen? Ich habe Degenhardt zugesagt, dass ich morgen früh acht Uhr wieder bei ihm bin. Die Sache eilt wirklich.«

Andrea schloss seufzend die Augen. »Ist in Ordnung«, stöhnte sie und schob die Papiere zur Seite, in denen sie gelesen hatte.

Mareike lächelte schuldbewusst. »Kann ich dir irgendetwas helfen?«

»Ja, holst du mir einen Kaffee aus der Küche? Den werde ich brauchen.«

»Ich eile.«

Zwei Minuten später setzte Mareike eine Kaffeetasse auf Andreas Schreibtisch ab. »Bitte.«

Andrea nickte nur. Sie blätterte bereits in Degenhardts Projektunterlagen, suchte nach den für sie interessanten Zahlen. »Ich finde keinen Endtermin für das Projekt.«

»Richtig. Es soll ein völlig neuer Geschäftsbereich an dem Standort wachsen.« Mareike stellte sich neben Andrea, stützte sich mit der Hand auf deren Schreibtisch ab, beugte sich zu ihr hinunter, sodass sie die Unterlagen ebenfalls einsehen konnte.

Andrea dachte laut weiter. »Also automatische Vertragsverlängerung, mit Anpassung der Kreditsumme. Die Konditionen fest für jeweils ein Jahr?«

»Ja«, bestätigte Mareike dicht neben Andrea.

Andrea räusperte sich. »Wir müssen die aktuellen Konditionen auf dem australischen Finanzmarkt prüfen.«

Mareike richtete sich wieder auf. »Ja, wenn sich Degenhardt an dem neuen Standort etabliert, wird das für ihn und damit auch für uns interessant«, führte sie Andreas Ansatz weiter. »Ich werde mich damit befassen. Du hast schon genug zu tun.« Sie legte sanft ihre Hand auf Andreas Schulter. »Wie sieht es eigentlich mit der Neubesetzung deines alten Postens aus? Tut sich da endlich was?«

»Schön wär's«, seufzte Andrea. »Offenbar gibt es zurzeit einen Mangel an qualifizierten Bankfachleuten auf dem Arbeitsmarkt. Ist das zu fassen? Die Personalabteilung hat mir bisher nur Nieten geschickt.«

»Ich trete denen mal ordentlich auf die Füße. Dir kann diese Doppelbelastung unmöglich länger zugemutet werden.« Gedankenlos strich Mareikes Hand über Andreas Rücken. Andrea drückte ihre vom langen Sitzen verspannten Schulterblätter nach hinten.

Eine Massage wäre jetzt nicht schlecht.

Während Andrea noch überlegte, ob sie Mareike darum bitten sollte, legten sich deren Hände in ihren Nacken, begannen ihre Schultern zu massieren, gerade so, als hätte Mareike Andreas Gedanken gelesen.

Lag es an den Daumen, die wie zufällig ihren Hals streichelten? Andrea kam es so vor, als wären Mareikes Berührungen heute anders als bei den vorherigen Massagen. Intensiver. Zärtlich? Konnte das sein?

Minuten vergingen. Bis Mareikes weiche Stimme unerwartet neben Andreas Ohr fragte: »Besser?«

Andrea meinte zu spüren, wie Mareikes Lippen sanft ihr Ohrläppchen berührten. Es war nur der Hauch einer Berührung. Sicher ein Zufall – oder auch nur Einbildung.

Mit belegter Stimme murmelte Andrea: »Ja, viel besser.«

Gleich darauf schalt sie sich. Mareike würde diese Antwort als Anlass nehmen, mit der Massage aufzuhören. Hätte sie doch lieber »ein wenig« gesagt. Doch Andreas Befürchtung erwies sich als unbegründet. Mareike hörte nicht auf. Sie massierten weiter behutsam Andreas Nacken.

Vorsichtig drehte Andrea sich um. »Danke. Das tut wirklich gut.«

Mareike wirkte abwesend. Sie erwiderte nichts, stand mit einem Ausdruck in den Augen da, als wäre sie in Gedanken ganz weit weg. Jetzt bemerkte sie Andreas Blick, lächelte unsicher, zog ihre Hände zurück.

Andrea wunderte sich. Mareikes Reaktion ... sie war verlegen. Wieso?

Na, weil sie in Gedanken bei Laura gewesen war. Sie hatte sich vorgestellt, es wären Lauras Schultern, die sie massierte, deren Nacken. Daher rührte die Sanftheit ihrer Hände.

Mareike fing sich offenbar wieder. Sie verließ ihren Platz hinter Andrea, setzte sich in einen der Stühle vor Andreas Schreibtisch und wartete.

Andrea tat, als hätte sie Mareikes abwesenden Zustand nicht bemerkt, und wandte sich wieder ihrem PC zu. Sie loggte sich in die Datenbank ein, legte Degenhardt als Neukunden an, vergab eine Angebotsnummer und gab die Angebotsdaten ein.

»So, fertig.« Per Mausklick gab Andrea Befehl zum Ausdrucken des Angebots in doppelter Ausführung.

Mareike griff nach den Seiten, die sich aus dem Drucker schoben und las sie prüfend durch. »Danke. Ich sehe gleich mal nach, ob Brennicke noch da ist, damit ich seine Unterschrift bekomme.« Sie stand auf. »Machst du Feierabend? Wir könnten noch einen Kaffee zusammen trinken gehen.«

Andrea hob die Tasse hoch, die Mareike ihr vor nicht einmal einer Viertelstunde auf den Schreibtisch gestellt hatte. »Bin bereits bedient. Danke. Außerdem muss ich noch ein wenig schaffen, damit ich morgen einigermaßen pünktlich wegkomme.«

»Was ist denn morgen?«, erkundigte Mareike sich.

»Kim und ich haben uns fürs Kino verabredet.«

Mareike schaute Andrea an. Merkwürdig düster, wie diese fand. Täuschte sie sich, oder war das wirklich Missfallen, was da über Mareikes Gesicht huschte?

»Kim?«

»Ja, du weißt schon, die Brünette von Saskias Geburtstagsfeier.«

»Ihr hattet wohl noch einen sehr . . . netten Abend?«

Andrea stutzte. Hörte sie da einen missmutigen Unterton in Mareikes Stimme? »Ja, sehr nett.«

Mareike stand wie angewurzelt vor Andreas Schreibtisch. Das Angebot und die darauf fehlende Unterschrift Brennickes schien sie vergessen zu haben.

»Was werdet ihr euch denn ansehen?«

»Ach, ich hatte noch gar keine Zeit, das Kinoprogramm zu studieren. Wir werden uns schon auf was einigen können.«

»Geht ihr anschließend noch was trinken?«

»Mal sehen. Schon möglich.« Wieso wollte Mareike das wissen?

»Du verträgst nicht viel Alkohol. Als Studentin ist Kim da sicher besser im Training. Pass lieber auf.«

»Worauf denn?«, fragte Andrea verwundert. Dann ging ihr auf, was Mareike meinte. »Oh, verstehe. Na ja, dafür ist es wohl noch zu zeitig. Wir kennen uns ja kaum.«

»Als wenn das ein Hindernis wäre«, brummte Mareike. »Dann noch der entsprechende Pegel und . . .«

»Zu deiner Information«, unterbrach Andrea sie etwas unwirsch. »Ich brauche keinen Pegel dazu.«

»Das habe ich damit auch nicht gemeint.«

»Sondern?« Andrea fühlte allmählich Ungeduld in sich aufsteigen.

»Pass einfach auf.«

»Wieso?« Andrea verstand nicht, was diese Diskussion überhaupt sollte. Mareike benahm sich wie eine besorgte Mutter, die ihrer vierzehnjährigen Tochter ans Herz legte, sie solle noch mit dem ersten Mal warten. Sie war aber weder vierzehn noch würde es das erste Mal sein. Wozu also das Ganze? »Wenn es passiert, passiert es eben. Na und? Kim ist erwachsen, ich bin erwachsen. Solange wir beide es wollen, wäre wohl nichts dagegen einzuwenden.«

»Wills du denn?«

Andrea wurde es jetzt zu viel. »Und wenn?« Sie empfand es als massive Einmischung, was Mareike hier an den Tag legte. »Was geht dich das überhaupt an? Geht es dir vielleicht zu schnell, wie ich über eine gewisse andere Sache hinwegkomme? Bist du beleidigt?«

»Nein, natürlich nicht. Man wird sich ja noch Gedanken machen dürfen«, verteidigte Mareike sich.

»Du brauchst dir keine Gedanken um mich machen. Ich komme sehr gut klar.«

»Dann ist ja alles in Ordnung. Warum regst du dich so auf?«

»Weil ...« Plötzlich war die Luft raus. Andrea winkte ab. »Ach, mach, dass du zu Brennicke kommst.«

Mareike verließ das Büro. Andrea sah ihr kopfschüttelnd nach.

Was war das denn?

18.

Andrea hatte ein gutes Gefühl, was den pünktlichen Feierabend betraf. Sie würde eben noch die Bestandsanalyse ausdrucken, dann den Schreibtisch aufräumen und nichts wie los. Andrea freute sich auf Kim und einen entspannten Kinoabend.

Das Läuten des Telefons verursachte ein Runzeln auf ihrer Stirn. Jetzt noch? Andrea seufzte. Wann lernte sie es endlich, es einfach mal klingeln zu lassen?

»Ich brauche eine Produktanalyse des Privatkundenbereichs. Und ich brauche sie gleich«, hörte sie Mareikes Stimme.

»Gleich? Hat das nicht bis morgen Zeit?«

»Dann hätte ich dich jetzt nicht angerufen. Ich wollte sichergehen, dass du nicht schon gehst. Ich komme gleich mal zu dir rüber.«

Andrea lehnte sich in ihren Schreibtischsessel zurück. Na prima. Also nichts mit in Ruhe nach Hause fahren und Entspannungsbad vor dem Kino.

Stattdessen Überstunden mit Mareike, die sich in jüngster Zeit ziemlich komisch benahm.

»Die PR-Firma braucht die Analyse, um sich ein Bild zu machen«, erklärte Mareike beim Eintreten. »Wir müssen uns auf ein, zwei Produkte bei der Werbekampagne festlegen. Es sollten aussichtsreiche Produkte sein, aber nicht die, die sich ohnehin sehr gut verkaufen.«

»Ach ja, die Werbekampagne«, erinnerte sich Andrea. Als wenn sie nicht genug zu tun hätte, musste sie nun auch noch dafür Zeit aufbringen. »Aber kann das nicht die IT-Abteilung machen? Ich meine, wenn du nur ein paar Prozentzahlen brauchst . . .«

Mareike legte eine dünne Mappe auf Andreas Schreibtisch. »Von dort komme ich gerade. Hier ist die Statistik. Was ich von dir will, ist, dass wir die Zahlen diskutieren. Wo, glaubst du, ist vielleicht bereits die Sättigung erreicht, wo siehst du das Potential. Eine Prognose. Ist das zu viel verlangt? Oder . . . sind deine privaten Verpflichtungen jetzt wichtiger?« Mareikes Stimme klang deutlich gereizt.

Andrea ging nicht weiter auf den Vorwurf ein und nahm

schweigend die Mappe. Nachdem sie den Inhalt studiert hatte, gab sie ihren Kommentar ab. Mareike hörte zu, nickte oder schüttelte den Kopf. Bevor Andrea es sich versah, zog Mareike sie in eine Debatte, in deren streckenweise sehr hitzigen Verlauf sie sich am Ende aber auf einen Favoriten einigten. Bald skizzierten sie am Computer ein Konzept für die Werbekampagne. Mareike zog sich einen Stuhl neben Andreas Sessel heran.

»Ich glaube, jetzt haben wir es«, meinte Andrea schließlich.

»Ja, ich denke auch.«

Sie schauten beide zufrieden auf den Bildschirm des PCs.

»Okay. Feierabend«, sagte Andrea. Dann fuhr sie erschrocken auf. »O je. Wie spät ist es?«

»Kurz nach sechs.«

»Verdammt.« Andrea begann hektisch nach ihrem Handy zu suchen. »Ich war doch für halb sieben mit Kim verabredet. Das schaffe ich niemals.«

Andrea fand ihr Handy und wählte Kims Nummer. Sie musste nicht lange warten, bis abgenommen wurde.

»Tut mir leid, ich bin noch im Büro. Wir müssen unsere Verabredung verschieben. ... Ja ... Du bist nicht sauer? ... Gott sei Dank. ... Ja, wir probieren es am Wochenende. Ich rufe dich an, okay? ... Du bist ein Schatz.« Andrea legte das Handy zur Seite und schaute verlegen in Mareikes Richtung. »Sie war ganz verständnisvoll. Nicht die Spur gekränkt.«

Mareike lächelte, als hätte sie einen sauren Drops im Mund. »Wochenende ist doch auch sowieso viel besser. Ich meine ... wo du so weitreichende Pläne hattest.«

Andrea kniff die Augen zusammen, musterte Mareike. »Du bist in letzter Zeit echt eigenartig. Was ist denn los mit dir?«

»Was soll los sein?«, blockte Mareike ab.

»Das frage ich dich«, sagte Andrea mit sanftem Nachdruck. »Ich kenne dich mittlerweile gut genug und weiß, du kannst hin und wieder unvorhersehbar reagieren, aber solche Stimmungsschwankungen ... Du bist in letzter Zeit so ... na ja ... empfindlich. Beinahe ungehalten.« Andrea zögerte. Sollte sie fragen? »Ist was nicht in Ordnung bei euch? Bei dir und Laura?«

Wenn es in der Beziehung zwischen den beiden mal wieder kriselte, würde das Mareikes häufig üble Laune erklären.

Mareike erhob sich von ihrem Stuhl und stellte ihn zurück an seinen ursprünglichen Platz. Sie sah Andrea an. »Laura geht wieder nach New York.«

Andrea wartete. Sie spürte, dass das noch nicht alles war.

»Sie hat mich gefragt, ob ich mitkommen will.«

Stille im Raum. Andrea schluckte, rang nach Fassung.

»Oh«, brachte sie endlich unter großer Anstrengung heraus. Eine unsichtbare Faust hatte sich in ihren Magen gerammt. Während sie mit der aufkommenden Übelkeit kämpfte, versuchte sie, Mareikes Worten zu folgen.

»Laura fliegt in zwei Wochen. Ich könnte kurze Zeit später nachkommen. Wenn Wohnung und Job gekündigt sind.« Mareike zuckte mit den Schultern. »Tja, so sieht es aus. Ich stehe verständlicherweise etwas neben mir, bin durcheinander. Einerseits bin ich natürlich froh, dass sie mich gefragt hat, andererseits . . . habe ich ein merkwürdiges Gefühl.«

»Weil es bedeutet, viel zurückzulassen. Deine Familie, deinen Job, Freunde.« Die Worte fielen Andrea schwer. Ihre Kehle schnürte sich mehr und mehr zu.

»Meine Familie?« Mareike lächelte spöttisch. »Wie du weißt, komme ich gut ohne die aus. Der Job? Na ja, wäre schade drum. Aber falls ich zurückkomme, habe ich kein Problem, einen neuen, vielleicht sogar besseren zu finden. Immerhin habe ich dann auch noch Auslandserfahrung anzubieten. Bleiben die Freunde. Aber wenn ich es genau überdenke, die wenigen, die ich habe, sind im ganzen Land verteilt, und wir sehen uns sowieso nur einmal in fünf Jahren. Sonst telefonieren oder mailen wir. Das kann ich auch vom Ausland aus. Nein, das alles ist es nicht.« Mareike schüttelte den Kopf.

»Es ist immerhin ein völlig fremdes Land. Weit weg von allem, was du kennst. Ein großer Schritt ins Ungewisse.« Andrea verbarg ihre Hände unter dem Schreibtisch. Mareike sollte nicht sehen, wie sie zitterten. Hoffentlich klang ihre Stimme fest genug.

»Ja. Und auch wieder nicht. Laura hat dort Freunde, sie kennt die Gegebenheiten. Für sie ist es ein vertrauter Ort. Die Umstellung sollte unter diesen Voraussetzungen auch für mich nicht so schwer werden. Trotzdem ...«

In Andrea keimte ein zarter Funke Hoffnung auf. »Wenn du so große Zweifel hast, dann bleib doch hier.«

Mareike seufzte. »Dann verliere ich Laura ein weiteres Mal. Vielleicht endgültig.«

Noch Minuten, nachdem Mareike gegangen war, saß Andrea wie betäubt da. Tiefer und tiefer brannte sich die Bedeutung von Mareikes Worten in ihr ein: Mareike würde bald nicht mehr da sein.

Denn dass sie sich am Ende dafür entscheiden würde, mit Laura zu gehen, stand außer Frage. Im Moment war Mareike zwar noch etwas durcheinander. Aber am Ende würde sie Laura folgen.

Dem Stich in Andreas Herzen folgte Leere. Bisher hatte sie geglaubt, Mareike jeden Tag zu sehen und zu wissen, dass deren Herz einer anderen gehörte, wäre schlimm. Schlimmer konnte es nicht werden. Sie hatte sich geirrt.

Seit Mareike von ihrem bevorstehenden Weggang nach New York erzählt hatte, wachte Andrea jeden Morgen mit dem Gedanken auf, dass am Ende des Tages der Abschied weitere vierundzwanzig Stunden näher gerückt war. Dieser Gedanke lähmte Andrea. Es kostete sie immer wieder aufs Neue eine unheimliche Willensanstrengung, nicht dem Wunsch nachzugeben, einfach im Bett liegenzubleiben.

Blau machen, nur einen Tag.

Der Gedanke lockte. Sie müsste dann nicht dieses Gefühl der Leere in sich bekämpfen, um wenigstens einigermaßen passabel die anstehenden Besprechungen und Kundenbesuche zu bewältigen. Sie könnte sich einfach gehenlassen, müsste die häufig aus dem Nichts aufsteigenden Tränen nicht zurückzudrängen.

Aber das ging natürlich nicht. Sie musste aufstehen, ihren Job machen.

Also tat sie es, funktionierte. Wie eine Maschine. Beobachtete sich dabei selbst wie eine Außenstehende. Sah eine ihr fremde Person, ohne jedwedes Engagement.

Sobald Andrea allein mit sich war, im Büro oder zu Hause, fiel auch das letzte bisschen Energie von ihr ab. Jede Bewegung stellte eine übermenschliche Kraftanstrengung dar. Es überforderte Andrea, irgendeine Entscheidung zu treffen. War es nun die, einen Anruf zu tätigen, einen Ordner aufzuschlagen oder auch nur, sich einen Kaffee zu machen, geschweige denn etwas zu essen.

Andrea entging nicht, wie Weller sie immer öfter kritisch musterte, unzufrieden mit der ungewohnten Trägheit seiner jungen Kollegin. In einer Phase, wo jeder Tag zählte. Er konnte sich Andreas Veränderung nicht erklären. Auf seine diesbezüglichen Fragen antwortete Andrea ausweichend, reagierte zuweilen sogar gereizt.

Andrea tat es leid, dass sie ihren alten Kollegen und Freund so anfuhr. Aber es ging streckenweise über ihre Kräfte, sich zusammenzureißen. Besonders angespannt war Andrea, wenn sie von einem Termin mit Mareike kam, wo sie mal wieder alles daran gesetzt hatte, sich nicht anmerken zu lassen, wie es in ihrem Inneren aussah. Doch es ging noch schlimmer. Zum Beispiel wenn Mareike Andrea irgendwo abfing und sie zu Problemen befragte, etwa ob sie ihre Wohnung untervermieten oder besser gleich kündigen sollte oder wo sie ihre Möbel einlagern konnte.

Mareike dagegen war – nun, wo sie endgültig die Entscheidung getroffen hatte, mit Laura zu gehen – wieder ganz die alte. Souverän, ausgeglichen, manchmal etwas schnippisch.

Andrea entwickelte eine neue Lieblingsphantasie. Sie bestand darin, dass Mareike sie plötzlich in den Arm nahm und sagte, dass das Ganze eine Schnapsidee war, dass sie nicht nach New York ging. Weil sie nicht ohne sie, Andrea, sein wollte.

Natürlich passierte nichts dergleichen. Und mit jedem Tag wurde Andrea schmerzlicher bewusst: Mareike würde bald auf einem anderen Kontinent wohnen, ein neues Leben aufnehmen, neue Freunde finden.

Und an dich wird sie höchstens hin und wieder, aber auch nur vielleicht, mit einem kleinen Lächeln denken. Die Frau, die ihr das Leben schwermachte und dennoch so was wie eine Freundin wurde. Für eine kurze Zeit. Vielleicht kam Mareike auch noch ein Gedanke wie: Schade eigentlich, es wäre schön, wenn Andrea jetzt hier wäre, aber man kann nicht alles haben.

Andrea seufzte einmal tief in sich hinein, schlug die Bettdecke zurück. Schwerfällig stand sie auf und schlurfte ins Bad. Wie schon die Tage zuvor, vertrieb die Dusche die Müdigkeit, jedoch nicht die innere Antriebslosigkeit. Aber das erwartete Andrea auch nicht mehr. Die Erfahrungen der letzten Tage zeigten, dass die ein Dauerzustand war. Auch das Frühstück mit einem starken Kaffee würde daran nichts ändern.

Andrea ergab sich in ihre morgendliche Routine, an deren Ende sie den Wohnungsschlüssel vom Schlüsselbrett nahm und zum Auto ging.

Auf der Fahrt zur Bank fiel Andrea ein, dass sie sich heute eigentlich besonders gut fühlen müsste. Praktisch begann ein neuer Abschnitt in ihrem Leben. Weller feierte seinen Abschied, und sie nahm seine Stelle ein. Sie war damit die jüngste Frau in der Geschichte der Bank so weit oben auf der Karriereleiter. Aber selbst diese doch sehr erfreuliche und für die Zukunft sehr aussichtsreiche Tatsache konnte Andreas Niedergeschlagenheit nicht vertreiben. Sie fühlte sich an einem Tiefpunkt. Denn Wellers Abschied erinnerte sie nur daran, dass bald ein weiterer folgen würde. Mareikes.

Brennicke würdigte in seiner Ansprache Wellers Arbeit in sechsundzwanzig Jahren Unternehmenszugehörigkeit, hob seine besonderen Fähigkeiten heraus, die dazu führten, dass Kunden und Mitarbeiter ihn nicht nur anerkannten, sondern schätzten. Die zahlreiche Präsenz der Abschiednehmenden bestätigte das. Viele Kunden hatten es sich nicht nehmen lassen, einen Vertreter als Gratulanten zu schicken.

Es folgten weitere Ansprachen und gute Wünsche. Schließlich eröffnete Weller mit einer kleinen Dankesrede das Buffet.

Beim allgemeinen Smalltalk gesellte sich Täufler vom Investment zu Andrea. Andrea hörte ihm nur mit halbem Ohr zu, bis er feststellte: »Frau Holländer wird uns ja nun auch bald verlassen. Lange hat es sie ja nicht bei uns gehalten. Wissen Sie Genaueres?«

Andrea schüttelte den Kopf.

»Werden Sie sich erneut für die Stelle als zweite Geschäftsführerin bewerben?«, fragte Täufler weiter. Es schien so, als wollte er es tun und seine Chancen ausloten.

Andrea verneinte. »Brennicke würde meine Bewerbung gar nicht erst annehmen. Was gäbe das für ein Chaos, nachdem ich gerade Wellers Platz eingenommen habe«, fügte sie erklärend hinzu. »Ich glaube auch, ich werde mit meiner jetzigen Aufgabe sehr zufrieden sein.« *Besonders, weil ich es nicht ertragen könnte, in Mareikes Büro zu arbeiten. In ständiger Erinnerung an sie.*

»Ich habe gehört, der Nachfolger für die Bestandsabteilung ist endlich gefunden.«

»Ja, Gott sei Dank. So konnte das nicht weitergehen.«

»So konnte was nicht weitergehen?« Brennicke trat zu ihnen, an seiner Seite Mareike.

»Ähm ... na ja ...« Andrea wusste nicht recht, inwieweit sie ihren Chef in der Sache kritisieren durfte, ohne dass dieser es gleich als Vorwurf betrachtete.

»Frau Lange sprach sicher von der Doppelbelastung, der sie über einen sehr langen Zeitraum ausgesetzt war«, sprang Mareike für Andrea ein. »Da haben wir uns beide nicht mit Ruhm bekleckert, Herr Brennicke. Wir haben die Kollegin schamlos ausgenutzt.«

Dass Mareike sich in die Kritik mit einbezog, machte es für Brennicke leichter, sich eine Art Entschuldigung abzuringen. »Sollte sich so etwas wiederholen, zögern Sie nicht, Frau Lange. Sagen Sie mir umgehend Bescheid, und ich trete der Personalabteilung sofort auf die Füße.« Um von dem unangenehmen Thema abzukommen, lenkte er schnell auf etwas anderes. »Übrigens, Frau Lange, ich weiß nicht, ob Sie es schon gehört haben. Frau Holländers Bemühungen um Schössler in den letzten Wochen haben sich bezahlt gemacht. Man will im neuesten Projekt wieder mit uns zusammenarbeiten. Außerdem hat Frau Holländer weitere Termine mit potentiellen Kunden in Hamburg. Sie wird am Montag für drei Tage dorthin fahren.« Brennicke seufzte. »Da Frau Holländer uns bedauerlicherweise ja auch bald verlässt, wäre es mir lieb, wenn Sie sie begleiten. Wir brauchen immerhin eine Kontaktperson, bis Frau Holländers Nachfolge geklärt ist.«

Andrea sah, wie Mareikes Stirn sich kräuselte. Nur eine Nuance, kaum auszumachen, aber sie kannte Mareike gut genug, um zu wissen, dass die so ihre Überraschung überspielte. Speziell den Teil, der ihr nicht behagte.

»Aber Herr Brennicke«, hob Mareike zum Widerspruch an. »Gerade erst haben wir festgestellt, dass Frau Lange über lange Zeit überbelastet wurde. Wir wollen doch denselben Fehler nicht gleich wieder machen.«

Brennecke hob bedauernd die Hände. »Das Problem ist, dass Frau Lange nun mal die am besten geeignete Person dafür ist. Ich weiß,« er wandte sich an Andrea, »Ihre Belastung direkt nach Wellers Weggang ist sehr hoch. Leider kann ich keine Rücksicht darauf nehmen. Der Kundenumgang fällt nun mal mit in Ihr Aufgabengebiet.«

Brennickes Logik hatte Andrea nichts entgegenzusetzen.

An Mareike gerichtet, fuhr Brennicke fort: »Wenn es Ihnen gelingt, diese Kunden für uns zu gewinnen, rückt Ihre Idee von einer Filiale in Hamburg tatsächlich in den Bereich des Möglichen. Schade für Sie, dass die Früchte Ihrer Arbeit dann andere ernten.« Brennicke seufzte erneut. »Ist Ihr Entschluss, wegzugehen, wirklich unumstößlich?«

Andrea glaubte, echtes Bedauern in seiner Stimme zu hören. Nicht weil Brennicke Mareike vermissen würde. Als Kollegin war sie eher eine Konkurrenz für ihn. Aber sie hatte sich warmgelaufen, brachte der Bank neue Kunden und ließ ihn damit auch besser dastehen. Genau das war Brennickes Rechnung gewesen. Und nun, wo sie aufging, war auch schon wieder Schluss damit. Es würde einige Zeit dauern, einen guten Ersatz zu finden, und auch der bräuchte eine Anlaufphase.

Andrea wartete auf Mareikes Antwort. Hoffnung keimte auf. Brennicke bot Mareike praktisch gerade die Leitung der Filiale in Hamburg an. Oder doch zumindest seine volle Unterstützung im Vorstand für die Idee dieser Filiale. Und wer, wenn nicht die Initiatorin, würde die dann wohl leiten?

Mareike zögerte tatsächlich einen Moment. Ihr Blick ging zu Andrea, verweilte dort. Dann ein kurzes Schließen der Augen, die Verbindung war gelöst. »Absolut unumstößlich.«

Andrea nippte schnell einen Schluck von ihrem Sekt. Ein Reflex, um die Enttäuschung zu verbergen.

Brennicke nahm Mareikes Antwort mit einem Lächeln auf. »Das dachte ich mir.« Er hatte nichts anderes erwartet.

19.

Andreas Zwiespalt konnte nicht größer sein. Drei Tage mit Mareike. Sie wusste nicht, ob sie sich über diese unerwartete Wendung freuen oder Angst davor haben sollte. Dementsprechend gemischte Gefühle beherrschten sie am Wochenende vor der Reise.

Aber dann meldete sich Andreas Lieblingsphantasie zurück, und sie konnte nicht vermeiden, dass sich eine freudige Erwartung in ihr aufbaute. Erwartung genug, ihre Zwiespältigkeit beiseitezuschieben und der Fahrt nach Hamburg mit gehobener Stimmung entgegenzusehen.

Drei Tage mit Mareike. Vielleicht hatte sie ja doch noch Zweifel an ihrem Umzug. Vielleicht entschied sie sich noch anders. Solange sie nicht weg war, war schließlich alles möglich.

Mareike holte Andrea Montagmorgen direkt von zu Hause ab. Sie fuhren noch kurz ins Büro, um ein paar Unterlagen zu holen. Anschließend ging es direkt auf die Autobahn in Richtung Norden.

Andrea versuchte ein Gespräch in Gang zu bringen, merkte aber schnell, dass Mareike nicht der Sinn danach stand. Deren Antworten kamen verzögert und waren dazu sehr einsilbig. Also stellte Andrea ihre Konversationsbemühungen ein. Wenn Mareike lieber ihre Ruhe haben wollte, würde sie sie ihr lassen.

Ob Mareikes Gedanken bei Laura in New York waren? Sie war vorgestern abgeflogen, so viel wusste Andrea. Oder ging Mareike in Gedanken einfach nur noch mal ihre Strategie für die anstehenden Kundengespräche durch?

Andrea sah Mareike von der Seite an. In diesem Moment wandte Mareike den Kopf zu Andrea, kreuzte deren fragenden Blick.

»Entschuldige«, sagte Mareike lächelnd. »Ich war in Gedanken.«

»Schon in Ordnung. Ich störe dich nicht weiter.«

»Du störst mich nicht.« Zögern. »Vielleicht kannst du mir sogar helfen.«

»Wobei?«

Mareike kaute noch etwas unentschlossen auf ihrer Unterlippe. »Wenn du an meiner Stelle wärst, was würdest du machen?«, fragte sie stockend. »Würdest du alles aufgeben, um der Frau, die du liebst, zu folgen?«

Andreas Magen krampfte sich zusammen. Ausgerechnet dazu wollte Mareike ihren Rat? Und überhaupt ... »Ich dachte, du hättest dich entschieden.«

»Hab ich auch. Aber, na ja, ich fühle mich nicht wie erwartet. Nicht so befreit, wenn du verstehst, was ich meine.

»Nicht ganz«, erwiderte Andrea zurückhaltend.

Mareike schwieg wieder. Andrea dachte schon, dass wäre alles, als Mareike fortfuhr. »Laura war seit jeher in meinen Gedanken, meinen Träumen. Immer habe ich mir gewünscht, dass wir schließlich zusammenkommen würden. Nun sind wir es, und ich müsste überglücklich sein. Ich bin auch glücklich, aber ... es ist ganz anders, als ich dachte. Nicht so unbeschwert und bedenkenlos.«

»Du bist keine zwanzig mehr. Da fühlt man eben anders.«

»Du meinst, die Schmetterlinge werden mit der Zeit flügellahm? Ist das wirklich so?«

Andrea schmunzelte. »Das hoffe ich nicht. Dennoch. Man wird besonnener. Glaubst du nicht?«

»Besonnener«, wiederholte Mareike nachdenklich. »Bin ich deshalb so unsicher?«

Darauf hatte Andrea keine Antwort.

»Also, was meinst du? Tue ich das Richtige?«, kam Mareike zum Ausgangspunkt zurück.

»Ich kann dir nicht sagen, was das Richtige für *dich* ist.«

Mareike seufzte. »So ähnlich hat Laura es auch formuliert. Sie rief gestern an. Erzählte, dass sie schon ein paar ihrer Freunde getroffen hätte, sich auf den neuen Job freue. Als sie so mitten im Schwärmen war, fragte ich sie, ob sie für mich dasselbe tun und das, was ihr am Herzen liegt, verlassen würde. Sie meinte, dass niemand das vom anderen verlangen kann. Was sie ja auch nicht hätte. Es sei meine Entscheidung.«

»Damit hat sie wohl recht.«

»Ja, aber ... von *ihr* hätte ich eine andere Antwort erwartet. Verstehst du?«

Diesmal wusste Andrea sehr wohl, was Mareike meinte. »Ja.«

Natürlich hatte Mareike sich von Laura eine einfühlsamere Antwort erhofft.

»Seien wir mal ehrlich. Lauras Antwort war nichts anderes als eine Umschreibung für Nein. Oder?«

Andrea schwieg betreten.

Mareike schüttelte leicht den Kopf. »Laufe ich einer Frau hinterher, weil ich von einem Traum beherrscht werde?«, fragte sie mehr an sich selbst als an Andrea gerichtet. »Ich werde wohl erst Klarheit bekommen, wenn ich drüben bin.«

Andreas Magen krampfte sich ein weiteres Mal zusammen. »Ich werde dich vermissen«, sagte sie leise.

Zum ersten Mal sprach Andrea es aus. Es lag eigentlich nicht in ihrer Absicht. Es rutschte mehr so heraus. Aber nun war es eben passiert.

Mareike wandte ihr den Kopf zu. »Ich dich auch.« Da die Straße ihre Aufmerksamkeit erforderte, sah sie wieder geradeaus. »Genau genommen bist du die Einzige, die ich vermissen werde.«

Andrea schloss die Augen.

Nein, bitte, Schluss damit. Ich halte das nicht aus! Schon gar keine drei Tage.

»Bitte sag so etwas nicht«, presste Andrea gequält hervor. »Ich ... es ist schon schwer genug für mich.« Sofort bereute sie ihre Worte.

O Gott. Warum habe ich das gesagt? Jetzt weiß sie, wie es in mir aussieht. Und wahrscheinlich steht es auch in meinem Gesicht.

Andrea senkte schnell den Blick, um zu retten, was zu retten war. Sie hatte nicht gewollt, dass Mareike diesen Einblick erhielt. Ihre Gefühle für Mareike sollten ihr Geheimnis bleiben.

Trotz gesenkten Kopfes spürte Andrea Mareikes kurzen, intensiven Blick. Schweigen legte sich zwischen ihnen. Einige Kilometer lang sagte keine von ihnen etwas.

»Aber ich dachte ...«, begann Mareike schließlich zögernd. »Du sagtest doch ... es wäre nichts. Und dass du darüber hinweg bist.«

In diesem Moment merkte sie wohl, dass an dem, was sie sagte, etwas nicht stimmte. Warum sollte man über *nichts* hinwegkommen müssen?

Andrea blickte auf. »Was sollte ich denn sonst sagen?«, entgegnete sie mit leiser Stimme. »Du warst mit Renate liiert. Und dann tauchte Laura auf.«

Ein Moment entstand bedrückendes Schweigen.

»Jetzt wird mir einiges klar«, beendete Mareike die Stille. Langsam, als müsse sich die Erkenntnis erst formen, sagte sie leise: »Deshalb warst du oft so schwer zugänglich.« Ein leichtes Schmunzeln. »Eine regelrechte Kratzbürste manchmal.« Das Lächeln verschwand sofort wieder aus ihrem Gesicht. »Es tut mir leid.«

»Aber du kannst ja nichts dafür. Ich wusste schließlich immer, woran ich war.«

Mareike seufzte. »Hättest du doch nur was gesagt.«

»Wieso?« Andrea wusste nicht, was das hätte ändern können.

Mareikes Blick war starr geradeaus gerichtet. Sie antwortete nicht. Andrea vermutete, dass Mareike ihre Frage nicht gehört hatte. Da Andrea sie sowieso eher nebenher gestellt hatte, wiederholte sie sie nicht.

Das Gespräch verebbte.

Bei der Ankunft im Hotel gab es ein Problem.

»Wir haben nur eine Reservierung für Holländer, nicht für Lange.« Die Rezeptionistin gab zum dritten Mal Andreas Namen in den Computer ein. Bedauernd sah sie Andrea an. »Tut mir leid.«

Andrea winkte ab. »Macht ja nichts. Geben Sie mir einfach irgendein freies Zimmer.«

»So einfach ist das leider nicht. Im Hotel findet eine Tagung statt. Wir sind ausgebucht. Wir mussten schon einige Teilnehmer anderweitig unterbringen.«

Andrea seufzte. »Okay. Wo?«

»Das Continental könnte Sie aufnehmen. Mit dem Taxi zehn

Minuten von hier«, gab die Hotelangestellte hilfreich Auskunft. Plötzlich hellte sich ihre betrübte Miene auf. »Aber Sie haben ja ein Doppelzimmer«, strahlte sie Mareike an.

»Nein, nein, schon in Ordnung. Ich fahre ins Continental.« Andrea wollte Mareike gar nicht erst in Verlegenheit bringen. »Rufen Sie mir bitte ein Taxi.«

»Blödsinn«, wehrte Mareike ab. »Natürlich teilen wir das Zimmer. Außerdem drängt die Zeit. In einer Dreiviertelstunde ist der Termin mit Schössler.«

Andrea fühlte sich überrumpelt. Mareike konnte doch ihr Gespräch auf der Fahrt hierher nicht schon wieder vergessen haben. Also musste sie auch wissen, dass es eher keine gute Idee war, gemeinsam ein Zimmer zu nehmen. Aus Andreas Sicht viel zu viel Nähe, betrachtete man die Umstände. – Aber sollte sie das hier in der Hotelhalle mit Mareike diskutieren?

Du kannst deine Gefühlsprobleme später lösen, Andrea. Jetzt gehst du erst mal mit aufs Zimmer und vergisst alles, was nicht mit der Arbeit zu tun hat.

So fügte sich Andrea den Umständen. Sie gingen aufs Zimmer, machten sich frisch. Mareike beschäftigten ausschließlich die bevorstehenden Verhandlungen. Sie gab Andrea noch ein paar Hinweise, wie sie die Gespräche anzugehen gedachte, und instruierte Andrea, welchen Part sie übernehmen sollte. Andrea war etwas irritiert über Mareikes plötzliche, fast distanzierte Sachlichkeit. Aber im Grunde war sie ihr auch sehr recht. Dieses dumme Geständnis im Auto vergaßen sie beide am besten ganz schnell wieder.

Die Dämmerung ging bereits in Dunkelheit über, als das Taxi vor dem Hotel hielt. Es war ein anstrengender, dafür erfolgreicher Tag gewesen.

»Drei Termine, zwei Vertragsabschlüsse. Das macht dir so schnell niemand nach.« Andrea gab sich keine Mühe, ihre Anerkennung zu verbergen. Mareikes Verhandlungserfolge verdiente sie uneingeschränkt. Neidlos gestand sich Andrea ein, dass sie nur bessere Staffage in den Gesprächen gewesen war.

»Und Nummer drei ziert sich nur der Form halber noch«, ergänzte Mareike triumphierend. »Ich maile Brennicke gleich die guten Nachrichten.«

Sie betraten die Hotelhalle und gingen zum Fahrstuhl. »Anschließend können wir im Restaurant was zu Abend essen.«

In ihrem Zimmer angekommen, legte Mareike die Unterlagen auf dem Tisch ab, die Tragetasche des Laptops daneben. Der Reisverschluss der Tasche surrte. Mareike nahm das Gerät heraus und klappte es auf.

Derweil ging Andrea zum Telefon, rief die Rezeption an und bat darum, dass man im Continental ein Zimmer für sie reservierte. Ihre Befürchtung, dass Mareike protestieren würde, trat nicht ein. Deren Augen, und offenbar auch alle anderen Sinne, hingen am Laptop. Scheinbar waren noch ein paar E-Mails gekommen. Und scheinbar war etwas Wichtiges dabei, denn Mareike wirkte beim Lesen regelrecht abwesend.

Andrea wartete. Mareikes Blick haftete am Bildschirm. Sie dachte wohl über die Formulierung einer Antwort nach, die sie schreiben wollte. Allerdings ungewöhnlich lange, wie Andrea fand. Sie ging zu Mareike hinüber, blieb hinter ihr stehen.

»Brauchst du noch lange?«

Keine Antwort.

»Mareike?« Andrea legte ihre Hand auf Mareikes Schulter.

Mareike zuckte leicht zusammen. »Was?« Sie klappte eilig das Laptop zu.

»Schlechte Nachrichten?«, fragte Andrea.

Mareike bemühte sich um Fassung, das sah Andrea ihr an.

»Gehen wir essen«, erwiderte Mareike lediglich und stand auf.

Es wurde ein schweigsames Abendessen. In Andrea verstärkte sich der Verdacht, dass Mareike eine schlechte Nachricht erhalten haben musste.

Auch weil Mareike mit wenig Appetit aß, obwohl sie im Taxi

meinte, dass ihr der Magen knurrte. Als die Kellnerin kam, um abzuräumen, fragte sie angesichts Mareikes halbvollen Tellers: »War alles in Ordnung mit dem Essen?«

Mareike nickte nur. Kurz darauf stand sie vom Tisch auf. »Ich mache noch ein paar Schritte an der frischen Luft.«

Andrea wollte sich ihr anschließen. Doch Mareike wehrte ab. »Entschuldige. Ich möchte gern einen Moment allein sein.«

Also ging Andrea aufs Zimmer. Unschlüssig, ob sie ins Continental fahren oder erst noch auf Mareike warten sollte, stand sie vor ihrem Koffer. Sie entschloss sich zu warten. Sie hätte keine ruhige Minute, von Schlaf ganz zu schweigen, bevor sie wusste, dass Mareike wohlbehalten zurück war. Sie wirkte, als stände sie völlig neben sich. Welche Nachricht hatte sie nur so durcheinandergebracht?

Andrea schaute zu dem Tisch, wo das Laptop lag. Mareike hatte es nur zugeklappt, als sie gingen, nicht abgeschaltet. Andrea wusste, wenn sie hinging und es aufklappte, würde dort die letzte aktuelle Einstellung erscheinen. Die Mail, die Mareike zuletzt gelesen und die sie so abwesend angestarrt hatte.

Die nicht für dich bestimmt ist.

Zögernd näherte Andrea sich dem Tisch, blieb unentschlossen davor stehen. Sollte sie ...? Aber das wäre eindeutig nicht in Ordnung. Man las nicht in anderer Leute Post. Post war etwas Privates, selbst wenn sie geschäftlich war. Aber hier handelte es sich ganz sicher um was Privates. So seltsam, wie Mareike reagiert hatte. Ein geschäftliches Problem hätte sie angesprochen.

Langsam streckte Andrea die Hand nach dem Laptop aus, zog sie zurück.

Du würdest auch nicht wollen, dass jemand in deinen privaten Sachen rumschnüffelt.

Doch wie unter einem Zwang streckte sich ihre Hand erneut aus und diesmal erreichte sie das Laptop, klappte es auf. Der Bildschirm flammte auf. Andrea setzte sich davor. Für einen kurzen Moment schloss sie die Augen. Dann las sie:

Liebe Mareike.

Ich habe dir nichts von Carla erzählt, weil ich sicher war, sie nie wieder zu sehen. Aber so ist das im Leben. Oft kommt es dann doch anders.

Carla und ich lebten zwei Jahre in New York zusammen. Sie ist Brasilianerin, Tochter eines alteingesessenen Zuckerbarons. Ihre Familie war immer gegen unsere Beziehung und schließlich drohte Carlas Vater, sie auszustoßen. Sie verließ mich, kehrte zurück nach Hause.

Du kannst das sicher nicht nachvollziehen, aber für Menschen wie Carla ist ein Leben ohne ihre Familie, selbst unter solchen Umständen, undenkbar. Um so tragischer, dass gestern ihre Eltern mit dem Privatflugzeug abstürzten. Carla braucht mich jetzt. Ich bin auf dem Weg zu ihr.

Carla ist das für mich, was ich für dich bin. Ich habe nie verstanden, wie du mir alle meine Fehler verzeihen kannst – bis ich sie traf.

Es tut mir unendlich leid, dass ich dich ein weiteres Mal enttäusche.

Laura.

Andrea saß regungslos vor dem Laptop. Automatisch las sie Lauras Mail ein weiteres Mal, immer noch ungläubig, was dort stand.

Dann die Erkenntnis.

Mareike geht nicht nach New York.

Das hieß das doch, oder? Warum sollte sie? Jetzt, wo Laura nicht mehr dort war. Und noch viel mehr, wo es auch keinen Grund mehr gab, Laura zu folgen.

Mareike geht nicht nach New York!, jubelte es in Andrea. Die Last, die ihr vom Herzen fiel, war so groß, dass sie im ersten Moment der Freude völlig vergaß, was das für Mareike bedeutete. Als Andrea bewusst wurde, wie Mareike sich fühlen musste, schämte sie sich ihrer Freude. Mareikes Enttäuschung saß natürlich tief. Kein Wunder, dass sie beim Abendbrot so schweigsam war und jetzt allein sein wollte.

Andrea klappte das Laptop zu, stand auf, schaute auf ihren Koffer. Sollte sie Mareike in dieser Situation allein lassen? Nein, das brachte sie nicht über sich. Auch wenn sie Mareike kaum helfen konnte. Vielleicht half es aber, dass sie da war. Und vielleicht würde Mareike ja mit ihr reden wollen.

Bis dahin musst du dich aber verhalten wie immer. Schließlich weißt du von nichts.

Mareike kam erst eine ganze Stunde später aufs Zimmer. Andrea sah fern.

»Du bist noch hier?«, fragte Mareike. »Wolltest du nicht ins Continental?«

»Da war auch nichts mehr frei«, gab Andrea vor. Sie hatte das Zimmer wieder abbestellt.

Mareike nickte nur abwesend. »Ich bin unheimlich müde«, sagte sie und verschwand im Bad.

Andrea wusste zwar nicht, wie lange Mareike normalerweise im Bad zubrachte, aber als sie nach einer halben Stunde immer noch drin war, begann sie, sich Sorgen zu machen. Sie stand auf, klopfte vorsichtig an die Badezimmertür.

»Mareike? Ist alles in Ordnung?«

Keine Antwort.

»Mareike?«

Jetzt rührte sich was hinter der Tür. Mareike öffnete.

»Entschuldige, ich habe etwas gebummelt. Musst du auf Toilette?«

»Äh . . . ja.«

Zurück im Zimmer, fand Andrea Mareike bereits im Bett an, mit dem Rücken zur Bettmitte. Andrea schaltete den Fernseher aus.

»Es stört mich nicht, wenn du noch fernsiehst«, sagte Mareike leise.

»So spannend ist es ja nicht«, meinte Andrea. »Außerdem müssen wir morgen früh raus. Ich lege mich auch hin.«

Andrea bestellte bei der Rezeption noch den Weckruf für halb sieben, dann ging sie ins Bad, um sich die Zähne zu putzen. Es war für sie nicht erkennbar, ob Mareike schon schlief, als sie sich neben sie legte. Deshalb war ihr »Gute Nacht« mehr ein Flüstern.

»Gute Nacht«, erwiderte Mareike leise.

»Ist alles in Ordnung?«, erkundigte Andrea sich besorgt. Dabei konnte sie sich die Frage gleich selbst beantworten. *Natürlich ist nicht alles in Ordnung.* Doch sie fragte auch nicht wegen der Antwort, sondern sie wollte Mareike das Gefühl geben, dass jemand da war, der sich um sie sorgte. Ein: Du bist nicht allein, auch wenn es dir jetzt so vorkommt.

»Ja, alles in Ordnung«, lautete die Antwort, von der Andrea nur zu gut wusste, dass sie wahrheitsferner kaum sein konnte. *In Ordnung* beschrieb Mareikes momentane Verfassung ganz sicher falsch. Abgesehen von der erneuten Enttäuschung, fühlte Mareike sich wahrscheinlich auch gedemütigt. Sie war bereit gewesen, alles aufzugeben, hatte die Brücken hinter sich abgebrochen und stand nun, wie man so schön sagte, im Regen. Ihre Stelle in der Bank war zwar noch nicht neu besetzt, aber wie sah das aus, wenn sie Brennicke bat, die Kündigung als nichtig zu betrachten, nachdem sie gerade verkündet hatte, dass ihr Entschluss, zu gehen, unumstößlich feststand . . .

Das Klingeln des Telefons riss Andrea aus dem Nichts. Schlaftrunken griff sie zum Hörer. »Ihr Weckruf«, vermeldete eine frische weibliche Stimme.

»Danke.« Andrea legte auf und sank zurück.

Mareikes Seite des Bettes war leer. Im Bad lief die Dusche.

Stand Mareike immer so früh auf, oder . . . sicher hatte sie schlecht geschlafen. Alles andere wäre verwunderlich.

Andrea setzte sich auf. *Du musst sehr behutsam mit ihr sein, ihr so viel wie möglich abnehmen.* Gut, dass sie die wichtigen Termine schon gestern hatten. Heute und morgen würden sie hauptsächlich Kunden besuchen, um Sondierungsgespräche zu führen, keine Vertragsverhandlungen. Da fiel es nicht auf, wenn Mareike nicht in Topform war.

Beim Frühstück wirkte Mareike für Andreas Empfinden jedoch überraschend gelassen. Mareike machte den Plan für den Tag und sogar ein paar Scherze zwischendurch. Andrea freute sich natürlich, dass es Mareike besser ging als angenommen. Sie hoffte nur, dass dies nicht alles aufgetragen war, das Resultat auferlegter Beherrschung. Die musste zwangsweise irgendwann zusammenbrechen. Und was war dann?

Die Kundenbesuche verliefen ähnlich erfolgreich wie am Vortag. Mareike bot sich in ihren Präsentationen sicher, phasenweise regelrecht mitreißend dar. Andrea kam aus dem Staunen gar nicht mehr raus. Mareike hatte sich wirklich unglaublich gut im Griff. Beinahe beängstigend.

Im Anschluss an ihren Terminen aßen sie unterwegs zu Abend. Zurück im Hotel, fragte Mareike aufgeräumt: »Lust auf einen Drink in der Hotelbar?«

Was wird das?, fragte Andrea sich zunehmend beunruhigt. Mareike musste am Boden zerstört sein.

Andrea konnte ja verstehen, wenn Mareike nicht über Lauras Mail sprach. Sie machte es eben lieber mit sich aus. Okay. Aber so? Das war ihr irgendwie unheimlich.

»Also?«, fragte Mareike. »Was ist?«

»Wir müssen morgen fit sein«, gab Andrea zu bedenken.

»Ein Drink wird uns ja nicht umbringen.«

»Nein, sicher nicht.«

Mareike lenkte sich ab, fand Andrea endlich eine Erklärung. Sie kompensierte. *Über*kompensierte. Ja, das war es. Mareike verdrängte Lauras Mail aus ihrer Erinnerung. Und das war nicht gut.

Aber am Ende ist es ihre Sache. Nicht deine, nicht eure – ihre.

Andrea folgte Mareike in die Bar.

»Zwei Martini«, bestellte Mareike beim Barkeeper. »Du trinkst doch Martini?«, fragte sie Andrea.

»Ja.«

»Sie können sich schon setzen«, sagte der Barkeeper. »Ich bringe Ihnen die Drinks.«

Andrea und Mareike suchten sich einen freien Tisch.

»Das war doch wieder ein erfolgreicher Tag«, meinte Mareike zufrieden. »Ich denke, wir haben Kühne für uns gewonnen.«

»Jähnke schien auch interessiert.«

»Ja, aber er ist einer dieser Kunden, die wegen einem Zehntel Prozent sofort wieder den Anbieter wechseln. Wir sollten nicht zu viel Kräfte in ihn investieren.«

Der Barkeeper brachte die Drinks.

»Wir?« Andrea lächelte. »Deine Kräfte wirst du wohl bald woanders einsetzen.«

Das ist das Stichwort, Mareike. Du kannst mir ruhig sagen, was los ist. Du hast dich doch praktisch eben verraten.

Aber Mareike lächelte lediglich zurück. »Ein kleiner Tipp für meinen Nachfolger.«

»Ich kann es ja ausrichten«, erwiderte Andrea enttäuscht. Mareike tat, als wäre alles beim Alten.

Vielleicht ist es das für sie ja auch, Andrea. Hast du schon mal daran gedacht?

Vielleicht redete Mareike sich ein, alles wäre nicht so schlimm. Dass Laura nur etwas Zeit brauchte und sich dann wieder besänne. Hoffte Mareike etwa *darauf*? Es sah alles danach aus.

Aber das durfte doch nicht wahr sein. Wie konnte Mareike in dieser Sache derart die Augen vor der Realität verschließen? Sie war doch sonst so tough.

»Ist was nicht in Ordnung?«, fragte Mareike. »Du bist schon den ganzen Tag so merkwürdig. Beinahe so, als erwartest du irgendeine Katastrophe. Und ich habe den Eindruck, je später der Tag, desto nervöser wirst du.«

»Ich . . . nein. Du irrst dich.«

»So?« Mareike nippte an ihrem Martini. »Ich dachte, es hängt vielleicht mit unserem Gespräch von gestern früh zusammen. Auf der Herfahrt. Du erinnerst dich?«

Andrea griff nach ihrem Glas, trank einen Schluck. »Natürlich«, sagte sie leise.

Mareike schüttelte den Kopf. »Warum habe ich es nicht bemerkt?«

Weil du eine andere im Kopf hattest? Genauer gesagt, immer noch hast. Obwohl dir die Dame mehr als einmal einen Korb gab.

»Ich hätte es merken müssen«, meinte Mareike.

Andrea sammelte ihre Gedanken. »Und dann?«, fragte sie. »Was hätte das geändert?«

Im Auto schwieg Mareike auf diese Frage. Weil sie sie gar nicht gehört hatte, vermutete Andrea da. Oder war es, weil Mareike keine Antwort auf die Frage wusste? Sie, Andrea, hatte jedenfalls keine.

»Ich weiß nicht.« Mareike blickte Andrea ernst an. Nachdenklich sagte sie: »Möglicherweise wäre bei mir die ein oder andere Entscheidung anders ausgefallen.«

Andrea blinzelte irritiert. Wollte Mareike ihr etwa weismachen, sie fühlte ähnlich für sie, Andrea, wie sie für Mareike? Auf ein Mal? Gestern Laura, heute Andrea? War das Mareikes Antwort auf Lauras Mail? Dachte sie: Laura kann ich nicht haben, aber da ist ja noch Andrea. Sie ist verliebt in mich. Ich sage ihr ein paar nette Worte, und der Rest ergibt sich wie von selbst. Natürlich muss ich es so aussehen lassen, als würde ich mich plötzlich statt für Laura für sie entscheiden.

»Wie denn anders?«, fragte Andrea vorsichtig, denn sie fürchtete, dass Mareikes Antwort ihren Verdacht bestätigte.

Doch Mareike schüttelte erneut den Kopf. »Ich kann es nicht sagen. In meinem Kopf ist gerade ein großes Durcheinander.« Sie trank erneut von ihrem Martini. »Wie in letzter Zeit so vieles durcheinander ist«, murmelte sie vor sich hin.

Andrea fragte nicht weiter nach dem Grund. Sie kannte ihn ja. Laura!

»Ich würde gern noch ein wenig spazieren gehen.« Mareike lächelte Andrea zu.

Andrea rührte sich nicht, als Mareike aufstand, da sie annahm, diese wolle, wie gestern auch, allein gehen.

»Kommst du?«, fragte Mareike.

Andrea blickte auf, sah in Mareikes abwartendes Gesicht. »Ich dachte . . .« Unvermittelt brach sie ab. »Ja, ich komme.«

Es war windstill, aber kalt. Andrea knöpfte die Jacke bis oben hin zu. Mareike dagegen schien die Kälte nichts auszumachen. Sie ging mit offenem Mantel, den Schal locker um ihren Hals gelegt.

»Wenn du frierst, gehen wir zurück«, bot Mareike an.

»Wir sind ja gerade erst fünfzig Meter gegangen.«

»Aber du . . .«

Andrea winkte ab. »Mein durch Büroklima verweichlichter Körper braucht nur etwas länger, sich anzupassen.«

Mareike schmunzelte. »Okay.«

Sie gingen an den beleuchteten Schaufenstern der bereits geschlossenen Geschäfte entlang. Andrea betrachtete gedankenabwesend die Auslagen.

Mareike ging schweigend neben ihr her.

»Dort hinten gibt es einen kleinen Park«, sagte sie nach ein paar Minuten.

»Wo?« Andrea blickte sich suchend um.

»Da.« Mareike deutete nach rechts. »Wollen wir hingehen? Es gibt dort eine uralte knorrige Eiche.« Sie hakte sich bei Andrea ein, schlenderte so mit ihr in die angegebene Richtung. »Wenn du unter ihrer Krone sitzt, bekommst du eine Ahnung von der Zeit. Und wie kurz deine eigene bemessen ist. Das hilft beim Nachdenken. Ich habe öfter dort gesessen, als ich noch in Hamburg wohnte. Und auch gestern. Ich . . .« Mareike hielt inne. »Willst du wissen, worüber ich nachgedacht habe?«

»Wenn du es mir sagen willst.«

»Ich habe über uns nachgedacht.«

»Über uns?«

»Ja. Überrascht dich das?« Mareike wartete Andreas Antwort nicht ab. »Wie geht es deinem Arm?«, fragte sie zusammenhanglos.

Andrea war über diese belanglose Frage mehr verwirrt als über Mareikes Geständnis von eben. »Alles in Ordnung.«

»Ich weiß nicht, ob es an dem Tag begann, als ich dich im Krankenhaus besuchte, oder schon vorher. Sicher schon vorher, denn als ich dich küsste, war das keine spontane Anwandlung. Es war ein Gefühl, das sich entwickelt hatte und welches ich nicht länger zurückhalten konnte. Aber dieses Gefühl passte nicht in meine Vorstellung von dem, was ich wollte. Ich glaube, wenn Laura nicht auf der Hochzeit meines Bruders aufgetaucht wäre, wäre mit uns alles anders gekommen. Ich meine, dann hätte es ein *Uns* geben können.«

Sie hatten den Park erreicht. Mareike schlug zielsicher den mittleren der drei Wege ein.

»Es muss verwirrend für dich sein, das zu hören. Ich bin mir auch immer noch nicht ganz sicher, was es bedeutet, aber ich bin mir sicher, dass da was zwischen uns war . . . ist . . .« Mareike zögerte. »Ich kann mich diesem Gefühl einfach nicht entziehen. Ich habe es versucht. Glaube mir. Besonders in den letzten Wochen, seit feststeht, dass ich mit Laura nach New York gehe.« Erneute Pause. Schließlich leise: »Ich habe darüber nachgedacht, hierzubleiben.«

Andrea schwieg. Genau das hatte sie befürchtet. Mareike verdrehte die Dinge. Sie verschwieg Lauras E-Mail und versuchte ihr, Andrea, und wohl auch sich selbst, einzureden, dass ihr Hierbleiben andere Gründe hatte.

Jetzt blieb Mareike stehen, nahm vorsichtig Andreas Arm, stellte sich ihr direkt gegenüber. »Aber ich wäre mit Laura gegangen, wenn sie mir nicht – einmal mehr – einen Korb gegeben hätte. Das ist sicher.«

Trotz des bedrückenden Geständnisses fiel Andrea ein Stein von Herzen. Mareike war offen zu ihr. Verletzend offen, aber offen. Andrea seufzte, während Mareike sagte: »Vielleicht hätte ich später gemerkt, dass ich der falschen Frau gefolgt bin, vielleicht wäre ich zurückgekommen. Vielleicht. Ich weiß es nicht. Ebenso gut möglich, dass ich mit Laura glücklich geworden wäre und dich vergessen hätte.«

Sie gingen weiter, kamen an der Eiche an, setzten sich auf die Parkbank unter dem Baum.

Mareike nahm Andreas Hand in ihre. »Im Moment bin ich

einfach durcheinander.«

»Das verstehe ich. Und ... danke, dass du so ehrlich warst, mir von Lauras Mail zu erzählen.«

Mareike blinzelte irritiert. Es verging eine halbe Minute. »Ich habe nichts von einer Mail gesagt«, meinte sie schließlich.

Andrea fühlte, wie ihr Gesicht trotz der Kälte plötzlich zu glühen begann. »Ich ... entschuldige.« Sie schaute Mareike schuldbewusst an. »Ich habe sie gelesen, als ich gestern allein im Zimmer war. Du warst so merkwürdig beim Essen und ... tut mir leid. Ich war besorgt.«

»Deshalb hast du mich heute den ganzen Tag so angesehen, als erwartest du jeden Moment, dass ich aus dem Fenster springe«, griente Mareike. »Ich habe mich schon gewundert.«

Andrea war verblüfft, wie locker Mareike darüber hinwegging, dass sie deren Mail gelesen hatte. »Ich nahm natürlich an, du müsstest enttäuscht und niedergeschlagen sein. Stattdessen ...«

»Ich war enttäuscht. Doch dann mischte sich, auch für mich überraschend, Erleichterung in die Enttäuschung.«

»Erleichterung?«

»Wir haben darüber gesprochen. Ich war unsicher, ob meine Entscheidung, mit Laura zu gehen, richtig war.«

»Ja.«

»Offensichtlich war ich unsicherer, als ich dachte.«

»Nicht genug. Du hast deinen Job gekündigt und deine Wohnung.«

Mareike stöhnte. »Erinnere mich nicht daran. Ich stehe auf der Straße, wenn ich das nicht rückgängig machen kann.«

Sie schwiegen. Mareike streichelte versonnen mit dem Daumen über Andreas Hand. Andrea saß still da. Mareike war durcheinander? Nun, da hatten sie was gemeinsam. Denn nach diesem Gespräch wusste Andrea nicht mehr, was sie denken sollte. Hatte Mareike wirklich erwogen, Laura nicht zu folgen, *bevor* diese die Mail geschickt hatte? Und der Grund dafür war was? Ein Gefühl eher unbestimmter Natur. Nun ja, nicht ganz unbestimmt. Immerhin von der Art, die Mareike veranlasst hatte, sie zu küssen.

Oder interpretierte Mareike jetzt mehr in dieses Gefühl hinein, weil sie wusste, dass Laura für sie verloren war? Suchte sie instinktiv einen Trost, der ihr über den Verlust half?

Was soll ich von alldem halten?

Andrea spürte plötzlich wieder die Kälte des Abends. Sie zog ihre Jacke enger um sich.

»Gehen wir zurück?«, fragte Mareike neben ihr.

»Ja.« Andrea nickte. »Es ist kalt.«

Sie standen auf.

Mareikes Kuss überraschte Andrea. Die Berührung ihrer Lippen war sanft, dauerte aber nur kurz. Dann legte Mareike ihren Arm um Andrea. So gingen sie zurück zum Hotel.

In der Hotelhalle ließ Mareike sich die Schlüsselkarte zum Zimmer geben. Sie fuhren mit dem Fahrstuhl in den vierten Stock. Mareike schob die Karte ins Zimmerschloss und drückte die Tür auf. Beim Herausziehen der Karte war sie etwas unachtsam. Das Plastik fiel auf den Boden. Andrea, die hinter Mareike kam, bückte sich gleichzeitig mit ihr, um die Karte aufzuheben. Mit einem dumpfen Laut prallten ihre Köpfe aneinander.

»Au!«, riefen sie fast gleichzeitig.

Andrea hob die Karte vom Boden auf, rieb sich die schmerzende Stirn. Mareike verzog das Gesicht und hielt sich ebenfalls den Kopf.

Sie sahen sich an, lachten.

Im Zimmer trat Mareike nahe an Andrea heran, strich ihr vorsichtig über die Stirn. »Tut es sehr weh?«

»Es wäre gelogen, wenn ich nein sage«, gestand Andrea. »Meine Mutter hat mir früher den Schmerz immer weggepustet. Ich fürchte nur, aus dem Alter bin ich raus, das wird nicht mehr funktionieren.«

»Na, mal sehen.« Mareikes Lippen berührten zärtlich Andreas Stirn. Andrea spürte den sanften Hauch ihres Atems. »So in etwa?«, fragte Mareike leise.

Andrea schluckte. Nein, absolut nicht. Als ihre Mutter das immer getan hatte, hatte sie niemals Herzklopfen verspürt. Es hatte sich auch ganz bestimmt nicht so erotisch angefühlt.

Mareikes Lippen wanderten weiter zu Andreas Schläfe, von dort zu ihrer Wange und weiter zum Mund. Andrea hatte zu lange auf diesen Kuss gewartet, als dass sie sich ihm hätte entziehen können. Mareike war jetzt, in diesem Moment, ganz bei ihr. Das spürte Andrea. Es kam ihr nicht in den Sinn, den Grund dafür zu hinterfragen oder anzuzweifeln. Wenn überhaupt ein solcher Gedanke in ihrem Kopf war, dann so flüchtig, dass er wie ein Windhauch kam und sich gleich wieder auflöste.

Andrea erwiderte Mareikes Kuss. Zunächst etwas unsicher, wurde sie mehr und mehr mitgetragen von Mareikes behutsamem Werben. Andrea spürte, wie sie weiche Knie bekam. Als Mareikes Hand sich zwischen ihre aneinandergeschmiegten Körper schob und Andreas Bluse aufknöpfte, begann Andrea zu zittern, versuchte, es zu unterdrücken, und versteifte sich dabei. Mareike hielt inne.

»Nein«, flüsterte Andrea. Ihre Stimme vibrierte. »Nicht aufhören.«

Ihre Lippen fanden sich erneut. Mareike zog Stück für Stück Andreas Bluse aus dem Bund der Hose, knöpfte sie weiter auf, schob sie schließlich über Andreas Schultern, sodass sie auf dem Boden landete. Dort lagen kurz darauf auch Mareikes Bluse und zwei BHs.

»Du zitterst«, flüsterte Mareikes zärtliche Stimme neben Andreas Ohr.

»Ich weiß. Beachte es nicht. Es ist gleich vorbei.«

Mareike lächelte. »Ja, wenn du dich entspannst.«

»Ich kann mich jetzt nicht entspannen.«

»Wieso?«

»Das fragst du noch?«

Mareikes Gesicht nahm einen erstaunten Ausdruck an. »Ich hatte ja keine Ahnung, dass es so schlimm für dich war.« Sie strich Andrea zärtlich durchs Haar. »Ich war so blind.«

20.

Im Moment, da Andrea erwachte und sie in Mareikes schlafendes Gesicht sah, stellten sich sofort wieder Zweifel ein. Meinte Mareike wirklich sie? Oder war sie nur ein Ersatz für Laura?

Andrea beabsichtigte nicht, Mareike einen Vorwurf deswegen zu machen. Die sehnte sich begreiflicherweise nach Zärtlichkeit. Aber eben nicht durch ihre, Andreas, sondern durch Lauras Hände. Und der Beweis: Mareike hatte *sie* nicht gesagt. Die drei Worte. Nicht mal andeutungsweise.

Und hätte sie es getan? Wärst du dann überzeugt? – Nein. Nicht mal dann. Aber sie hat sie ja nicht mal gesagt.

Andrea stand auf und ging ins Bad. Sie duschte sehr ausgiebig, weil sie hoffte, wenn sie das Wasser nur lange genug auf ihre Haut prasseln ließ, würde das die Verbindung zur letzten Nacht kappen. Aber ein solcher Effekt setzte nicht ein. Als Andrea aus dem Bad kam, fühlte sie sich genauso wackelig wie vorher. Dass Mareike mittlerweile auch aufgewacht war und sie mit einem sanft lächelnden »Guten Morgen« begrüßte, machte es nicht besser.

»Guten Morgen«, gab Andrea bedrückt zurück. »Das Bad ist jetzt frei.«

Mareike stand auf, hob ihre Bluse vom Fußboden auf, zog sie an. Mit wenigen Schritten war sie bei Andrea und umarmte sie.

Mareike, die einen Kuss von Andrea erwartete oder wenigstens eine andere Form der Liebkosung, trat irritiert einen Schritt zurück, als jegliche Reaktion ausblieb.

»Was ist los?« Mit so starker Zurückhaltung, ja fast Ablehnung, hatte sie nicht gerechnet. Doch dann grinste sie. »Habe ich etwa einen Morgenmuffel erwischt?«

Andrea ging nicht auf den Scherz ein. »Wir müssen uns etwas beeilen, wenn wir um zehn beim Kunden sein wollen«, sagte sie lediglich. Sie holte ihre Reisetasche, begann zu packen.

Nun war Mareike klar, dass hier etwas nicht stimmte. »Habe ich irgendwas falsch gemacht?«, wollte sie wissen. »Oder ist das deine Art, für den Morgen danach?«

Da Andrea schwieg, sagte Mareike: »Also, ich hatte gestern Nacht nicht den Eindruck, dass da was falsch lief. Im Gegenteil. Warum stehe ich also hier und muss solche Fragen stellen?«

Andrea seufzte, ließ von ihren Kleidungsstücken ab und schaute Mareike ernst an. »Seien wir doch ehrlich. Das mit gestern Nacht ... das war ...«

». . . das war sehr schön«, unterbrach Mareike.

»Ja, aber ... also du weißt doch, wie das mit Pflastern ist? Am Abend legt man eines auf die Wunde, und am nächsten Tag, wenn die Wunde nicht mehr offen ist, nimmt man es ab, weil es besser ist, Luft an die Wunde zu lassen, damit sie schneller abheilen kann.«

»Wovon redest du bitte?«

»Ich war das Pflaster. Dein Trostpflaster. Ich anstatt Laura. Nun ist der nächste Tag, und ... du brauchst dich nicht verpflichtet fühlen.«

Mareike schüttelte den Kopf. »Das tue ich nicht. Ich will deine Nähe genießen.« Sie lächelte. »Das ist doch nicht so schwer zu verstehen.«

Doch allerdings. Warum so plötzlich?

Leise, aber eindringlich sagte Andrea: »Mareike, ich kann dir Laura nicht ersetzen. Und um deine Einsamkeit zu überbrücken, bin ich nicht die Richtige.«

»Aber ...« Mareike hob hilflos die Hände. »Ich dachte auch nicht an eine Überbrückung. Ich dachte, du ... könntest sie ausfüllen.«

Andrea musste schlucken. Zu gern täte sie das. Aber von Anfang an wollte sie nie die zweite Wahl sein. Daran hatte sich nichts geändert.

»Wie soll denn das gehen?«, fragte sie sanft. »Wie bei einem Loch im Socken, das man einfach zustopft? Du wirst zugeben müssen, dass so ein gestopftes Loch der Socke nie wieder das ursprüngliche Aussehen zurückgeben kann. Genauso wenig wie ich dir das Gefühl geben kann, welches du mit Laura hattest.«

Mareike trat dicht an Andrea heran. »Du kannst mir dieses Gefühl nicht geben?« Sie streichelte Andreas Wange. »Dieses Gefühl, wenn tausend kleine Ameisen in meinem Bauch krabbeln? Mir warm ums Herz wird vor Freude, nur weil ich dich ansehe? Dieses Gefühl kannst du mir nicht geben? Meinst du das?«

Andrea nickte beklommen.

»Aber du hast es bereits getan. Was glaubst du, war gestern Nacht? Und was – auf die Gefahr hin, mich zu wiederholen –, glaubst du, war, als ich dich im Krankenhaus geküsst habe?«

Andrea erinnerte sich nur zu gut. Auch an Mareikes Worte im Anschluss. »Du sagtest, das war ein Fehler.«

»Nein. Ich sagte: Ich glaube, ich bin dabei, einen Fehler zu machen.«

Andrea sah da keinen großen Unterschied.

Mareike seufzte. »Ich glaubte, meine Gefühle für Laura wären nach wie vor dieselben. *Das* war der Fehler, den ich fühlte. Nicht dich zu küssen. Das war – einfach wunderschön.«

»Ja, es war wunderschön. Aber ist es auch das, was du wirklich willst?«, zweifelte Andrea nach wie vor.

»Was meinst du?«

»Du sagtest doch selbst, du wärest mit Laura gegangen.«

»Und du? Was machst du? Du versteckst dich die ganze Zeit. Vielleicht hätte ich es gebraucht, dass du mir zeigst, wie du fühlst. Liebe bedeutet auch kämpfen!« Mareike atmete tief ein. »Was willst du? Jemanden, der dir sagt, dass alle seine bisherigen Gefühle nichts bedeuten? Dass sie nur ein Umweg auf dem Weg zu dir, der einzigen, wahren, ewigen Liebe waren? Willst du das hören? Gibt dir das ein sicheres Gefühl? Vertraust du lieber jemandem, der alles vor dir negiert? Was sind denn solche Beteuerungen wert? Wie lange haben sie Bestand? Doch nur, bis du plötzlich auch ein Teil des Umweges zur nächsten, angeblich einzigen Liebe wirst.«

»Aber manchmal sind es eben gerade solche Worte, die es braucht. Auch wenn sie sich später als falsch erweisen.«

Mareike stand da. Ratlos. Was sollte sie noch sagen? »Was heißt das jetzt? Machen wir einfach weiter wie bisher?«

»Ich denke, es ist das Beste, wir machen gar nicht weiter. Für mich, verstehst du. In deiner Nähe werde ich mich einfach immer schlecht fühlen, weil ich ... dich liebe, aber ... das mit uns eben nichts wird. Es kann nicht klappen. Ich würde immer auf den Moment warten, dass Laura wieder auftaucht. Es würde mich zermürben. Es würde unsere Beziehung zermürben.«

Enttäuscht stand Mareike da. »Ja, aber das ist nicht mein Fehler, sondern deiner«, sagte sie betrübt. »Du vertraust mir nicht.«

»Ich vertraue dir. Nur nicht, was das angeht. Da spricht die Vergangenheit einfach eine zu deutliche Sprache.«

Mareike seufzte. »Zugegeben, ich habe einen Fehler gemacht. Ich habe sogar denselben Fehler mehrmals gemacht.« Sie machte eine Pause, in der sie Andrea eindringlich ansah. »Und du bist ein Mensch, der Fehler nur sehr schwer verzeiht. Das ist *dein* großer Fehler. Aber das habe ich dir ja bereits gesagt.«

Damit ging Mareike ins Bad.

Andrea packte weiter ihre Tasche.

»Sie beide haben ganze Arbeit geleistet«, begrüßte Brennicke Mareike und Andrea am nächsten Morgen in seinem Büro. Die etwas abgespannten Gesichtsausdrücke seiner zwei Kolleginnen schrieb er natürlich deren Arbeitspensum zu. »Ich bin mir sicher, wenn der Vorstand die Ergebnisse erhält, ist das Büro in Hamburg nur noch eine Zeitfrage.«

Sie koordinierten die Termine für die nächsten zwei Wochen, dann war das Gespräch beendet.

Andrea stand auf und ging zur Tür.

»Ich möchte noch gern etwas anderes mit Ihnen besprechen«, hörte sie Mareike in ihrem Rücken zu Brennicke sagen.

Andrea ging. Sie wusste, Mareike stand jetzt die unangenehme Aufgabe bevor, Brennicke um ihren alten Job zu bitten, ohne dabei das Gesicht zu verlieren. Aber Brennicke würde froh sein, dass sich die Personalprobleme auf so unkomplizierte Weise lösten. Daran zweifelte Andrea nicht.

Sie würde Mareike folglich weiterhin jeden Tag sehen. Nur war Andrea jetzt nicht mehr froh darüber. Aber mit ein bisschen Glück ging Mareike bald nach Hamburg, um die neue Filiale zu eröffnen. Dann beschränkte sich das Aufeinandertreffen mit ihr auf ein paar wenige überregionale Besprechungen. Bis es so weit war, ging sie ihr eben aus dem Weg.

Der gestrige Tag lastete schwer auf Andreas Gemüt. Lediglich während der beiden Kundentermine richtete Mareike ein paar Worte an sie. Ansonsten war es ein schweigsamer Tag gewesen. Vom Frühstück im Hotel bis zum Abschied von Mareike am Abend, als die sie zu Hause absetzte.

Andererseits. Es war auch alles zwischen ihnen gesagt. Oder? Immer wieder bestätigte Andrea sich, dass es vernünftig war, sich so zu entscheiden, wie sie es getan hatte.

Ja, vernünftig. Aber wer sagte, dass Vernunft sich gut anfühlte?

Als hätten sie eine Vereinbarung getroffen, ging auch Mareike Andrea aus dem Weg. Sie sahen sich nur in Besprechungen, kommunizierten ansonsten alles Geschäftliche per E-Mail. Privat nichts.

Andrea begann gerade, sich einzubilden, dass eigentlich alles bestens lief – abgesehen davon, dass sie seit zwei Wochen schlecht schlief, und wenn doch, ihre Träume sich um Mareike drehten –, als sie auf die Mail, die sie zum Feierabend noch schnell an Mareike schickte, postwendend die Nachricht bekam: »Per ersten April richten Sie sich bis zur Klärung meiner Nachfolge in allen Belangen bitte an Herrn Brennicke.«

Andrea starrte auf die Mitteilung. Automatisch griff sie zum Telefon, wählte Brennickes Nummer. Auf ihre Frage hin meinte der: »Aber Frau Holländer hat per ersten April gekündigt.

Haben Sie das denn vergessen? Gestern war ihr letzter Tag.«

»Nein ... ich ... sie hatte nur gar nichts mehr gesagt. Ich dachte, sie verabschiedet sich noch.«

»Sie wollte kein großes Aufsehen, hat auf eine Feier verzichtet. So lange war sie ja auch nicht da.«

»Ach so.« Andrea legte auf.

Es war ein Schock. In Andreas Kopf herrschte Chaos. Sie hatte fest damit gerechnet, dass Mareike ihre Kündigung zurücknehmen würde. Es war ihr nie in den Sinn gekommen, dass Mareike gehen könnte, auch wenn sie nicht nach New York zog. Warum sollte sie das tun?

Die Antwort auf diese Frage traf Andrea wie aus heiterem Himmel. Es gab nur einen Grund. *Weil du ihr gesagt hast, du würdest dich schlecht in ihrer Nähe fühlen.* Andrea kam es vor, als würde der Boden unter ihr aufbrechen und sie in ein tiefes Loch fallen.

Nein!, rief es in ihr. *Das kann nicht sein. Ich kann nicht so dumm gewesen sein.*

Mit zitternder Hand wählte sie Mareikes Handynummer.

Egal was, ich muss sie fragen.

Doch nach dem ersehnten Klacken im Apparat, was den Verbindungsaufbau ankündigte, hörte Andrea nur die monotone Mitteilung der Computerstimme: »Diese Nummer ist zurzeit außer Betrieb.«

Andrea legte den Hörer zurück. Schlagartig wurde ihr bewusst, dass sie keinerlei Möglichkeit mehr hatte, Mareike zu fragen. Weder warum sie die Kündigung nicht zurückzog noch irgendetwas anderes. Denn Andrea wusste nicht, wo sie Mareike erreichen konnte. Sie war einfach gegangen, ohne Abschied, ohne Nachricht. Jeder, den sie fragen würde, würde sagen, Mareike sei in New York. Wo war sie wirklich?

Andrea ahnte es nicht. Sie wusste nur eines: Von allen möglichen Szenarien war dieses hier das schlimmste – Mareike und sie könnten wahrscheinlich zusammen sein, wenn sie sie nicht abgewiesen hätte.

Die folgenden Tage waren geprägt von Andreas Bemühungen herauszufinden, wo Mareike sich aufhielt.

Die Personalabteilung wusste nichts. »Frau Holländer hat ihre Beurteilung am letzten Arbeitstag persönlich abgeholt.«

»Wir haben lediglich eine Kontonummer, um die Kaution zurückzuerstatten«, lautete die Auskunft der Hausverwaltung.

Andrea rief sogar Mareikes Mutter an. Die wusste nicht einmal, dass ihre Tochter gekündigt hatte. Auch Mareikes Bruder war überrascht, davon zu hören.

»Sie hatte sich doch so viel von dem Job versprochen«, meinte er.

Andrea war den Tränen nahe. »Hat sie denn niemanden, mit dem sie spricht, wenn sie . . . na ja . . . Probleme hat?«

»Nein. Ich fürchte nicht.« Bernd Holländers Stimme klang hilflos. »Aber sollte sie sich melden, sage ich ihr, dass Sie angerufen haben.«

Andrea rang sich ein mutloses Danke ab. Und zermarterte sich weiter den Kopf, wo sie noch suchen konnte. Sie wollte nicht aufgeben. Verdrängte den Gedanken, dass diese ganze Suche nicht nötig gewesen wäre, wenn sie früher zur Besinnung gekommen wäre. Schließlich heulte sie sich bei Saskia aus, der aber auch nichts einfiel.

Irgendwann musste Andrea einsehen: Mareike war weg. Unwiederbringlich.

21.

Andrea versuchte, zurück in den Alltag zu finden. Bevorzugter Alltag waren dabei die Werktage. Vor dem Wochenende fürchtete Andrea sich. Zwar konnte sie Arbeit mit nach Hause nehmen, aber sie war dennoch mit sich allein. Endlose Stunden des Grübelns lagen vor ihr. Immer wieder Fragen, die alle mit Warum begannen.

Warum konnte ich es nicht nehmen, wie es war?

Warum musste ich mit diesem Ersatzblödsinn anfangen?

Warum habe ich ihr nicht geglaubt?

Am Montagmorgen war Andrea dann mehr gerädert als nach einer Woche anstrengender Arbeit.

So zog die Besprechung auch heute nur an ihr vorbei. Sie hörte Brennickes Worte, speicherte automatisch die relevanten Informationen ab. Dennoch lag alles in weiter Ferne. Erst als ein bestimmter Name fiel, horchte Andrea auf.

»Frau Holländer machte vor ihrem Weggang einen interessanten Vorschlag«, sagte Brennicke. »Ich habe in den vergangenen Wochen darüber nachgedacht und bin zu dem Entschluss gekommen, dass Frau Holländer mit ihrer Einschätzung absolut richtig lag. Frau Lange wird das neue Büro in Hamburg leiten. Und zwar erfolgreich, daran habe ich keinen Zweifel.«

Andrea hörte fassungslos Brennickes Worte. »Einerseits möchte ich Frau Lange lieber hierbehalten«, fuhr Brennicke fort. »Sie hat sich als Wellers Nachfolgerin hervorragend bewährt. Andererseits brauchen wir für das Büro in Hamburg eine Spitzenkraft, auf die wir vertrauen können.« Er nickte Andrea zu. »Was sagen Sie dazu?«

Zunächst war Andrea sprachlos. Mareike hatte Brennicke das empfohlen? Warum hatte sie das nicht gesagt? Warum war sie einfach verschwunden, ohne noch mal mit ihr zu reden?

»Frau Lange?« Brennicke sah Andrea auffordernd an.

»Ich . . . bin überrascht.«

»Würden Sie diese Aufgabe übernehmen wollen?«

»Ja.« Andrea fasste sich, soweit ihr dies möglich war. »Natürlich. Sehr gern.«

»Wunderbar.« Brennicke nickte zufrieden. »In acht Wochen ist es so weit. Dann wird die neue Filiale eröffnet.«

Saskia fand die Neuigkeit alles andere als wunderbar. »Hast du schon mal überlegt, was das noch bedeutet? Was willst du allein in einer fremden Stadt? Wer kümmert sich um dich, wenn es dir schlecht geht? Wer lacht mit dir, wenn du – was Gott bald geben möge – dich neu verliebst?«

»Es ist eine Superchance, um weiterzukommen«, hielt Andrea entgegen. Wie kam Saskia nur auf die absurde Idee, sie würde sich neu verlieben?

»Wohin? Eine weitere Stufe hinauf auf der Karriereleiter. Ist das denn alles, was du willst?«

»Ich brauche das. Im Moment sind solche kleinen Erfolge das Einzige, was mir Antrieb gibt.«

»Und was wird aus mir?«, änderte Saskia ihre Taktik. »Mit wem soll ich dann Mittag essen? Mit wem zum Badminton gehen?«

»Du wirst früher oder später das Büro in Jasmins Werkstatt übernehmen. Das hast du selbst gesagt. Dann säße *ich* allein hier beim Mittagessen. Und was das Badminton betrifft, frag doch Kim.«

»Apropos Kim. Sie fragt mich immer nach dir. Warum gehst du nicht mal wieder mit ihr aus? Sie ist so nett.«

Andrea schüttelte resigniert den Kopf. »Ja, das ist sie. Deshalb hat sie es auch nicht verdient, dass ich ihr falsche Hoffnungen mache.«

Saskia seufzte. »Du bist also fest entschlossen?«

»Ja.« Andrea nickte. »Hilfst du mir beim Umzug?«

Andrea pendelte zwischen Hamburg und Berlin.

In Hamburg galt es, die Einrichtung der neuen Filiale zu koordinieren, damit die gemieteten Räume termingerecht fertig wurden. Der beauftragte Architekt tat sich schwer mit den Standardvorgaben der Bank. Sein kreativer Kopf wollte mehr als schlichte Funktionalität.

Auch das Geflecht von Daten- und Stromleitungen verschwand für Andreas Begriffe nur quälend langsam in den Hohlraum unter die Fußbodenplatten. Sie stolperte ständig über Kabelrollen und graue Kästen. Zwei Wochen vor Eröffnung war das Computernetzwerk immer noch nicht arbeitsfähig, weshalb sie eine außerordentliche Sitzung mit dem IT-Team einberief.

Inmitten dieses Chaos führte Andrea Einstellungsgespräche, plante den Ablauf der Rezeption, verschickte Einladungen, suchte nach dem geeigneten Catering und einer neuen Wohnung.

In Berlin ging es in der Bank zwar weniger hektisch zu. Dafür hatte Andrea alle Hände voll mit der Planung ihres Umzugs zu tun. Wohnung kündigen, bei Umzugsfirmen anfragen, Kartons packen, Möbel auseinanderbauen.

Bei all der Geschäftigkeit blieb Andrea wenig Zeit, an Mareike zu denken. Allerdings kam es vor, dass Andrea meinte, in der einen oder anderen Person Mareike zu erkennen. Auf der Straße, auf dem Parkplatz des Supermarktes, im Einkaufscenter, ja einmal sogar vor ihrem Haus. Diese Person stand aber immer entweder weit weg oder war teilweise hinter irgendetwas versteckt. Einem Baum, einem Auto oder einfach hinter anderen Passanten. Wenn Andrea dann an der Stelle ankam, wo sie die Frau gesehen hatte, war die weg.

Weil sie nie da war. Natürlich war das Einbildung. Eine Täuschung. Produkt ihrer Phantasie. Irgendwann hörte Andrea auf, diesen imaginären Frauen nachzulaufen.

Und das schien tatsächlich zu helfen. Die Täuschungen hörten auf. Was blieb, war jedoch das permanente Gefühl, etwas verloren zu haben.

22.

Wie schnell zwei Monate um sein können.

Andrea schaute auf die Umzugskartons, die sich in ihrer neuen Wohnung stapelten.

Saskia und Jasmin waren zurück nach Berlin gefahren, nachdem sie Andrea das Wochenende über beim Möbelaufbau geholfen hatten. Nun mussten die Kartons ausgepackt werden. Dazu allerdings verspürte Andrea nicht die geringste Lust. Plötzlich allein in der noch fremden Wohnung, zweifelte sie, ob ihre Entscheidung, nach Hamburg zu ziehen, richtig war.

Sie trat auf den Balkon, sah auf die Straße. Nur wenige parkende Autos standen dort unter den Kastanienbäumen, beleuchtet vom matten Licht der Straßenlaternen. Die Anwohner parkten zumeist in den Tiefgaragen der zweistöckigen Häuser. Es war eine ruhige Wohngegend. Und sie lag nicht weit entfernt von dem Park, in dem sie mit Mareike spazieren gegangen war. Wo sie gemeinsam unter der knorrigen Eiche saßen . . .

Andreas Blick wanderte die Kastanienbäume entlang in Richtung Park. Etwas lenkte sie ab. Ein Schatten unter einem der Bäume. Dort stand jemand. Eine Frau!

Andrea schloss die Augen, seufzte. Fing das jetzt wieder an? Vielleicht war es doch keine so gute Idee, ausgerechnet hier eine Wohnung zu mieten, so nah an den Erinnerungen dieser einen Nacht.

Andrea öffnete die Augen wieder. Der Schatten war weg. Natürlich.

Sie ging zurück ins Wohnzimmer, schaltete den Fernseher an. Sie musste jetzt unbedingt menschlichen Stimmen hören. Völlig egal, wen oder was, nur etwas, das ihr das Gefühl von Realität gab.

Brennicke brachte einen Vertreter des Vorstandes zur Rezeption mit. Zu den geladenen Gäste gehörten die Wirtschaftsgrößen der Stadt, darunter natürlich Schössler, ein paar Stadtpolitiker und diverse Journalisten. Andrea übergab nach einer kurzen Begrüßungsrede das Wort an das Vorstandsmitglied.

Pflichtbewusst lächelte Andrea den ganzen Tag das herzliche Lächeln einer Gastgeberin, knüpfte erste Kontakte. Sie erhielt jede Menge Komplimente, erwiderte diese natürlich und bemühte sich, sich Gesichter und Namen einzuprägen.

Erleichtert stellte Andrea fest, dass auch das Catering gut ankam. Die Gesichter der Gäste spiegelten Zufriedenheit wider.

Am Ende des Tages gab es einen kleinen Zwischenfall mit einem Gast, der wohl etwas viel und durcheinander getrunken hatte, aber auch darauf war Andrea vorbereitet. Ein stabil gebauter Mann in schwarzem Anzug brachte den Gast ohne viel Aufsehen zum Taxi, noch bevor die Journalisten was spitzbekamen.

»Das war wirklich ein gelungener Auftakt«, lobte Brennicke.

»Das hoffe ich«, erwiderte Andrea. »Aber warten wir, was die Presse morgen schreibt.«

Denn hundertprozentig sicher konnte sie nicht sein, dass nicht doch einer der Reporter die Szene zum Schluss mitbekommen hatte. So etwas warf immer einen Schatten über eine Veranstaltung. Außerdem interessierten sich am Ende alle nur für den Störenfried und nicht mehr für das Ereignis.

Doch Andreas Befürchtung erwies sich als unbegründet. Der nächste Tag brachte ein ausschließlich positives Echo in der Lokalpresse. Endlich fiel die nervliche Anspannung der letzten Wochen von Andrea ab. Sie hatte es tatsächlich geschafft.

Und wem verdankte sie, dass sie diese Chance bekommen hatte? Mareikes Fürspruch bei Brennicke. Und sie konnte sich nicht einmal bei ihr bedanken.

Schon seit ihrem ersten Tag in Hamburg wollte Andrea den Park besuchen. Bisher war ihr immer etwas dazwischengekommen. Überstunden, Hausarbeit, Telefonate mit Saskia.

Aber heute würde sie nichts abhalten. Es war Samstag, früher Nachmittag, und die Aprilsonne sandte die ersten wärmenden Strahlen von einem fast wolkenlosen Himmel.

Andrea zog ihren Mantel an, schloss die Wohnungstür hinter sich, ging die Treppen hinunter. Es waren nur fünf Minuten Fußweg zum Park. Die Bank unter der knorrigen Eiche, auf der sie damals mit Mareike gesessen hatte, war frei.

Andrea setzte sich. Hier wollte sie ihren Gedanken nachhängen, ihren Erinnerungen. Sie hoffte, Mareike zu spüren. Zumindest konnte sie sich einbilden, dass sie neben ihr auf der Bank saß, wenn sie die Augen schloss.

Andrea dachte zurück.

An die erste Begegnung mit Mareike. Schon damals, bei der offiziellen Vorstellung durch Brennicke, erlag sie der faszinierenden Wirkung von Mareikes Augen. Und beim Begrüßungsempfang in Mareikes Wohnung, nach Wellers Zusammenbruch, als sie allein waren. Da war es Mareikes warme, dunkle Stimme, die sie fesselte. Und schließlich Mareikes Lippen, wenn sie sie küsste. Immer unerwartet und . . . so gefühlvoll.

Andrea seufzte leise vor sich hin. »Wo bist du nur?«

»Ich bin doch hier.« Mareikes Stimme war dicht hinter ihr.

Wow. Das klappt aber gut, dachte Andrea. *Die Stimme klingt wirklich real.*

»Ich habe gehofft, dass du herkommst«, sagte die Stimme.

»Wie sollte ich nicht«, flüsterte Andrea leise, immer noch mit geschlossenen Augen, und flehte innerlich: Lieber Gott, gönne mir diesen Traum noch für eine Weile. Sie lauschte der Stimme nach, seufzte. »Du hättest nicht gehen sollen.«

Eine Berührung an ihrer Schulter ließ Andrea zusammenfahren. Sie blinzelte verstört. Enttäuschung über die zerstörte Illusion machte sich in ihr breit. Deshalb war sie ihren Sinnen dankbar, dass die ihr noch für einen Moment vorgaukelten, die Gestalt, die jetzt um die Bank herum kam und vor ihr stehenblieb, sei Mareike. Aber natürlich war das wieder nur eine Täuschung.

Allerdings streckte diese Täuschung jetzt ihren Arm aus und strich ihr erstaunlich echt über die Wange. Andrea spürte die Wärme der Hand. Ungläubig griff sie nach ihr. Langsam begriff sie, dass dies *keine* Illusion war.

»Du? Du . . . bist hier?«, stammelte sie. »Du bist keine Einbildung?«

Mareike lächelte sanft, zog Andrea hoch, umarmte sie. »Fühlt sich das wie Einbildung an?«

»Ich dachte eben wirklich . . .« Andrea hielt Mareike fest.

»Du bist da«, murmelte sie.

»Ja.« Mareike wollte sich aus der Umarmung lösen, doch Andrea gab sie nicht frei. Also wartete Mareike.

»Wo warst du so lange?«, fragte Andrea nach einer Weile. Plötzlich bekam sie Angst. Mareike war so merkwürdig ruhig. Sie hatte sie noch nicht mal geküsst. Kam Mareike etwa nur, um den Abschied endgültig zu machen?

»Das ist eine längere Geschichte. Dazu setzen wir uns besser«, erwiderte Mareike.

Bangen Herzens gab Andrea Mareike frei. Sie setzten sich.

»Wo fange ich an?«, überlegte Mareike. »Am besten damit, dass ich ziemlich verzweifelt war, weil du mir nicht glauben wolltest, dass meine Gefühle für dich ehrlich waren. Weder ein Trost noch ein Ersatz für Laura. Und ich hatte keine Ahnung, wie ich dich überzeugen konnte.«

»Ich ... es tut mir leid ...«

»Nein, das muss es nicht. Es ist ja verständlich, wie du reagiert hast. Ich mache dir keinen Vorwurf.«

»Aber warum bist du gegangen? Ich dachte, du ziehst deine Kündigung zurück, nachdem Laura ...«

»Das wollte ich erst auch. Aber dann dachte ich nach und kam zu dem Schluss, es sei besser, wenn wir beide verschiedene Wege gingen. Wozu einander quälen.«

Andreas Herz zog sich zusammen.

»Ich dachte, es sei besser, ich fange noch einmal ganz neu an. Diesmal richtig. Aber dazu musste ich wissen, ob ich wirklich so frei von Laura war, wie ich glaubte. Also besuchte ich sie.«

Andrea schluckte. »Du ... ihr ...«

»Laura war in keiner guten Verfassung. Nachdem sich Carla einen Monat lang ausgeheult hatte, gestand sie Laura, dass das Testament der Eltern eine Heirat verlangte, wenn Carla die Millionen der Familie erben wollte. Der Kandidat war natürlich bestimmt, der Geschäftsführer der Firma des Vaters. Carla trennte sich wieder von Laura. Laura rief mich, wieder in New York, an. Ich konnte Laura in der Situation nicht allein lassen.«

Sie ist wieder mit ihr zusammen, hämmerte es in Andreas Kopf. Es war wie eine kalte Dusche. *Ich hatte recht! Mareike kommt nie von Laura los.*

»Laura konnte wirklich jede Form von Trost brauchen«, fuhr Mareike fort. »Es ergab sich . . .«

Andrea unterbrach sie. »Du brauchst nichts weiter zu sagen. Ich verstehe auch so.« Sie stand auf.

Das hätte sie aber nicht tun sollen, denn ihre Beine waren viel zu wackelig, um ihren Dienst zu tun. Andrea stolperte. Mareike sprang hinzu, hielt Andrea fest. »Was verstehst du?«

»Dass du und Laura . . . und du kommst zurück, um mir das zu sagen.« Andreas Enttäuschung konnte nicht größer sein. Andererseits – musste sie Mareike nicht dankbar sein? Immerhin ersparte sie ihr, ewig die Ungewissheit mit sich herumzutragen, ob aus ihnen beiden nicht doch was hätte werden können. Es war Mareike im Grunde hoch anzurechnen, dass sie klare Verhältnisse schaffte.

»Ich glaube, du verstehst *nicht*«, sagte Mareike. »Ich blieb bei Laura. Aber während ich dort war, plagte mich eine wahnsinnige Ungeduld. Ich sehnte mich weg von dort. Schließlich konnte ich nicht länger bleiben. Ich musste zurück. Zu dir.«

»Zu mir?« Nun war Andrea vollständig verwirrt.

»Ja, zu dir. Ich will nicht irgendeinen Neuanfang.« Mareike seufzte. »Ich kann dir nichts anderes sagen. Ich kann dir nur sagen, was mein Herz gefühlt hat. Und ich kann nur hoffen, dass es dir genügt, weil ich nur diese Gefühle habe. Es sind ehrliche, tiefe Gefühle. Sie gelten dir. Keiner anderen. Schon auf der Hochzeit meines Bruders hatte ich dieses Gefühl. Aber Laura war da. Natürlich schrieb ich meine Gefühle ihr zu. Als ich dich küsste und dieses Gefühl noch intensiver wurde, war ich völlig verwirrt.«

Andrea erinnerte sich, wie Mareike im Anschluss an die Szene mit ihrer Mutter den Saal für einige Minuten verlassen hatte. Andrea schrieb das damals Mareikes Ärger zu.

»Ich war so durcheinander, weil ich plötzlich den unbezwingbaren Wunsch verspürte, dich nicht mehr loszulassen. Ich verstand das nicht. Ich war doch immer überzeugt, dass meine Sehnsucht Laura galt, dass ich nur sie wollte. All mein Verlangen, alle schmerzenden Gefühle, alle Hoffnungen waren immer an sie gebunden . . . Niemals hätte ich vermutet, dass eine andere Frau diese Gefühle in mir hervorrufen kann. Erst als ich mit Laura zusammen war, die Sehnsucht in mir trotzdem nicht gestillt, die Unruhe immer noch da war, da fragte ich mich, was mir fehlte. Ich habe lange gebraucht, um zu erkennen, dass du es warst. Dir galt meine Sehnsucht, du riefst diese Unruhe in mir hervor – und nur du kannst beides stillen.« Mareike hielt inne. Ihr Blick lag flehend auf Andrea. »Was kann ich noch sagen? Ich liebe dich. Du bist meine einzige, wahre Liebe.«

Andrea hatte Mareikes Worten mit zunehmendem Staunen zugehört. Dass Mareike ausgerechnet mit diesem Satz abschloss, rührte sie. »Nein, sag das nicht«, flüsterte sie. »Das musst du nicht.«

»Doch«, widersprach Mareike. »Du hattest recht. Wenn ich das nicht sagen kann, dann bin ich nicht sicher. Ich bin aber sicher. Und das möchte ich dir auch zeigen.« Sie beugte sich vor, ihr Mund berührte sanft Andreas Lippen.

Andrea hielt still, genoss den behutsamen Druck, das weiche Streicheln. »Ich liebe dich«, wiederholte Mareike leise. »Gib mir eine Chance.«

Andrea seufzte erleichtert. »Ich dir?« Sie lächelte, strich mit zitternder Hand über Mareikes Haar. »Du hast keine Ahnung, wie oft ich bereut habe, was ich damals sagte.«

»Hast du?«

»O ja. Leider wurde mir das erst richtig bewusst, als du weg warst. Ich habe dich gesucht.« Andrea grinste verlegen. »Ich rief sogar deine Mutter an.«

»Dann warst du wirklich verzweifelt«, gluckste Mareike lakonisch.

»Ich habe dich so vermisst.« Andrea versagte die Stimme. »Geh bitte nicht noch mal weg von mir.« In ihren Augen schwammen Tränen. Eine löste sich.

»Ganz bestimmt nicht.« Mareike wischte mit ihrer Hand zärtlich Andreas Träne ab, küsste die noch etwas nasse Wange. »Allerdings nur unter einer Bedingung.«

»Bedingung? Was für eine?«, schniefte Andrea glücklich.

»In Zukunft keine Geheimnisse mehr vor mir.«

Andrea lächelte. »Das ist leicht. Du warst mein einziges Geheimnis.«

Keiner der vorbeigehenden Spaziergänger beachtete die beiden Frauen, die sich unter der knorrigen Eiche innig küssten. Es war ein ganz alltäglicher Anblick, in einem Park, an einem ganz normalen Tag. Zwei Menschen, die sich lieben.

ENDE

Weitere Titel der édition el!es

Victoria Pearl: Aller Anfang geht daneben

Erotischer Liebesroman

Als Simone sich in die umwerfend attraktive Autorin Bettina verliebt, ahnt sie nicht, was noch auf sie zukommen wird. Sie und Bettina verleben eine wundervolle, berauschende Zeit, die jedoch durch das plötzliche Auftauchen von Bettinas Exfreundin Linda jäh gestört wird. Linda lässt sich bei Bettina häuslich nieder. Braucht sie nach einer schweren Zeit wirklich nur etwas freundschaftliche Unterstützung von ihrer Exfreundin, oder verfolgt sie andere Ziele?

Corina Ehnert: Eine WG zum Verlieben (Band 2: »Katrin«)

Liebesroman

Die Polizistin Katrin Brant ist nach einer gescheiterten Beziehung mit Paula wieder Single und fest integriert in den Freundeskreis rund um die WG aus der Pfeiffstraße. Sie ist glücklich mit ihrem Leben und hält sich für eine gestandene Frau. Als Alex (mit der sie im ersten Band eine Affäre hatte) mit ihrer Freundin Nico in eine gemeinsame Wohnung zieht, sucht die WG eine neue Mitbewohnerin. Eine der Bewerberinnen ist die Journalistin Hanna Reuters, von der Katrin sofort fasziniert ist. Aber schnell stellt sich heraus, daß es nicht so einfach ist, diese Faszination zu leben . . .

Maren Frank: Liebe in Schottland

Liebesroman

Wie ein Blitz trifft es die junge Archäologiestudentin Nathalie, als sie auf einer Party die schöne Eileen kennenlernt. Zwar ist die Begegnung kurz, doch geht die attraktive Frau mit den smaragdgrünen Augen Nathalie nicht mehr aus dem Kopf. Und nicht nur die Liebe bereitet Nathalie Sorgen. Nachdem sie ihren Job verloren hat, braucht sie schleunigst einen neuen. Tatsächlich ergibt sich schon bald etwas, doch Nathalie ahnt nicht, was dabei alles auf sie zukommt . . .

Erotische Adventsgeschichten

Mit Geschichten von Catherine Fox, Maren Frank, Heike Fremmer, Ruth Gogoll, Julia Schöning u.a.

Erzählungen um alte Freundinnen, die sich wiedersehen, und neue Freundinnen, die sich finden, um die Suche nach der Liebe unterm Weihnachtsbaum, die trotz aller Schwierigkeiten immer gut endet, und um die Hoffnung, daß eines der Geschenke die Frau sein möge, nach der man sich schon so lange sehnt ...

Julia Schöning: Verirrte Herzen

Erotischer Liebesroman

Anne, ihre vierjährige Toch-ter Lilly und Caro sind eine glückliche Familie. Doch als Lilly in den Kindergarten kommt und Anne beschließt, wieder halbtags zu arbeiten, bekommt die Beziehung Risse. Die erfolgreiche Anwältin Caro schafft es nicht, Anne im Haus-halt zu unterstützen. Als Anne dann auch noch die geheimnisvolle Nora kennenlernt, die mit ihrer faszinierenden Ausstrahlung Verwirrung stiftet, scheint das Glück der kleinen Familie ernsthaft bedroht.
Können Caro und Anne ihre Gefühle füreinander bewahren und wieder zueinanderfinden?

Tina Grasses: Das Geheimnis der Nebelinsel

Lesbischer Fantasy-Roman

Die Sensei Iliska begegnet der Schwertkämpferin Shiree. Die beiden kommen sich näher, doch dann verschwindet Iliskas Freundin Beth unter dramatischen Umständen. Zur gleichen Zeit folgt Karimah einer geheimnisvollen Vision und findet in Beth ihre große Liebe. Doch ihr Glück wird überschattet von einer uralten Gefahr. Die vier Kriegerinnen nehmen den Kampf auf, doch wird es für Karimah und Beth eine gemeinsame Zukunft geben?

Toni Lucas: Paar für ein Jahr

Die Pierrots tanzen weiter

Leas Glück scheint perfekt. Lilia hat sich tatsächlich für sie entschieden und ist bei ihr eingezogen. Doch wie kann sie mit einer Frau zusammenleben, die gerade erst dabei ist, sich selbst zu finden und die so ganz eigene Vorstellungen von einer Beziehung hat?
Ihr bleibt nur ein Jahr, um das herauszufinden ...

Shari J. Berman: Herz ist Trumpf

Erotischer Liebesroman

Die junge Journalistin Rachel lernt auf einem Lesbenpokerabend die verführerische, etwas ältere Eden kennen – ein erotisches Abenteuer beginnt, das schnell zu Liebe wird. Obwohl zunächst alles perfekt scheint, bleibt die Vertreibung aus dem Paradies nicht aus und stellt die Beziehung auf eine harte Zerreißprobe.
Sind die Bande zwischen Rachel und Eden stark genug, die dramatischen Ereignisse zu überstehen?

Brenda L. Miller: Mein Herz bewacht dich

Liebesroman

Grace, pubertierender Teenager, wird für sechs Monate in ein Boot Camp geschickt. Dort lernt sie zu gehorchen, wird aber auch von der strengen Ausbilderin Carey ermuntert, ihre Nase in Bücher zu stecken und zu lernen. Denn Grace ist nicht unbegabt. Nach einiger Zeit jedoch wird das Verhältnis zwischen Grace und Carey immer freundschaftlicher – und liebevoller . . .

Julia Arden: Liebe unerwünscht

Liebesroman

Jennifer Feiler ist knallharte Geschäftsfrau und bekannt für ihre Affären. Auch der Flirt mit der attraktiven Ärztin Caroline stellt keine Ausnahme dar, doch Caroline weist Jennifer ab. Caroline fühlt sich zwar mehr zu Jennifer hingezogen, als ihr lieb ist, aber Jennifer ist nicht die Frau, der man sein Herz schenken sollte – für tiefere Gefühle hat sie keine Verwendung: Liebe ist ihr unerwünscht.

Victoria Pearl: Das zwischen uns

Erotischer Liebesroman

Jasmin hat es sich recht gemütlich im Junggesellinnendasein eingerichtet, als eine atemberaubende Schönheit ihre Buchhandlung betritt. Sie verlieren sich aus den Augen, sie sehen sich wieder – und es beginnt etwas, das Jasmin »Beziehung« nennt. Ihre Geliebte hält sich jedoch einiges offen. Ständig lernen sie neue Frauen kennen, von denen Jasmin nie weiß, wie nahe sie und ihre Geliebte sich kommen. Geduldig erträgt sie die Spielchen, doch kann eine solche Beziehung wirklich ewig dauern?

Corina Ehnert: Eine WG zum Verlieben (Band 1: »Alex«)

Liebesroman

Eine Lesben-WG, in der es drunter und drüber geht: Alex kann sich nicht zwischen Katrin und Nico entscheiden, obwohl Nico eigentlich Paulas Blind Date ist; Casanova Franzi wandelt plötzlich auf monogamen Pfaden, und Thea kriegt irgendwie nie eine Frau ab. Verwicklungen und Verzwicklungen bleiben spannend bis zum Schluß – an dem sich die Fäden entwirren. . . . oder?

Catherine Fox: Achterbahn der Gefühle

Liebesroman

Jessica will heiraten und hält sich für glücklich, als sie von ihren Freundinnen eine Junggesellinnenreise geschenkt bekommt. Auf einem Reiterhof soll sie ihrem Hobby frönen und die letzten Tage Freiheit genießen. Doch mit der Entspannung ist es bald vorbei, denn sie trifft Kim, die ihren Gefühlshaushalt gehörig durcheinanderbringt. Sie gerät in einen Strudel leidenschaftlicher Gefühle, erfährt eine Zärtlichkeit, die sie nicht kannte. Sie verliebt sich in Kim, aber was wird bleiben, wenn sie wieder zu Hause im alten Trott versinkt?

Ruth Gogoll: Zwei Welten

Erotischer Liebesroman

Wer sich etwas wünscht, sollte vorsichtig sein bei der Formulierung. Nico jedenfalls war es nicht und landet inmitten einer schrecklich netten Familie im Herzen der Heterosexualität: Häuschen in der Vorstadt, Ehegatte geht morgens brav zur Arbeit, die Kinder quengeln, die Nachbarinnen tratschen . . . Da taucht in dieser Heterohölle ein ganz normales (lesbisches) Paar auf, und Nico verliebt sich. Wie kann sie aber in ihre eigene Welt zurückkehren und gleichzeitig diese Liebe aus der anderen Welt bewahren?

Anthologie »Lesbisches Jugendbuch«

Kurzgeschichten

In dieser Anthologie werden die Geschichten der Gewinnerinnen aus unserem Schreibwettbewerb »Lesbisches Jugendbuch« veröffentlicht. Geschichten von Jugendlichen für Jugendliche – ausgewählt vom Literaturteam des Jugendzentrums *anyway* in Köln.

Hanna Berghoff: Du bist die Welt für mich

Liebesroman

Ein Bauernhof inmitten Deutschlands: Die Fehde zwischen den Schwestern Veronika und Franziska Perner vertieft sich, als die neue Tierärztin Dr. Jutta Adler mit frischen Ideen und Behandlungsmethoden gehörig Staub aufwirbelt. Aus Liebe (zu den Tieren und zur Tierärztin) beginnt Veronika in München Veterinärmedizin zu studieren, doch Franziska läßt nichts unversucht, um dem Liebesglück ein jähes Ende zu bereiten. Als dann noch die Zukunft des Hofes auf dem Spiel steht, muß Veronika eine schwere Entscheidung fällen . . .

Toni Lucas: Vom Tanz der Pierrots

Liebesroman

Nach einem nicht ganz freiwilligen One-night-stand wird Lea aus ihrer bequemen, langjährigen Beziehung herauskatapultiert. Sie zieht in eine Kleinstadt, die trostloser nicht sein kann. Nur ihre verheiratete Kollegin Lilia bringt Farbe in den Alltag, und nach einiger Zeit mangelt es auch an Erotik nicht. Allerdings scheinen die beiden zunächst doch nicht füreinander geschaffen – oder müssen sie erst einmal auseinandergehen, um schließlich zueinander zu finden?

Heike Fremmer: Hotel Prinzess

Liebesroman

Sofie managt ein Hotel in Hamburg, das an einen Amerikaner verkauft werden soll. Die von ihm entsendete Frau fürs Grobe ist Erica, die sich inkognito im Hotel aufhält. Sofie und Erica kommen sich näher, doch Erica verschweigt den wahren Grund ihres Aufenthaltes. Kein gutes Fundament für eine Beziehung, doch Erica hat Angst, Sofie zu verlieren, wenn die Wahrheit ans Licht kommt . . .

Julia Arden: . . . und wenn du auch die Wahrheit sprichst

Liebesroman

Michaela Dietz läßt sich engagieren, um die Tochter eines Hotelbesitzers zu überreden, das Familienunternehmen weiterzuführen. Sehr zur Freude des schlechten Gewissens blüht Tanja Kanter in Michaelas Nähe auf und – natürlich, verliebt sich in sie. Doch was passiert, wenn Tanja Michaelas wahre Gründe für die unerwartete Zuneigung erfährt? Und was sagt Michaelas langjährige Freundin Vanessa eigentlich dazu?

Ruth Gogoll: L wie Liebe

Liebesroman

Bunt und unterhaltsam: Großstadtlesben und ihre (Liebes-)Abenteuer. Da ist das ungleiche Paar Marlene und Anita, das gehörig Nachhilfe in Sachen Romantik benötigt; Carolin und Ina schweben (noch) im siebten Himmel; Chris und Sabrina stecken in einer verstaubten Beziehung fest, und schließlich können sich Rick, Thea und Melly noch nicht so recht entscheiden. Verwicklungen folgen, und schon sehr bald ist nichts mehr so, wie es anfänglich war . . .

Victoria Pearl: Endlich gefunden

Liebesroman

Krankenschwester Hanna hat sich gerade aus der unheilvollen Beziehung zu Birte gelöst, als ihr eine Fremde für einen kurzen Moment den Kopf verdreht. Zurück im Arbeitsalltag nimmt Hanna erst nach langer Zeit wieder via Internet Kontakt zu anderen Frauen auf. Die Überraschung folgt auf dem Fuß, doch ist die Traumfrau tatsächlich endlich gefunden?

Julia Arden: Vertrau mir

Roman

Anna Ravensburg lebt ruhig und zurückgezogen auf ihrem Tierhof. Mit der Idylle ist es vorbei, als Kommissarin Maike Roloff auftaucht: Zwei Pharma-Manager sind entführt worden, und Annas Vergangenheit als radikale Tierschützerin könnte bei der Aufklärung helfen. Zunächst widerstrebt es Anna, die Polizei zu unterstützen, doch bald muß Anna sich eingestehen, daß sie sich zu Maike hingezogen fühlt. Maike hingegen scheint sich nur für eines zu interessieren: Die Lösung ihres Falles.

Alexandra Liebert: Der Schlüssel zum Glück

Liebesgeschichten

Geschichten rund um das Verlieben: Ob gewollt oder ungewollt, überraschend oder nicht – Alexandra Liebert versteht es, ihre Heldinnen in kleinen, unbeschwerten Geschichten auf spannende Art zusammenzubringen. Da sucht Cathy nur nach einem Job und findet die Liebe, Lisa sucht erholsame Ferien in San Francisco – und findet die Liebe, Carmen und Maria haben sich mit dem Auto verfahren, suchen den richtigen Weg und finden: die Liebe.

Sie wollen jetzt wissen, wer noch alles die Liebe findet? Und welche Hürden dabei zu überwinden sind? Wir haben da einen kleinen Tip für Sie: Kaufen Sie doch einfach dieses Buch . . .

Alexandra Liebert: Träume aus der Ferne

Liebesgeschichten

Geschichten rund um das Verlieben: »Viele Wege führen nach Rom, aber keiner führt an den Geschichten von Alexandra Liebert vorbei – wenn frau romantische Liebesgeschichten schätzt. In ihrer ganz eigenen, feinfühligen Art beschreibt die Autorin das Suchen und schließlich auch das Finden der Liebe, die verschiedene Gesichter haben kann und darum auch auf unterschiedlichen Wegen erkämpft, erwartet oder erkannt werden will.« (Victoria Pearl)

Anna Peters: Herzköniginnen

Liebesroman

Susanne gibt eine Zeitungsanzeige auf und lernt die um einiges ältere Anna kennen. Sie beginnen eine rege Brieffreundschaft, verlieben sich, treffen sich schließlich – und werden in einer leidenschaftlichen, intensiven Beziehung glücklich.
Die Geschichte wird allein in den Briefen erzählt, die sich beide schreiben.

Ruth Gogoll: Verbotene Leidenschaft

Erotischer Liebesroman

Sich in die eigene Chefin zu verlieben, wenn diese augenscheinlich hetero ist, gehört in jedem Fall zu den Dingen, die eine Lesbe nicht tun sollte. Doch eine erwachte Leidenschaft läßt sich nicht einfach abschalten, und so gilt es, die Chefin zu bekehren – auch, wenn das mit reichlich Widrigkeiten einhergeht.

Ruth Gogoll: Wie ein Stern, der vom Himmel fällt

Erotischer Liebesroman

Weihnachtliches Plätzchenbacken gehört eigentlich in glückliche Familien. Wenn jedoch die unfreundliche Nachbarin nur für sich allein backt, dann ist das verdächtig. Und wenn diese Nachbarin zwar spröde, aber ungemein attraktiv ist und mit ihren schönen Augen lockt, dann erwacht der lesbische Jagdtrieb: Wenn schon Plätzchenbacken, dann bitte nur zu zweit . . .

Ruth Gogoll: Eine Insel für zwei

Erotischer Liebesroman

Neunzehn Jahre alt und auf der Suche nach der großen Liebe: Das ist Andy, als sie Danielle kennenlernt, Besitzerin einer Werbeagentur. Danielle hält Liebe für eine Illusion. Sie lädt Andy zu einer Reise durch die Ägäis ein, doch fordert dafür einen hohen Preis.
Andy läßt sich darauf ein, weil sie Danielle liebt und hofft, daß Danielle auch lernen wird zu lieben. Fast scheint es, als hätte Andys Liebe eine Chance, doch da geschieht etwas Unvorhergesehenes . . .

Tala Storm: Der lange Weg

Liebesfantasy in drei Teilen

Cay-La erwacht eines Morgens ohne Erinnerung. Sie schließt sich zunächst der schönen Kallisto an, doch als die eine Kriegerin töten will, wechselt Cay-La die Seiten. Zusammen mit der Kriegerin und ihrer Gefährtin versucht sie ihre Vergangenheit zu erfahren, die Erinnerung an sich selbst wiederzufinden. Eine nicht ungefährliche Reise ins Reich der Amazonen beginnt, denn der Zorn Kallistos begleitet sie . . .

Ruth Gogoll: Ostereier

Erotischer Liebesroman

Eine Geschichte um Ostereier? Nein, eine Liebesgeschichte. Die Begegnung in einem Supermarkt kurz vor Ostern – ist sie Zufall oder Schicksal? Befördert der Einkauf von Obst und Gemüse die Liebe – oder hindert er sie an ihrer Erfüllung? Und was ist mit der geheimnisvollen Bemerkung, mit der alles begann?
Das alles sind Fragen, denen sich die beiden Protagonistinnen stellen müssen.
Werden sie eine Lösung finden?

Victoria Pearl: Sag's mit Rosen

Erotischer Liebesroman

Blümchen heißt das alte Wohnmobil, mit dem Jessie herumfährt und geradeheraus Frauen anbaggert. Leonie ist von dieser Masche nicht begeistert, doch sie kann sich Jessies Charme nicht entziehen. Eine gemeinsame Reise in dem engen Gefährt bleibt nicht ohne Folgen, aber Leonie befürchtet die baldige Trennung; wie wird Jessie sich entscheiden?

Julia Arden: Unter Verdacht

Liebesroman

Als Professorin eher distanziert, geraten Sylvias Gefühle immer mehr außer Kontrolle, während die Zusammenarbeit mit der Architektin Karen enger wird. Das Tüpfelchen auf dem i: Karen ist lesbisch. Sollte Sylvia tatsächlich etwas für Karen empfinden? Doch die Idylle wird jäh zerstört, als Karen wegen Kreditbetrugs verhaftet wird. Mit Sylvias Hilfe aus dem Gefängnis entlassen, machen sich beide auf die Suche nach dem wahren Täter und kommen sich dabei immer näher.

Sarah Dreher: Solitaire und Brahms

Liebesroman

»Wenn eine Frau, die Frauen liebt, keine Frau ist, wer dann?«
Beruflich erfolgreich, allgemein beliebt und frisch verlobt, wehrt sich Shelby dennoch gegen das traditionelle Rollenverhalten einer gehorsamen Ehefrau, in das ihre Umwelt sie drängen will. Als sie merkt, wieviel ihre neue Nachbarin Fran ihr bedeutet, beginnt sie die Puzzleteile in ihrem Leben endlich neu zu ordnen.
Sarah Dreher zeichnet in ihrem persönlichsten Roman ein einfühlsames, humorvolles und zugleich schmerzhaft realistisches Bild der sechziger Jahre, aus der Zeit vor Stonewall und Gay Pride, als eine »richtige Frau« sich nicht gegen gesellschaftliche Erwartungen auflehnen, geschweige denn in eine andere Frau verlieben durfte.

Victoria Pearl: Sonnenaufgang in deinen Armen

Erotischer Liebesroman

Luisa lernt in der Firma, in der sie arbeitet, Ingeborg kennen und fühlt sich sofort zu ihr hingezogen. Sie verläßt den Mann, mit dem sie seit sechs Jahren zusammenlebt, und versucht sich Ingeborg vorsichtig zu nähern. Ingeborg jedoch lehnt dies stets schroff ab. Als das Chorsingen sie beide ins Schweizerische Bergell verschlägt – gemeinsames Hotelzimmer mit Doppelbett – schlägt Luisas Stunde: Kann sie Ingeborgs Zuneigung gewinnen?

Julia Arden: Das Lächeln in deinen Augen

Roman

Beate sieht in Cornelia Mertens, ihrer neuen Chefin, zunächst nur das, was alle sehen: die kühle, distanzierte Geschäftsfrau. Liebe ist etwas für Träumer – aus dieser ihrer Meinung macht Cornelia kein Geheimnis.

Nach und nach lernt Beate aber eine ganz andere Seite an Cornelia kennen. Cornelia überrascht sie mit unerwarteter Fürsorge, Verständnis und einer seltsamen Mischung aus Heiterkeit und Ernst. Also doch harte Schale, weicher Kern? fragt sich Beate. Ist das äußere Erscheinungsbild nur Fassade für all die, die sich nicht die Mühe machen dahinterzuschauen? Oder sind Sanftmut und Charme nur Trick, Teil eines Planes? Nämlich dem, sie zu verführen? Letzteres wäre fatal für Beate, denn so oder so – sie hat sich in Cornelia verliebt.

Gerri Hill: Der Mond scheint nur für dich

Liebesroman

Die Malerin Kara malt bevorzugt morgens oder abends: Wenn es nicht mehr hell ist und der Mond scheint. Sie liebt den Mond, ihren stummen Begleiter durch die Jahre. Doch als sie Ginny kennenlernt, ändert sich alles – und der strahlende Mond wird Zeuge einer wachsenden Liebe ...

Ruth Gogoll: Tizianrot

Erotischer Liebesroman

Tanita schwärmt unsterblich für ihre Mathematiklehrerin Diana. Nach Tanitas Abitur verlieren sie sich aus den Augen. Zufällig treffen sie sich Monate später wieder, und die Überraschung ist perfekt, als sich herausstellt, daß auch Diana Interesse an Tanita hat. Schnell kommen sie sich näher, die Erfüllung aller Träume scheint nah, doch da tauchen unerwartete Schwierigkeiten auf.

Kingsley Stevens: Liebe mich

Erotischer Liebesroman

Amy Flanagan und Morgan Holdsworth treffen sich, als Amy versucht einen Großauftrag von Morgan, Eigentümerin eines Kosmetikkonzerns, für die Werbeagentur zu erhalten, für die Amy arbeitet. Obwohl Amy Geschäft und Privates auseinanderhalten will, verliebt sie sich in Morgan. Sie beginnen eine Affäre, doch Morgan scheint wenig Interesse an einer Vertiefung ihrer Beziehung zu haben, während Amy sich wünscht, Morgan näherkommen zu können.